契丹秘图

冰江◎著

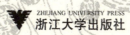
浙江大学出版社

序　言

契丹，是中国最神秘的民族之一。

在波澜壮阔的历史长卷中，曾经雄踞中国北方的彪悍的契丹族，创造了轰轰烈烈的辉煌，留下了一个又一个谜团。

从阿保机建国，到天祚帝被俘，大辽存国二百余年。随着蒙古铁骑横扫亚欧大陆，当年拥有一百多万人口的契丹族竟然消失得杳无踪影，甚至连契丹文化也一并湮没在了茫茫史海。那么多人突然哪里去了？

据《辽史》记载，辽末国内流传一种疫病，"国人不受病者万无一二，继而死者接踵不绝"，"诸门出死者九十余万人，贫不能葬者不在此数"。当时辽上京有城门十二座，每日送出城门的尸体多达两千具。白天街头死尸遍地，夜晚路上野鬼盈门。那么，契丹族难道因为这场大瘟疫而灭绝了么？

当年雄霸北方草原的契丹帝国开通了草原丝绸之路，向西与东罗马和阿拉伯贸易，向东与辽河以东各民族交往。如此可见，契丹的边境贸易是十分繁荣的。当时，契丹是这条草原丝绸之路上唯一的宗主国。那么，契丹人是如何做到的呢？又以什么手段来解决草原丝路的畅通呢？

除了佛教，萨满教在契丹人的心中也是根深蒂固。百姓如此，统治阶级也不例外。据说，契丹人在出门经商的时候，都要请黑萨满（区别于白萨满）行法事，以期控制与自己贸易的一方。行法事之日，必须是在夜半时分，届时飞沙走石，萨满面部扭曲，极其可怕。

清朝末年，在内蒙古赤峰地区出土过一把柏木剑，剑身被通体涂为血红色。最引人注目的是，剑身上刻有诅咒大食国某商旅的文字。有知情者，告知人们是契丹的黑萨满行法事的器具。当地政府知晓后，视其为不祥之物，将它焚烧于城门外的野坟群。一年后，焚烧的地点竟生出一棵柏树来。每逢刮风下雨，路过柏树的行人就能听见萨满做法事的恐怖声音。后来，一个胆大的屠夫将这棵柏树砍掉，恐怖的声音没有了。但几天后,砍掉柏树的那个屠夫惨死家中。村里人纷纷猜测,那个屠夫是中了黑萨满的复仇诅咒。这个略带迷信色彩的传说令人毛骨悚然。

传说中,强悍的契丹用它雄厚的财力修建了奢华宏伟的太阳金殿。在太阳金殿的圣塔上,供奉着一个精致的水晶头骨。那么,传说中的太阳金殿到底身在何方? 那神奇的水晶头骨真正的主人又是谁?

传说中,世界上有五十二颗水晶头骨,其中玛雅人有十三颗。如果水晶头骨真的出现在了契丹人修建的太阳金殿中,难道说契丹人和北美洲的玛雅人有着某种千丝万缕的关系? 太阳金殿中的这颗水晶头骨难道就是世界上五十二颗水晶头骨中的其中一颗?

契丹留下的谜团很多,太多的秘密被掩埋在了历史的尘埃之中。

第一章
尸台之下

1943 年夏夜，东北地区，大兴安岭东麓密林中。

夜似浓墨，月如狼牙，微弱的月光照亮不了夜的漆黑。在大兴安岭东麓的深山中，四个盗墓贼身着老鼠衣，穿梭在诡异的密林之中。形如鬼魅，与夜色纠缠。四人从一个山冈，行至另一个山冈，在一片小空地上忽然停了下来。微弱的月光下，四人谨慎地左右张望，从各自的背包中拿出了锹、镐、铲、斧和蜡烛等物。

孙大炮使劲地睁大眼睛打量了一番脚下的土地，一脸怀疑地朝大老陈问道："我说老陈大哥，这地方能有大墓？"

张二小也挠着满是肉的后脑勺，说道："老陈大哥，都说你看墓看得准，可这儿咋看都不像埋死人的地方啊。"

大老陈弓着腰，胡子一吹，"哼"了一声，说："信不过我，可以回去。"

孙大炮和张二小尴尬地对视一眼，不再作声。

周三儿瞪了孙大炮和张二小一眼，对大老陈笑道："老陈啊，大炮和二小干的是力气活，这找墓的技术活还得靠你，别听他俩瞎嚷嚷。"

大老陈斜睨了一下其他三人，揉了揉微驼的腰，说道："我大老陈找墓从来没走过眼，就这脚底下，百分之百有大墓！"

周三儿、孙大炮和张二小皱着眉头，开始仔细观察脚下这块地方。

"拿出袋子里的洛阳铲，以我们站着的地方为圆心，五步之外，在这一片地方用铲子提些土上来，然后拿到我跟前让我看看。"大老陈吩咐完，盘腿坐在地上，从腰间抽出一杆烟锅子，塞满烟叶，划了根火柴点燃，"吧嗒吧嗒"地抽了起来，"我先抽袋烟，都麻溜点儿，今晚必须找到大墓的主墓室。"

孙大炮和张二小都是生手，洛阳铲都没摸过，更别说在这阴森森的夜晚挖坟掘墓了。再者，都说挖坟掘墓有损人的阳寿，甚至要断子绝孙的，所以两人相互看了一眼，犹豫了一下。

周三儿虽然不是生手，但是也只有过几次盗墓的经验，知道干这事的人都是为了一个目的，那就是一夜暴富。要想暴富，那肯定是有风险的，所以周三儿看得很开。周三儿抬眉见孙大炮和张二小没动弹，脸一阴，说道："大炮、二小，寻思啥呢？老陈大哥说啥没听着吗？"

孙大炮和张二小缓过神来，忙点头道："三哥，听到了，听到了。"

"听到了还他妈愣神！快点儿，找到主墓室咱们下辈子就妥了！"周三儿一人扔给一把洛阳铲，"大炮，你的高个子都白长了！还有你，二小！看你那一身肥肉，不听话的话今年过年就拿你开刀了！"

孙大炮和张二小接过洛阳铲，便开始在四周提土了。周三儿则笑呵呵地蹲在大老陈跟前看着孙大炮和张二小提土。

大老陈用手指头揪了揪唇边的黄色胡须，皱着眉头看了眼周三儿，问道："老三，你咋不过去提土？"

"就带了两把洛阳铲，有一把坏了放家里了。"周三儿呲着一口芝麻牙，嬉皮笑脸地说道。

大老陈斜了他一眼，哼道："净欺负生手！"

周三儿笑了一下，然后皱了皱眉头，说道："老陈大哥，你凭啥就能找着这大墓呢？有啥窍门儿没有？透露一点儿，呵呵。"

大老陈摇了摇头，干笑道："我从小就跟着我舅舅吃这口饭，啥样儿的墓我大老陈没见过？找墓这秘诀，就是个口授心会，没啥书书本本的东西流传。找墓有几个诀窍，我给你简单说一两个。"

"嗯，老陈大哥，你说！"周三儿使劲地点了点头，睁大眼珠子，无比认真地听了起来。要说这周三儿的眼珠子可真大，只要他刻意使劲地睁眼，就感觉那眼珠子能从眼眶中掉下来。

"首先要看这地方长不长草，有大墓的地方几乎是不长草的。为啥呢？古人把死人埋了后，为了不让后人发现，都是夯实过的。这是最简单的方法，但也不是绝对的。其次，就是冬天出去找墓，特别是下完一层薄薄的小雪，那就更好了。墓地地下都是空的，温度肯定比其他的地方高，雪是留不住的。"大老陈边看着孙大炮和张二小用洛阳铲提土，边对周三儿说道。说完第二条，便突然不说了。

"还有呢？"周三儿极有兴致地问道。

大老陈没有回答周三儿的问题，而是抽完最后一口烟，在鞋底叩了叩烟灰，起身道："走，他俩也差不多了。欲知后事如何，且听下回分解吧。"

孙大炮和张二小此时已经提完土，抹了抹脸上的汗，在身上拍死了十几只蚊子，坐在地上喘气歇息。孙大炮又瘦又高，由于铲子把太短，不得不弓着腰提土，所以一坐下就开始使劲捶自己的背。张二小正好相反，生得是又矮又胖，肚子大得像个要临盆的孕妇。胖人多汗，此时的张二小全身像从水缸里刚捞出来一样，大口喘气，不住擦汗。

大老陈查看着每一处提土点边上的泥土，突然在一处提土点停了下来。其他三人忙来到大老陈的身边。

周三儿看了眼大老陈，喜道："老陈大哥，这下面就是主墓室？"

"这土是熟土，还有夯窝。"大老陈用手捻了捻手中的泥土，然后又放到鼻子下闻了闻，顿了顿，"这下面十有八九是主墓室！"

孙大炮和张二小欢喜地对视一笑，齐声道："还等啥？那咱们就开挖吧！"

说干就干，张二小和孙大炮拿起锹镐忙活起来，周三儿负责挑担子运土。大老陈悠闲地坐在一棵老松树下，撸了撸袖子，露出了结实的胳膊。然后拿出了腰间的烟锅子，点燃后眯缝着眼睛抽起来，烟雾轻盈地弥漫在树枝间。

孙大炮和张二小都是头一回盗墓，心中自然有些忐忑。很快，两人额头上就渗出了很多汗，一半是累的，一半是怕的，生怕挖着挖着从下面蹦出个僵尸血怪之类的玩意。 在东北，尤其是农村，老人总爱讲一些妖魔鬼怪的离奇故事。 幼年时所听过的恐怖故事画面，不时地在两人脑海中闪现。

周三儿挑土倒是挺快的，每挑完一担土都要在盗洞口等一小会儿，没好气地催促二人赶紧挖土。 不知何时忽然起了一阵风，如鬼魅般的风嗖嗖地穿梭在林间，风与树摩擦的声音异常诡异恐怖。 孙大炮和张二小下意识地探起头向四周环视了一圈，眼睛中流露出更加害怕的神色，然后努力地压制了一下恐惧，继续奋力地挖土。

一个小时过后，随着张二小最后一镐下去，只听"哗啦"一声，墓道被凿通了。 凿通瞬间，张二小连同手中的洋镐差点掉进去。 张二小先是一怔，然后狂喜道："通了通了！ 老陈大哥！ 下面是空的！"

一听到呼叫声，孙大炮和周三儿连滚带爬地跑到盗洞口，一看果然通了，大喜着回头招呼大老陈过来。 大老陈倒是不慌不忙，把烟锅子朝树干上"梆梆"地叩了几下，然后插入腰间，挺了挺腰板，缓缓地朝盗洞口走去。

大老陈来到盗洞口，向里面张望着，不言语。

孙大炮急道："老陈大哥，咱们赶紧下去吧！ 下面肯定老鼻子宝贝了！"

大老陈没吱声，依旧在看盗洞口。

周三儿把眼一横，说道："急啥？ 想被憋死啊！ 这下面封闭了这么久，空气不流通，人一下去保准儿两腿儿一蹬！"

孙大炮和张二小被吓得打了个激灵，直愣愣地看着大老陈，不再言语。

几分钟过后，大老陈示意周三儿把一支点燃的蜡烛放进盗洞中。 周三儿照办，把点燃的蜡烛放进一个灯座里，拴了绳子，缓缓地放进了墓道中。 过了一会儿，大老陈示意周三儿把蜡烛提上来。

周三儿、孙大炮和张二小见到蜡烛依旧在燃烧，都不约而同地吁了口气。 蜡烛燃烧，证明墓室中有氧气，不至于因二氧化碳太多而窒息死亡。 这是盗墓人最基本的常识。

大老陈拎着带来的马灯，第一个就下去了，周三儿紧随其后。 孙大炮和张二小见大老陈和周三儿都下去了，互相看了一眼，也笨拙地跟了进去。

四人很快就落了地，大老陈举起马灯仔细观察着。 在有限的光线内，他们看到了描绘日常生活的壁画，虽然墙上挂了一层灰尘，但还是可以隐约看出画里的场景。 在壁画下方，围有一圈柏木作为护墙。 在护墙后面的一块地方，有一个台子，上面放了什么看不清。 护墙前摆有一张木桌子，桌子上有些残缺的器皿。 桌子两旁站着形形色色的人形陶俑，烧制得栩栩如生。 从陶俑的形态来看，很显然为女性。

大老陈观察了一下主墓室的格局，说道："看来这是契丹人的墓啊……"

周三儿很好奇，问道："凭啥能看出来？"

大老陈面无表情地说道："因为契丹人崇拜太阳，所以墓门方向在东南。 契丹人习惯火葬，墓室中没有棺椁，只有一个尸台，这叫尸骨葬。 看这壁画上的内容，并用柏木做护墙，看来就算不是契丹贵族的墓，这墓主人的身份也不一般啊。"

大老陈又环视了一圈，继续说道："另外，这个墓的主人极有可能是个女的。"

"女的？"周三儿有些惊讶。

"是的。"大老陈用手指了指墓室中的摆设，"你们看，在尸台的左右两边，有梳妆的铜镜和一些女人日常生活中使用的物件。 从一个墓中的陪葬品，可以看出这个墓主人生前喜欢些什么。 如果墓主人是个男的，怎么会随葬这些东西呢？"

周三儿佩服地点点头，心中暗喜：看来这里面肯定有宝贝了。 不过墓室内危险丛生，还是跟着大老陈走比较安全些。

此时孙大炮和张二小求财心切，也没有听大老陈说了些什么，就开始提着马灯四处翻找值钱的物件。

周三儿紧跟着大老陈，二人来到了尸台。 大老陈往尸台一看，露出愕然的神情。 只见尸台之上的骨架凌乱不堪，头骨也不在原来的位置上，而且没有发现任何随葬品。 按照契丹人的殡葬习惯，尤其是贵族，都是实行厚葬的。

显而易见，这座墓已经被人盗过了。

大老陈看着凌乱的尸骨，良久，说道："毁人遗骨，天打五雷轰啊……我说下来的时候，为啥墓中没有任何机关呢。 原来，已经有人先我们一步来过了。"

"哎呀妈呀！"忽然，从主墓室的另一端传来了张二小惊恐的叫声。

大老陈和周三儿忙来到跟前，周三儿道："谁死娘啦！咋回事儿啊？"

张二小恐惧地用手往地上指了指，孙大炮干脆躲到了大老陈的身后。

大老陈提着马灯向前照了照，发现了一具尸体。尸体身子朝上，已经腐烂得很严重，脸已经快烂干净了，只有一点点肉连着，其余皆是白骨。肚子上的肉腐烂得慢一些，有一两只老鼠忽然从肚子里窜了出来。白色的蛆虫蠕动着，在腹部爬来爬去，尸体身上的衣服已经不成样子，湿漉漉的。

周三儿看了一眼，压制住呕吐的感觉，说道："老陈大哥，这人看来没死多长时间吧？"

大老陈显得很镇定："如果我没猜错，这也是个盗墓的，并且死了两年左右。"

其余的人一听也是盗墓贼，都不禁打了个寒战。

"啊！也是盗墓的！"孙大炮战战兢兢地说道，"那，那咋会死在这里面呢？"

张二小惊恐地向四周张望了一周，忧虑地说："咱们该不会也……"

张二小话到一半，没敢再说出来。周三儿朝他骂道："二小，闭上你的乌鸦嘴！"

大老陈依旧不动声色，眼睛盯着死尸，似乎在思考什么。良久，他开口道："在墓里死个人是很平常的事儿，那么大惊小怪干啥？这位估计是被同行害死的！"

孙大炮一想，这里已经被人盗过一遍了，肯定也不剩什么好货了，不由得沮丧起来，说道："完了，这趟是白来了！本以为能拿到一些宝贝，谁知让别人抢了先！"

大老陈斜睨了一眼孙大炮，用手指稍稍往前指了指，意思是继续往前走，越过这具腐尸。

正如孙大炮所说，几个人在主墓室内找了一圈，并没有找到什么值钱的物件。

张二小沮丧地说道："看来，这次是白来了。"

大老陈不言语，好像在思考些什么。

孙大炮看了大老陈一眼，对大家说道："啥玩意儿都没有，还在这儿待着干啥啊？ 咱回去得了！"

周三儿皱着眉头，心有不甘地说道："奶奶的，我就不信这里面收拾得这么干净，一点儿值钱的都不剩！"说着，周三儿就开始重新四处仔细地翻找。

这时孙大炮和张二小都在看着大老陈，看大老陈是什么态度。

大老陈眯着眼睛，良久，把目光投向尸台，开口道："好好看看尸台，要是啥也没有，那咱们就走！"

孙大炮和张二小点点头。

几个人开始在尸台旁仔细翻找，希望能找出几件宝贝来，以不虚此行。半个小时过后，几个人翻找的动作越来越慢，最终停止了，面面相觑，眼神中带有无比的失落。 因为，他们终一无所获。 几个人都站在原地，没有言语，如一尊尊雕塑。 其实，最闹心的是大老陈，只要他进去的墓室从来没有空手而归的。 大老陈心中长长地叹了口气，看来只得空手而归了。

周三儿脾气急躁，气得一拳打在尸台上，骂道："白他妈折腾了！"

就在周三儿用拳头打尸台的那一刹那，大老陈的目光骤然定在了尸台上，他马上用手使劲地敲了敲尸台，面露喜色。

其他三人见大老陈面露喜色，知道大老陈肯定发现了什么，都把目光投向了大老陈。

大老陈按捺住喜色，对周三儿说道："三儿，快拿锤子把尸台砸开！"

周三儿微微愣了一下，忙不迭地从背包中掏出锤子，用力朝尸台砸去。周三儿使劲地凿了几下，随着一块砖的落下，尸台之上赫然出现了一个洞。这个洞的出现，使这几个人的精神重新亢奋起来。 周三儿看了眼大老陈，接着更加卖力地用锤子凿黑洞的周围。

不一会儿工夫，尸台被凿出了一个大洞。 周三儿停下了手中的锤子，把目光移向了大老陈。

大老陈顺着盗洞口向外望了望天，说道："天快亮了……"

大老陈提着马灯，把马灯缓缓放进黑洞中。 所有人都没有说话，墓室内骤然变得鸦雀无声。

随着马灯的光亮在黑洞中逐渐扩散，黑洞中的一切逐渐变得明朗起来。其他几个人都瞪着跟牛卵子一样大的眼睛，眨都不眨一下，似乎这个黑洞里面就藏着他们期盼已久的值钱宝贝。 此时，孙大炮和张二小的脑海中不由自主地浮现出了自己腰缠万贯的幸福画面。

只是大老陈并没有在里面发现什么值钱的宝贝，但这并不代表这个黑洞中什么都没有。 他们发现了两样东西，其中一样是一块半截的灰色石碑，另一样是一个盒子，上面落了一层厚厚的灰尘。

大老陈将这两样东西从黑洞中拿了出来，摆在了尸台上，说道："就这两样东西……"

孙大炮和张二小就像泄了气的气球一样，对这次盗墓行动彻底失去了信心，脑海中的幸福场面顷刻间被抽离了。 两人脸上写满了沮丧和失落，干脆一屁股坐在地上不起来了。 周三儿皱着眉头打量起石碑和盒子来。

孙大炮沮丧道："这次是白玩儿了，就挖出半个石碑和一个破盒子，早知道就不来了。"

张二小附和道："就是啊，早知道就和大炮去长白山伐木了。"

大老陈瞪了孙大炮和张二小一眼，怒道："没人让你们两个兔崽子来！ 后悔了就麻溜地滚犊子！"

周三儿不高兴地冲孙大炮和张二小做了个不准乱说话的手势，侧头轻声向大老陈问道："老陈大哥，你看咱咋办？ 眼瞅着天快亮了，要不咱回吧。"

大老陈眉头紧锁，目光集中在那半截石碑和盒子上。 蓦地眼睛一亮，貌似发觉了什么，但最后只是深深地叹了口气，点了点头，淡淡地说道："咱们回吧……"

孙大炮和张二小着急忙慌地转身要走，周三儿也欲转身，忽然大老陈似乎想到了什么，朝孙大炮和张二小说道："大炮，二小，先别着急走，把这半截石碑和盒子拿着！"

孙大炮和张二小停下脚步，都愣了片刻。 张二小怯懦地问道："老陈大哥，拿它们干啥啊？ 烂石碑和破盒子能值啥钱啊！"

大老陈眼睛一瞪，微怒道："让你拿你就拿着，哪来那么些废话！"

张二小和孙大炮不情愿地走到尸台旁，每人拿了一样。

张二小拿着盒子，使劲吹了一下盒子上的灰尘，厚厚的灰尘飘在了空气中，张二小被呛得猛咳嗽了两下。 抹去灰尘可以发现盒子上雕刻了一些看不懂，但很漂亮的花纹，张二小用手掂量了一下，喃喃道："我说咋这么沉呢，原来还是个铁打的。"

四人顺着盗洞口出了主墓室，来到外面时已经能隐约看见东边的一丝光亮了。 大老陈嘱咐大家收拾好盗墓工具，一行人消失在了朦胧的林海之中……

他们赶回神木村的时候天已经亮了，于是先来到了大老陈家。 大老陈的家在村子的最西头，是一间破败的茅草房子。 每逢刮起秋风，房顶上的茅草总能被刮下一层。 大老陈是盗墓的老行家了，这么多年淘下的宝贝也不少，可是怎么还住如此寒酸的房子呢？ 其实这正是大老陈的高明之处，财不露富，才是真高明。

四人进了屋子，大老陈把门插上，时刻警惕着。

张二小和孙大炮进了屋子，一屁股坐在了凳子上，把怀里的半截石碑和铁盒子扔到了炕上。

周三儿瞟了一眼炕上的盒子，说："老陈大哥，你说，这盒子里装的是啥呢？"

孙大炮突感兴致地看了眼盒子，也把目光瞄向了大老陈。 坐在孙大炮一旁的张二小倒是不以为意，困乏之下开始打起盹来。

大老陈稍思片刻，说道："这个盒子设计的是暗锁，在墓里的时候，我试着开过，一点缝儿都没露。 要是不想出这解锁的法子，我看谁也不会知道这里面真的有啥。"

"看这盒子虽然有些旧，做得却严严实实。 至于这里面装着些啥……"周三儿斜睨了一眼孙大炮和张二小，"该不会装了一大块狗头金吧？"

"狗头金"这三个字刚从周三儿的嘴里蹦出来，孙大炮双眼顿露精光。 在一旁打盹的张二小更像是中了邪似的，一个激灵抬起脑袋，眼睛睁得跟牛卵子似的看着盒子。

周三儿看了孙大炮和张二小一眼，骂道："看你俩那没出息的样儿，我一说里面有狗头金，瞅瞅你俩看这盒子的那眼神儿，就跟那几十年的老光棍看着光腚的大姑娘似的！"

孙大炮不好意思地挠了挠脑袋，张二小也精神了，无比认真地看着大老陈，说道："老陈大哥，这里面真能有狗头金吗？ 要是真有那可就好了！"张二小越说越欢喜。

大老陈面无表情："你们都以为我是那玉皇大帝的外甥，长了三只眼，能把这盒子看通透了？"

孙大炮皱着眉头说："老陈大哥，你跟俺们说实话，这盒子是不是有啥特殊的？"

"大炮，你这话的意思是？"大老陈掏出烟袋，边往烟锅子塞碎烟叶边说。

"老陈大哥，我没别的意思。"孙大炮笑嘻嘻地说，"你说这盒子土了吧唧的，也不好看，又不是铜的，也不是玉的，要不是有啥特殊的，你也不会让俺们把它拿出来，是吧？"

经孙大炮这么一说，张二小和周三儿都觉得在理，把目光都聚到了大老陈身上，想从其身上得出答案。

大老陈用手轻轻地摸了摸铁盒子上的花纹，眉头微蹙地说道："没点儿分量的物件儿，墓主人能把它藏在尸台的暗格中吗？ 你们看看这盒子上的图案，谁又能说出个子丑寅卯？ 其中必有大的玄机啊……"

"大的玄机？"张二小喃喃道。

周三儿此时一脸困惑地问道："老陈大哥，要说这铁盒子有点儿玄机不足为奇。 那么，这个半截石碑能有啥秘密呢？"

"都在尸台的暗格中，我想其中必有关联……"

就在这时，大老陈的耳朵微微动了几下，他很警觉地把耳朵贴在炕沿上，仔细地听了会后，有些不安地说道："这帮兵痞，又来了……"

没等其他三人说话，大老陈把目光移到了铁盒子和石碑上，有些急迫地说道："大炮，二小，你俩赶紧把盒子和石碑拿到你们家去！不知是谁走漏了风声，'黄大魔怔'又带着一群狗腿子来琢磨我的宝贝了！"

孙大炮和张二小拿布裹起盒子和石碑，被大老陈从后窗户推了出去。 孙大炮和张二小迷迷糊糊地跃下窗子，两步一回头地向不远的松树林跑去。

周三儿刚关上后窗户，外面就传来了急促的敲门声和叫嚷声："老陈大哥啊，我黄武来了！大白天的插门干啥，我知道你在家呢，开门啊！"

大老陈对周三儿耳语了几句，然后去开门。 门打开后，大老陈的脸上顿露灿烂的笑容，说道："这不黄队长嘛，有啥事儿么？"

茅草房的门外，只见一个身材短小粗胖、穿着一身黄呢子大衣、留着锃光瓦亮的光头、眼小如鼠、鼻圆似蒜头、嘴唇肥厚还有些歪的中年男人正笑容可掬地看着开门的大老陈。这人就是黄武。黄武曾经是东北军黑龙江绥化城防军某师三团团长，东北易帜后率领团部进了深山，从此不服张少帅管辖。张少帅也多次讨伐，但黄武仰仗险峻的地形，始终没被剿灭。"九一八"事变以后，黄武投敌做了汉奸，眼下正是北安县山区护林警察队的队长。

黄武看似其貌不扬，外表粗犷，没啥文化，其实不然。黄武毕业于保定陆军学院，只因心术不正，才与民族大义背道而驰。黄武是个天生古董迷，还是个鉴宝行家。只要让他过眼，真品和赝品能分得一清二楚，丝毫不差。大老陈是远近闻名的盗墓行家，黄武自然不会放过大老陈这个聚宝盆。所以，黄武隔三岔五就会往大老陈这跑，嬉皮笑脸地管大老陈讨要喜爱的宝贝。虽说黄武是嬉皮笑脸的，从不冲大老陈动粗，但是大老陈明白，这叫笑面虎，那笑纹里藏的全都是锋利的刀子。没准儿哪次不笑了，刀子也就飞出来了。这次不知道是谁走漏了风声，黄武得知大老陈盗宝归来，于是带着队伍火速过来了。

"老陈大哥，你这话说得，说得咱俩多见外啊。没啥事儿到你家坐坐，那还不行啊？"黄武表情丰富地歪着嘴巴说道，显得十分滑稽。

"这是哪里的话，黄队长赶紧屋里请！"大老陈客套了一番，把黄武请进了屋子。

黄武一进屋子，眼珠子就开始滴溜溜地四处乱转。大老陈心里跟明镜似的，知道他在打什么主意。大老陈轻咳了两声，黄武立刻恢复常态，尴尬地笑视着大老陈。

黄武无意中把目光移到周三儿的身上，冲大老陈问道："老陈大哥，这位是谁呢？我咋没见过呢？你儿子？你不说你儿子在本溪吗？啥时候回来的？"

经黄武这么冒冒失失地一问，周三儿和大老陈的表情顿时有些窘迫。周三儿脾气也不怎么好，要是一般人这么不长脑子地说，他早就吹胡子瞪眼，扯着领子上去直接一个两个五指扇了。可是，周三儿知道门外站着的歪戴帽子反穿鞋的都不是善茬，只得把这股火气咽了下去。

大老陈心道，这黄武真是个愣头青。沉默了会儿，他面无表情地问道："他长得像我吗？"大老陈这句话有些戏谑周三儿的意思。

周三儿双眼发直，一脸莫名地看着大老陈。周三儿和大老陈认识的时间不算长，但也不算短，他还真没发现大老陈会这么开玩笑。周三儿杵在那儿，一时脑子空白，不知道说些什么。

黄武坐在炕沿上，开始像看怪物一样细细端详起周三儿的脸。看了半天，表情复杂地侧头对大老陈说道："也像，也不像……"

大老陈此时再也憋不住了，仰头笑道："哈哈，这哪是我儿子啊，这是我的一个朋友。黄队长你说他是我儿子，你是看我长得老呢，还是夸他长得年轻啊？"

黄武这才反应过来，先是一怔，而后乐了，说道："老陈大哥，你跟兄弟我开这玩笑，幽默，幽默啊！哈哈！"

周三儿只得在一旁赔笑。

黄武朝周三儿问道："这位兄弟贵姓啊？"

周三儿恭敬地答道："回黄队长，草民免贵姓周，家中排行老三，人称周三儿。"

黄武用很是仗义的口吻说道："周三儿兄弟既然是老陈大哥的朋友，就是我黄某人的朋友。在北安县城要是谁敢找你麻烦，你和我说！我和武田商会的老板武田先生是熟人！知道武田先生的哥哥是谁不？"

周三儿摇摇头，表示不知。

黄武竖起大拇指，骄傲地说道："那就是绥化地区宪兵队的大队长武田信夫！"

大老陈坐在黄武一旁，心中始终盘算着。他不知道是谁走漏了风声，让这个兵痞知道了他盗宝归来。要是黄武稍后提起，自己也不好欺瞒。随便赠予黄武一个不值钱的东西吧，黄武肯定也看不上眼；给他值钱的，自己又损失惨重。大老陈眉头微皱，有些犯难。

"老陈大哥，我听说你昨晚又干了一把大的？"黄武两眼放光地问道。

果不其然。大老陈几秒钟没有作声。周三儿心中"咯噔"一下，眼睛瞄了一下大老陈。

黄武眼珠子翻了翻，笑呵呵地说道："老陈大哥，跟兄弟你还藏着掖着的？ 呵呵，咋这么不实在呢？"

大老陈嘴角扯了一下，说道："黄队长，派人跟踪我了？"

"你看你这话说得，我能跟踪老陈大哥你吗？ 你还不了解我？ 我是那样儿的人吗？ 就算我说我派人跟踪你了，估计你也不信不是。"黄武嘴巴一歪，摸了摸锃亮的光头笑道。

大老陈对黄武略知一二，别看他说话有些不经过大脑，实际上脑子灵活得很。 没用的地方可以闲扯，到了点子上总能妙语连珠，舌头挂油。

"淘着啥大件儿没？ 让兄弟我开开眼。"黄武嬉皮笑脸地用胳膊肘碰了一下大老陈。

大老陈抬眉看了一眼周三儿，然后对黄武叹道："黄队长，既然是你，我也就实话实说了吧。"

黄武笑了一下，说："这就对了，兄弟嘛，就得实话实说。"

"说出来不怕你笑话，这么多年了，没走过眼，可是……"大老陈有些难以启齿地说道，"没想我也走了眼，吃了别人的剩饭！"

"剩饭？"黄武一惊，"找的穴子让人掏过了？"

大老陈点了点头。

黄武继续问道："那啥也没掏着？"

大老陈情绪很是低落，没有言语。

"不对啊！"黄武忽然感觉大老陈欺骗自己似的，直起脖子说道，"老陈大哥，你是不是逗我啊？ 你看你，咋越来越抠呢？ 我又不拿你的！ 我就想开开眼。"

"黄队长，我确实没掏着啥宝贝，你不信？"大老陈无比认真地说道。

黄武的嘴巴歪得更厉害了，摇头道："我不信。 老陈大哥，你不讲究。"

大老陈和黄武打过数次交道，了解黄武的脾气秉性。 只要黄武认准的事儿，那就别想把他扭过来。 大老陈这下真的犯愁了，黄武这厮就认定大老陈掏了大宝贝不给自己看。 最后，大老陈被黄武纠缠得实在烦不胜烦，忽然动了杀心。

大老陈一个盗墓贼，能杀得了一群兵痞？

他紧皱的眉头忽然舒展，笑道："黄队长真是聪明绝顶啊！"

黄武一怔，摸了摸自己的光头，也笑道："老陈大哥这是啥意思啊？"

大老陈叹了口气，使劲点了点头，说："啥事儿都瞒不过你啊！你这俩眼珠子就跟能看着人心似的。确实，昨晚上盗墓了，盗了一个空瓢子。但是，发现了一样宝贝。"

周三儿一听大老陈这番话，心中大为不解，不知道大老陈要唱哪一出戏。

黄武一听大老陈终于说实话了，笑着急不可耐地说道："我就说嘛，肯定有宝贝。赶紧的，给弟弟我开开眼吧！"

大老陈故作神秘地对黄武耳语了几句什么，黄武露出一脸不信的表情，歪着嘴说道："老陈大哥，你又在骗我吧？你说你这么大岁数了，咋越来越不讲究了呢？不对，肯定在家里呢。我不信，我得找找。"

大老陈一副无所谓的姿态，双手一摊，说道："黄队长，随便。这么重要的东西，我怎么可能放在家里呢？要是让哪个毛贼偷去了，那我这一股火上来，都容易过去！那是一般的宝贝吗！那是萧太后姐姐主墓室中一只价值连城的凤凰盏！知道那一只盏值多少钱吗？说得玄一点，能买下半个东北！你说我能安心把它放在家里吗？"

周三儿似乎明白了些什么，也接上话茬，说道："不怕贼偷，就怕贼惦记。放在家里那还得了？说不上哪天就让小偷给偷了。"

黄武再一次习惯性地摸了摸自己的后脑勺，歪着脑袋寻思了片刻，似乎觉得大老陈说的有些道理，眉头微蹙着说道："那宝贝现在在哪儿呢？"

"让我藏到了一个秘密的地方，没人能找到那个地方。"大老陈自信地说道。

黄武急道："老陈大哥，那咱们赶紧去看看吧。"

大老陈一副异常疲惫的样子，声音顿时嘶哑地说道："黄队长啊，我大老陈虽然年龄不到七老八十，但是这筋骨也日渐不争气。刚折腾一晚上，我这身子就像散架了似的。恐怕我今天去不了了啊！"

黄武用手向外指，说道："咱有马啊！"

"不行啊，骑马也不行，这胯也疼得厉害。除非是休息一整天，要不然是真去不了啊。 黄队长，你要是真想看那宝贝，就体谅一下我大老陈，明天一早去吧！"大老陈哀求道。

黄武无可奈何了，用手使劲地挠了挠光头，说道："好吧，咱明早去！老陈大哥，你好好休息一天！"说完，黄武领着自己那些虾兵蟹将走了。

大老陈心里明白，明天早上黄武百分之百会来的，自己得把计划想得周详一点。 周三儿知道大老陈诓骗了黄武，但不知道大老陈要把黄武领到哪儿去。

周三儿一脸困惑地问道："老陈大哥，明天你要领那个兵痞去哪儿啊？ 真有那么一只凤凰盏吗？"

大老陈面无表情地说道："那群兵痞到了那个地方必死无疑。 哪有啥凤凰盏啊？ 我是在诓他！ 这个'黄大魔怔'欺行霸市，鱼肉百姓，早该遭报应。 要不是我手里有点老玩意儿，他哪能这么假惺惺对我毕恭毕敬！"

周三儿继续问道："你要把他领到啥地方啊？ 你还没告诉我呢。"

"无极冥洞……"大老陈嘴角闪过一丝冷笑。

第二章
离奇死因

　　张二小和孙大炮带着盒子和半截石碑一路跑到了孙大炮家。孙大炮家和张二小家仅一墙之隔，二人是从小就光腚玩到大的邻居。两个人都生活在单亲家庭，张二小从小丧父，孙大炮自幼亡母，可谓是一对难兄难弟。因为一个缺爹一个少妈，村里人就给张母和孙父撮合起来了。可经过村里王瞎子掐算，说张母和孙父相克，遂没能成一家人。虽然没能成一家人，但是张二小和孙大炮仍旧如亲兄弟一样，常一起睡觉吃饭。

　　张二小和孙大炮来到孙大炮家，进了一间小屋。孙父见两个小伙子神神秘秘的，想要去问个明白。可是一拉门，门已经反锁上了。孙父叹了口气，摇了摇头，去院子里干活了。张二小和孙大炮在屋子里开始折腾起那个盒子来，这一折腾就是好几个时辰。几个时辰过后，二人脑袋发涨，甚至已经有些气急败坏了。

　　突然，异常急躁的张二小目露精光，大喜道："我有办法了！"

　　躺在炕上被盒子弄得心烦意乱的孙大炮一听，一骨碌从炕上坐了起来，瞪着牛眼，半张着嘴问道："啥办法？"

　　张二小兴奋道："咱把这盒子砸开！"

　　黔驴技穷之下，两人也不知道咋办才好了，想出一个办法就用一个办法。于是乎，张二小找来了一个大锤子，"当当"地砸了好几下。可一检查，盒子居然毫发未损。孙大炮白了一眼张二小，抄过张二小手中的大铁锤，自己又"当当"地砸了好几下，盒子还是丝毫未损。

　　孙大炮急躁道："这契丹人到底咋整的？把这么个铁盒子做得这么结实！咱俩乱砸一通，竟然连砸过的痕迹都看不出来！"

　　张二小用手挠了挠鼻尖，思忖片刻后说道："要不咱把它拿到胡铁匠那儿，扔到铁匠炉里把它融了吧！这个办法肯定能打开！"

　　孙大炮用手猛拍了下张二小的脑袋瓜子，骂道："二小，你真是个尿罐子脑袋。这盒子要是放到铁匠炉里融了，那盒子里的宝贝咋整？要是一盒子银票呢？要是一张大大的藏宝图呢？那盒子里的宝贝不也一并毁掉了？我说你啥好？"

　　张二小不言语，知错地点了点头。

　　研究了一天的张二小和孙大炮仍是一筹莫展。说实话，张二小和孙大炮都是贫苦出身，没上过几天学，都是干体力活的命。这一天的脑力劳动，已经是两人二十多年脑力劳动的总和了，一次性死了不知多少脑细胞。

　　夜幕降临，两人头昏脑涨，异常疲惫，便早早睡下了。又怕宝物被盗，张二小搂着铁盒子，孙大炮枕头底下掖着半截石碑。就这样，两人搂着千年古物沉沉睡去……

　　这个夏夜，静得出奇。人都有一种怪病，有动静的时候并不胆怯，一旦没有了任何声音就会特别害怕。说来也怪，一直鼾声如雷的孙父，在今夜竟然没有发出任何声音，甚至连大口的呼吸声都听不到了。

　　晴朗的星空早已被浓浓的雾气覆盖，仿佛人间顷刻间沦落成了幽冥之地。一团一团的雾气穿过坚实的墙壁渗透进来，逐渐朦胧了孙大炮和张二小睡觉的那间屋子。忽然，有一个黑影不知从哪里飘出，缓缓地飘到了炕边。只见黑影在张二小的头上抬起黑色的手臂，猛然从黑色的袖子中露出了森森的白色手指骨。随着黑影手掌的缓缓抬起，张二小似乎被一股神奇的力量拉起，走到了黑影的身后。张二小手捧着铁盒子，像一个没有灵魂的行尸走肉一样跟着黑影穿过门帘出了小屋……

突然，孙大炮猛地从炕上坐了起来，惊出了一身的冷汗。 刚才，他做了一个非常恐怖的噩梦！ 他梦见张二小被一个黑影抓走了！

孙大炮揉了揉眼睛，下意识地摸了摸自己的身边。 孙大炮心中猛地一惊，他发现张二小真的不见了！

孙大炮忽然意识到了事情的严重性。 他感觉屋子里的空气越来越稀薄，同时他感觉心脏越跳越快，几乎都快要从嗓子里蹿出来了。 孙大炮努力定了定神，抄起炕边立着的一根木棒，拿上油灯，颤抖着手掀开了如浸过鲜血一般的红色的门帘。

孙大炮走出刚才睡觉的屋子，行走在阴森的走廊中。 此时正值盛夏，但是孙大炮感觉走廊中异常寒冷，脊梁骨凉得要命。 忽然，厨房处传出了一丝声音。 他使劲用手抚摸了一下胸脯，鼓足勇气朝厨房走去。 他来到厨房门前，猛地掀开门帘！

厨房中的一幕，让孙大炮双腿发软，一屁股坐在了地上——只见地上躺着一具被剔光肉的血淋淋的人体骨架！ 孙大炮顿时昏了过去。

这个午夜，月光犹如瀑布一般倾泻进屋子。 大老陈猛地睁开眼睛，满头大汗。 刚才，大老陈做了一个噩梦。 对于噩梦，大老陈已经习惯了，自从他干了盗墓这行，不知道已经做过多少个噩梦。

大老陈用手擦了擦额头上的汗，他知道自己已经睡不着了，便干脆坐了起来，靠着凉洼洼的土墙，点了一锅旱烟，闭着眼睛吸了起来。 呛人的烟雾从大老陈的口中喷出，瞬间弥漫了不大的屋。

此时，大老陈想着那半截石碑和那个铁盒子，默念道："难道这石碑和铁盒子真的是行内传说的那块石碑和那只首饰盒？"

关东盗墓贼中流传着这么一个传说：一个契丹贵族小伙爱上了一个汉族姑娘，由于当时契丹人禁止和汉人通婚，二人被迫分离。 这个契丹小伙送给了汉族姑娘一只精美的首饰盒作为信物。 后来，这个汉族姑娘抑郁而死。 而这个契丹小伙在多年以后得势，便偷偷挖出了汉族姑娘的尸骨，为汉族姑娘按照契丹的丧葬习俗修建了一座坟，并将巨大的财宝锁进了那只首饰盒中。 契丹小伙为了让天地见证他们的爱情，特地将一块完整的花岗岩石碑一分为二，其中一半葬在了汉族姑娘的墓中。 至于另一半石碑，不知落于何处。

这个凄美的传说一直流传在关东盗墓贼圈中。当然，盗墓贼关注的不是故事本身，而是那个首饰盒中陪葬的到底是什么财宝。据说，石碑上写明了首饰盒钥匙的去向。

大老陈想到这里，长长地叹了口气，最后一口烟也抽完了。大老陈将烟锅子朝炕沿用力地叩了叩，抬头看了看窗外，天已经微微发亮了。此时的周三儿睡得像死狗一样，一动不动。

周三儿听大老陈说黄武第二天肯定会来，于是也没有回家，直接住在了大老陈家中。

天刚蒙蒙亮，大公鸡也刚打过鸣，黄武就带着一群狗腿子兴致勃勃地来到了大老陈的家。大老陈早上没啥事儿，在河边走走，到林子里遛遛，甚是惬意。周三儿是个懒蛋子，依旧蒙着破被单呼呼大睡。

大老陈虽然年岁不小，但耳朵出奇灵，跟顺风耳投胎似的。正当大老陈在水塘边钓鱼的时候，突然耳朵动了动，喃喃道："这帮王八犊子来得还挺早……"

大老陈说完，放下渔竿，回到了屋子。他见周三儿仍在大睡，便用手捏住了周三儿的鼻子。周三儿喘不过气来，被憋醒了。当他睁开眼睛的一刹那，便看见大老陈那张老脸正倒看着自己。

周三儿猛地起来，本来睡眼惺忪的他精神了不少。他拍了拍胸口，说道："老陈大哥，你可吓死我了，你咋起这么早呢？这大公鸡才刚打过鸣。"

大老陈嘴角闪过一丝微笑，摆了摆手，说道："睡吧，睡吧！你不怕黄武那帮王八犊子拿枪来戳你被窝儿，你就继续梦周公。"

周三儿一听大老陈说这话，知道肯定是黄武他们要来了，慌忙穿衣裤，一边穿一边问："老陈大哥，黄武他们真来了吗？"

就在这时，屋子外面传来了杂沓的脚步声和马蹄声，声音越来越近。

大老陈看了周三儿一眼，问道："听见了吗？"

周三儿系好扣子，拽了拽衣角，点点头，说："听见了，听见了。"

大老陈和周三儿出了屋子，此时黄武也正好进了院子。周三儿见黄武领着一群兵痞放羊一样地进来，看了眼大老陈。大老陈轻哼了一下，轻声自语道："带了这么多狗腿子，看这架势是做好了抢的准备啊！"

周三儿听见了大老陈的话，低声对大老陈说道："老陈大哥，到时候咱得多注意才是。"

大老陈轻蔑地回道："谁注意点儿谁还不一定呢！"

黄武进了院子，向大老陈笑着招了招手，翻身下马，走到大老陈的跟前，微笑道："老陈大哥，起得挺早啊！"

大老陈干笑了一下，说道："知道黄队长要来，能不起早点儿嘛。要是赶上没起来，让黄队长拿枪杆子顶被窝子可就不好了。"

黄武大笑道："老陈大哥，哪儿能啊！老陈大哥就是幽默，爱说笑话。"

周三儿看了一眼黄武身后的兵，胆怯地问了一句："黄队长，你咋带这么多兵来呢？"

黄武看了一眼大老陈，白了一眼周三儿，说道："这事儿是你该管的吗？那么重要的宝贝，不得多点儿人手保护吗？"

大老陈讪笑道："黄队长说得对，是该多点儿人手，宝贝值钱着呢！"

黄武手搭凉棚，看了看刚冒出头的日头，冲大老陈说道："老陈大哥，咱们现在就走吧！"

黄武领着几十个兵痞，跟着大老陈和周三儿，出了村口，向西北方向行去。说来也巧，大老陈一行人刚出村口，头顶上的云便越聚越多，不多时就已经乌云密布。伴随着云层的加厚，风也开始愈来愈猛烈。大老陈一行人走出村口一里多地的时候，突然，伴随着震耳欲聋的雷声和刺眼的闪电，豆大的雨珠从天而降。

对于这场突如其来的大雨，大老陈颇有一种不祥之感。他抬头望了望西北，感觉有一股极重的煞气在那边围绕，久久不散。其他的人开始不停地抱怨，咒骂不停。

黄武气急败坏地大骂道："这该死的老天爷，你说你啥时候下雨不行，偏偏要在我黄武办事儿的时候下，老天爷您可别怪我，您这是找骂呀！"

周三儿是个机灵鬼，他常常留意大老陈的面目表情和一举一动。此时他看到了大老陈心事重重的神情，感觉好像要出什么事。他往大老陈身边又靠了靠，轻轻地吁了口气。周三儿明白，遇到事情，大老陈总会有办法的。

不多时，一干人的全身就已经湿透了。

"队长！前面好像有间小庙！咱进去躲躲雨吧！"忽然，一个瘦得吓人的兵痞惊喜地用手朝右前方指了指，向黄武报告道。

黄武微微一怔，大喜，顺着那个兵痞的手指睁大眼珠子看去，其余人也都朝同一个方向望去。果然，在几十米远的玉米地中有一间破旧的小庙。被雨淋透了的一行人兴奋地向破庙疾步行去。

一行人来到破庙前，只见庙门紧闭，本来朱红色的庙门因年代久远早已褪色。大老陈突然眉头紧锁，心中纳罕道："我大老陈在这片地方生活了好几十年，这儿啥时候有这么间破庙呢？"

大老陈正困惑，只听黄武"啪啪"地拍打庙门，大声喊道："有没有人？赶紧开门！"

敲打了好几下，没有人回应。周三儿侧头对大老陈说道："这么破的庙，是不是没人啊？"

大老陈微微地摇了摇头，说："不太像……"

"没有人？不可能！没有人住的话谁能把庙门关得这么严实？"黄武用手抹了抹脸上的雨水，继续使劲地拍打庙门，"到底有没有人，赶紧给老子开门！再不开门，就别怪我把你这破门卸了烧掉！"

黄武正要大发雷霆之际，只听"吱嘎"一声，庙门缓缓地打开了。昏暗中，传出了有点恐怖、有点沙哑的声音："谁呀？"

黄武听到声音，先是一愣，眉头顿时皱得厉害。因为，他只看见门开了，有人说话，但并没有看见庙内有人！

黄武纳罕道："娘的，光听见说话了，人呢？"

还是周三儿眼尖，他惊喜地用手一指，说道："在那儿呢！"只见一个长得很矮小、满脸都是褶皱的老和尚躲在门后，只露出半个脑袋。怪不得黄武没有发现，因为这个老头儿长得实在太矮小了。甚至连大老陈都没看见。说实话，大老陈虽然耳朵极灵，但是视力不算太好。

老和尚抬起脑袋看了眼下雨的天空，又环视了一番眼前的这些人，说道："下雨了，都进来吧……"

黄武首先迫不及待地进了庙里，大老陈走到老和尚身边，侧首微笑着说道："谢谢。"就在这一刹那，大老陈突然感到这位老和尚全身散发着一种难以言说的魔力。

大老陈等人进了庙内，把衣服裤子脱下来拧干了，又重新穿上。这个庙并不大，屋顶还有不少漏雨的地方。庙内除了一尊地藏王菩萨的石像和一个暗红色的木桌子外，最显眼的就算是在东南角的一堆稻草了。那堆稻草被压得很扁，估计是用来睡觉的地方。大老陈打量着这座破庙，感觉如此神秘而不可预知。

很显然，这是一个破旧的地藏王菩萨庙。

地藏王菩萨，又叫地藏菩萨，曾说过两句十分有名的佛语，"地狱不空，誓不成佛"和"我不入地狱，谁入地狱"。在东北，信奉地藏王菩萨的人着实不少。

那老和尚关好庙门，慢吞吞地来到地藏王菩萨像前，一边敲木鱼一边虔诚地念起了经文。老和尚干瘪的嘴唇节奏紧凑地蠕动着，忘我地念着经，似乎已经处于无人之界。黄武在庙内焦急地踱着步子，时不时地看一眼仍旧下雨的窗外。

黄武咒骂道："这该死的雨到底啥时候能停啊？"

"也许，施主来上一炷香，这雨就停了……"突然，那老和尚面无表情地说道。

庙内的人都是微感诧然，黄武先是一怔，而后大笑道："老人家，这庙是不是就你一个人啊？"

老和尚目不斜视，回道："居宝地而不向佛，多有何用？"

黄武又笑道："我鬼神不信，烧哪门子香？刚才你说让我烧一炷香，外面的雨就会停，你不感觉这是在说梦话吗？我一烧香外面雨就停？那要是我想天上掉金子，我烧一炷行不？要是真能掉金子，那我马上就烧它几捆香！"

大老陈仔细端详起这个老和尚，感觉这个老和尚不简单，皱着眉头思忖片刻，然后起身对黄武说道："黄队长，大千世界，无奇不有。这事儿讲究心诚则灵，给地藏王菩萨上一炷香也无妨，又不会缺骨头少肉的。你说呢？"

黄武歪着嘴巴，冲大老陈笑着说："老陈大哥，要上你上，我不上。我只给人上香，不给神上香。《封神榜》里面神仙多不多？还不都是人写的！"

大老陈无奈地摇了摇头，大步走到地藏王菩萨跟前，拿起一炷香，正要点燃，却听那边说道："不是谁上香都灵验的。"

经老和尚一说，大老陈的手停了下来，侧头看了眼黄武。 接着，所有的人都把目光投向了黄武。 那些黄武手下的兵痞，也渐渐相信了老和尚的话。 他们也抱持着一种态度，那就是宁可信其有，不可信其无。

黄武一怔，回头看了看自己手下的兵，眉头一皱，说道："咋的？ 都信佛啦？ 都是菩萨心肠了？"

其中一个兵痞唯唯诺诺地说道："队、队长，上一炷吧……"

其余的兵痞也陆陆续续地说："队长，上一炷吧！"

黄武无奈地点了点头，说："好好好，我上一炷，我就看看能不能灵验。 要是上完香，这雨不停，你们这群小崽子一人扣半个月饷钱！"

说罢，黄武极不情愿地走到地藏王菩萨石像前，抽出三支香点燃，拜了拜，说道："求菩萨，保佑外面的雨赶紧停下吧。"说完，把三支香插入了香炉中。

也不知是菩萨真的显灵了，还是巧合，窗外的雨果然停了！ 刚才还大雨如注，现在已经阴转多云了。

在场的人无不愕然，黄武尤甚。 黄武愣了一会儿，难以置信道："真这么邪？ 简直太不可思议了！"

大老陈带着对老和尚的疑问，走到他跟前，恭敬地问道："请问高僧法号？ 这庙里怎么就您一个人呢？"

老和尚双手合十，说道："施主，贫僧法号指引。 一座庙，一菩萨，一和尚，一卧榻，很合适。"

黄武眯缝了一下眼睛，感觉到有一束阳光透过窗子射了进来。 他忽然想起还有要事，喝令道："兄弟们，出发啦！"

一干人行至门口，黄武回头向老和尚竖了竖大拇指，呲着满嘴的黄牙，笑道："真是活神仙啊！"

大老陈领着黄武等人出了庙门，所有人都不约而同地仰头看了一眼天上耀眼的太阳，心情好了不少。

话说昨夜张二小离奇死亡，并且死法恐怖，早上孙父来到厨房，见到了张二小的尸骨和已经昏厥的孙大炮，登时吓傻了。 缓了半天，孙父将孙大炮背到了大屋子的炕上。 孙父一直呼唤孙大炮的名字，过了很久，孙大炮才逐渐有了意识。

孙大炮缓缓地睁开了眼睛，看到了自己的父亲，一脸惊恐道："别来抓我！别来抓我！"

孙父一脸焦急地问道："大炮啊，这是咋了呀？"

孙大炮依旧挣扎着，惊慌地大喊道："别过来！别过来！"

孙大炮突然跳下炕，疯疯癫癫地跑出门去。

孙父来到张二小家，张二小的母亲并不知道儿子已死。 当孙父把张二小死亡的消息告诉张母的时候，张母死活不信，跟随孙父来到了孙家。 当张母认出那堆血淋淋的人体骨架上穿的正是自己亲手缝制的短褂，登时昏厥了过去。

张二小离奇惨死和孙大炮发疯的事一下子在村里传开了，村里人对这事议论纷纷。 有的说是恶鬼索命，有的说是恶意谋杀，反正说什么的都有。 张母醒后，开始了撕心裂肺的哀嚎。 孙父和一些村民将张二小的尸骨收敛后，并没有埋葬到村里的坟地上，而是埋到了村口土地庙的附近，原因是张二小的死法恐怖，阴气极重，需要仙气将其镇住。 不管怎么说，张二小的离奇死亡在村里成了一个谜。

村长害怕村子被厄运笼罩，在村子东边的千年大柳树下开始了祭拜，又是杀猪又是宰羊，平时少见的水果也摆到了树前。 大柳树上拴了几十条红绳，树下放置了一个香炉，烟雾袅袅升起。 上百个村民都跪在树前，无比虔诚。

谁也说不上来这棵千年老柳树长于哪一年，它的年岁实在是太长了。 村民们坚信，上千年的东西会有灵气，会成精成仙的。 这棵老柳树就一直被当作村子的神树来膜拜，经常会有人来到树下诉苦或是祈福。 正因为这里有这么一棵千年大柳树，所以这个村子才叫"神木村"。

上百个村民低头跪拜在大柳树前，一个打扮得怪里怪气的萨满手持长剑和黄符，上蹿下跳地嘟囔着一些令常人一头雾水的咒语。 过了一会儿，萨满不跳了，突然从口中喷出一团火，手中的几张符猛然燃烧起来。 接着，他把烧着的符放到了已经准备好的几坛子酒中。 酒遇火燃烧，坛子口跳跃出几簇蓝色的火苗。 烧了一会儿，萨满把坛子口捂住，等坛子里的火因缺氧灭了后，他把这混着黄符灰烬的酒倒给了村民们。 而村民们也迫不及待地一饮而尽。

萨满举起双手高呼："喝了神酒，百邪不侵！"

萨满所说的"神酒"，当然是毫无科学根据的，但是在村民心中，起着非常重要的作用。 在东北地区居住的汉族人，也管萨满叫"跳大神的"。 村民们喝这所谓的"神酒"，就是为了趋避他们认为的张二小离奇死亡所带来的邪气。 村民们为了避邪，甚至连孙大炮家都满屋子贴了符。

自从那天孙大炮从自家疯跑出去后，就再也没有回来，是生是死更是无人知晓。 于是乎，村长在孙父的央求下，开始发动村民漫山遍野地寻找……

大老陈并不知晓张二小和孙大炮出事了，此时他正领着黄武一行人寻找所谓的凤凰盏。 大老陈一行人翻过一座山，趟过一条河，正午时分刚过，众人眼前出现了一片极其阴暗的森林。 这片大森林仿佛从幽冥而来，阴气极重。 暗绿色的树林仿佛不断地向外透着寒气。

周三儿刚进森林，就打了个寒战，侧头对大老陈说："老陈大哥，我咋感觉这林子里有点儿冷。"

大老陈朝周三儿眨了两下眼睛，说道："大热天的进林子避暑，你倒说冷？"

周三儿立即明白了，恭敬地笑道："可能是刚才太热了，冷不丁进来有点儿不习惯。"

此时其他的兵痞都感到了寒冷，但是听周三儿这么一说，又感觉正常了。 黄武谨慎地环视了一下四周，朝大老陈问道："老陈大哥，还有多远？ 这都走了挺长时间了，咋还没到呢？"

大老陈说道："这么宝贝的东西，我能不藏得隐蔽点儿吗？ 别着急，快了，就在这片林子里。 再忍忍！"

黄武有些疲惫地提了提裤子，不耐烦地高声喊道："兄弟们！赶紧走啊，胜利就在眼前啦！"

大老陈低着头，心中盘算着。 他明白，对于这帮兵痞来说，这就是一条不归路。 大老陈带着兵痞不知在林子里走了多久，反正黄武等人已经失去方向感了，感觉这林子就像一个大迷宫，没有一条是出路。

众人翻过一个山冈后，大老陈突然扬起手，示意众人停下脚步。 大老陈拨开高深的草丛，众人顿时愕然。只见杂草中出现了一个洞口，洞口前方的一块大石头上画着一个有些模糊的太极图。眼前的地洞里面漆黑一片，一股股的阴气从里面涌出。

黄武看到了地面上的洞口，先是猛然一怔，而后有些结巴地歪着嘴对大老陈说："老、老陈大哥啊，你真把那只凤凰盏藏这里了？"

大老陈点头道："就在这里面。"

黄武谨慎地说道："老陈大哥，我黄武一向尊敬你，你可千万不能做出有伤咱们兄弟感情的事儿啊！"

大老陈看出黄武有些胆怯了，笑道："黄队长说哪里的话，黄队长对我大老陈如何，我心里有数。黄队长要是到了这境地心生胆怯，咱大可无功而返便是。"

黄武听出了大老陈这话明显是有讽刺自己的意思，但是就算自己再生气，现在也得先忍着。且不说能不能找到凤凰盏，现在要是没了大老陈，这茫茫阴冷的森林也走不出去，十有八九被困死不可。于是，黄武挺了挺腰板，昂起头说道："我黄武从不做只有半截的事儿，别说是个地洞，就是那刀山火海阎罗宝殿，我既然到了门前了，就得进去瞅几眼！"

黄武身后的那些兵痞看见这个阴森的地洞，都有些脊梁骨发麻，但是也没有一个敢说不字。周三儿看见这个深邃的地洞也心中发毛，他开始并不知道大老陈会把一干人领到这样的地方，以为顶多就是个破山洞之类。要是知道大老陈会把自己领到这样恐怖的地方，他死活都不会来的。可是眼下没办法，只能硬着头皮紧贴在大老陈身边往里走了。周三儿就相信一个理：跟着明白人，能办明白事；常在高山住，不怕大水淹。

众人点燃火把，大老陈在前，周三儿紧贴在大老陈的左侧，黄武谨慎地走在大老陈的右边，一群兵痞在最后，小心翼翼地走进了地洞中。漆黑的洞内瞬间被火把照得通亮，两边的墙壁上现出几具干尸，都被死死地钉在墙壁上。从干尸的样子来看，个个都面目狰狞，极有可能是在活着的时候就被钉到了墙壁上。大家都被这突然闪现的干尸吓得够呛，只有大老陈一人很镇定。

黄武被吓得嘴巴歪得更厉害了，哆哆嗦嗦地说道："老、老陈大哥啊，这是啥地方啊？咋、咋这么吓人呢？"

大老陈斜睨了一眼，问道："黄队长，你怕了？"

黄武轻咳了一下，说道："我也就是随便说说。"

大老陈摸了摸黄色的胡须，说道："凤凰盏是明器，明器属于阴气很重的东西。 这凤凰盏又是异常贵重的宝贝，自然要把它放到适宜它的环境中。 所以，我选了这个废弃的古墓。"

"古墓？"黄武诧然问道。

"刚才那些干尸都是殉葬品，不用大惊小怪。 既然是坟墓，难免要见到死人。 大伙儿调整好心态，只要不走丢了，就保你安然无事。"

黄武似乎明白地点点头，回头冲那些兵痞嚷道："胆子都大点儿，别跟缩头乌龟似的。 到时候传出去，别他妈给老子丢人！一个个都跟紧喽，谁要是走丢了可就当殉葬了！"

兵痞们听了黄武的话，一个个都故作精神地睁大眼睛，手中紧握着步枪，尾随其后。

此时，就在周三儿的眼前，突然飘过去一个白影，转瞬消失在了黑暗中。这个白影着实把周三儿吓了一跳，要不是大老陈捂住了他的嘴巴，他早就叫出来了。

黄武怔了怔，一挥手，示意身后的兵痞都停下脚步。 同时，黄武慌忙从腰间掏出了手枪，眼珠子乱转着，冷汗也从鬓角缓缓流了下来。

周三儿的心怦怦地狂跳，声音颤抖地对大老陈轻声说道："老陈大哥，刚才那白影是啥？ 要不咱……"周三儿看着面色凝重的大老陈，那个"回"字最终没有说出来。

大老陈此时心中也很纳罕，因为在他的记忆中没有见过这东西。 大老陈暂时没有说话，眼神始终注视着白影消失的那个方向。

他在琢磨，那个白影到底是什么。

第三章
无极冥洞

几秒钟后，大老陈从沉思中回到现实，面无表情地说道："都别慌，可能是看走眼了！"

大家听了大老陈的解释，悬着的心都逐渐放了下来。 但是大老陈眉头还是飘着一团愁云。 因为他也看见了那个白影，肯定不是他自己所说的看走眼了。 大老陈悬着心暗道，很久没有来了，自己没见过的怪事还见长了。

大老陈清晰地记得，他第一次来这个地洞是在二十五年前。 当年大老陈还是青春年少，跟随自己的舅舅马瞎子和马瞎子的徒弟关印清，三人来到这里寻找如意神铁。 关于契丹族，有着一个美丽的传说。 传说有一位男子骑着一匹白马自湟河而来，一位女子则乘青牛自上河而来。 二者相遇，结为配偶，生了八个儿子。 这名男子命能工巧匠铸造了八块如意神铁，分别送给了八个儿子作为镇部之宝。 后来这八个儿子分别繁衍成八个契丹部落。

随着耶律阿保机统一契丹各部，这八块如意神铁也被阿保机分别供奉于各神秘宝地。 有传闻说，如果集齐八块如意神铁，就能成就帝业。 辽国末期，天祚帝为了挽大厦之将倾，命人四处寻找如意神铁。 可是，最终奉命寻找的人无果而返。 辽国灭亡之后，女真人和蒙古人都寻找过如意神铁，可是都没有找到。从此，如意神铁成了一个谜。关东盗墓贼都知道，如意神铁即使不聚集在一起，单个的一块儿也会价值连城。

每个人都有一个皇帝梦，所以如意神铁吸引着无数的盗墓贼以及各路江湖人士苦苦寻觅。当然，大老陈的舅舅马瞎子就是其中一员。

对于那个诡异的白影，周三儿一听大老陈说肯定是看走眼了，便吁了口气，说道："真是虚惊一场啊。"

黄武眼珠子无比谨慎地扫描着火光之外的黑暗，说道："老陈大哥，你、你来过这儿几次啊？你对这儿到底熟不熟啊？"

大老陈斜睨了一眼黄武，漠然地说道："黄大队长是不是觉得我大老陈能把你们领进来却领不出去啊？"

黄武忽觉刚才的言语欠妥，于是笑道："老陈大哥的本事我还不清楚吗？您干这行都大半辈子了，肯定不会出啥事儿，我那是一百个放心啊！"

大老陈浅笑了一下，没有言语，继续往前走。

黄武对于大老陈的傲慢心生不爽，心道这么个老头子有什么可以傲慢的，不就是个盗墓贼嘛，要不是为了那只凤凰盏，老子早就拿枪崩了你了。想着想着，黄武贼溜溜的眼珠子一转，闪过一道阴冷的光芒，他决定在拿到凤凰盏之后，就把大老陈解决掉。但是，没有了大老陈这个向导，黄武又如何能走出这个无极冥洞呢？

就在这时，黄武突然表情痛苦地捂着肚子说道："哎哟，哎哟！"

大老陈回头看了一眼黄武，问道："黄队长，你这是怎么了？"

黄武死死地捂着肚子，就像铁扇公主肚子里进了孙猴子一样，声音有些发颤地说道："也不知道咋整的，肚子疼得厉害，八成是早上吃啥坏东西了。"

大老陈打量了一下黄武，说道："要不咱回吧。"

"不用不用，我找个地方解决一下就能好。"黄武捂着肚子，要择地出恭。

"原来是屎憋的啊！哈哈。"大老陈笑道，"那赶紧就在这拉吧！"

"我往那面点儿，我拉屎特臭！"黄武嘿嘿笑了一下。

黄武叫上了两个兵，举着火把来到了不远处转弯的地方。这里正好是一个直角，虽然离得不远，但是大老陈已经看不见黄武和两个兵痞了。在大老陈这里，只能看见不远的拐角处冒出闪动的光亮，并且能听见黄武断断续续用力的难听声音。

周三儿低声对大老陈说："这黄武，真是耽误事儿啊。"

大老陈轻哼了一声，低声说道："懒人屎尿多，一点儿不错。"

大老陈也许真的没有猜到，此时黄武根本没有在大解，而是边警惕大老陈这面，边故意满脸憋得通红地使劲。两个兵痞见黄武转过墙角就不捂肚子了，表情也没有那么痛苦了，不由面面相觑，一头雾水。

兵痞甲眉头紧皱地抻着脖子刚要开口，黄武紧张地把食指放到嘴唇中间"嘘"了一下。兵痞甲马上会意，声音极低地问道："队长，那你咋不脱裤子呢？"

黄武眼睛暴睁，一脸火气地使劲用手指了指兵痞甲，低声骂道："我脱裤子干啥啊？"

兵痞乙傻乎乎地轻声道："您不是要拉屎吗？队长，赶紧拉吧，这里面太瘆人了。"

黄武气得咬牙切齿，拿枪顶了顶兵痞乙的脑门子，狠狠地低声道："我拉你大爷！你俩赶紧给我说话小点声！"

间歇，黄武又学着出恭的动静"吭哧"了几声。

黄武掏出腰间一把锋利的匕首，狠狠地在拐角的墙壁上画了一个出口的箭头。两个兵痞见了黄武的这个举动，都明白了黄武装肚子疼的原因。黄武在墙壁上画完箭头，迅速把匕首插回腰间，一脸阴险地喃喃道："要不做上记号，等咱们拿了凤凰盏整死老陈头和那个姓周的之后迷了路咋办？都是一群猪脑子，没有一个想到的！"

兵痞甲愕然低声道："您想要了大老陈的命？"

黄武阴险的眼神中闪过一道寒光，微微点了点头。

兵痞乙生怕没有了大老陈的带路根本就走不出这个鬼地方，战战兢兢说道："队长，这大老陈不能杀啊。要是您画的记号不起作用了，咱们出不去咋整啊？"

黄武主意已定，把手中的手枪迅速顶到兵痞乙的脑门子上，狠狠低声道："你是队长，还是我是队长？"

兵痞乙吓得浑身哆嗦，一动不动，更不敢多说一句话。

在拐角另一边的大老陈有些等不及了，不耐烦地喊了一句："我说黄大队长，您这是在拉线儿屎呢？咋这么长时间啊！快点吧，咱得抓紧时间，好在天黑之前出去呢。"

大老陈的话音刚落，就听见黄武回应："马上，马上了。"

大老陈心中暗骂道："真是个没用的废物！"

"啊！救命啊！"拐角处忽然传来一声撕心裂肺的呼救声。这声音就如同晴空下一道震耳欲聋的雷电，震慑了每一个人的心脏。

大老陈等人听见呼救声，连忙朝拐角处疾步行去。行至一半，但见黄武无比恐惧地朝大老陈等人奔来。

大老陈赶到拐角处，只见到非常恐怖的一幕。两个兵痞身上的肉都被剔除干净，只剩下一具血淋淋的骨架。死者周围没有留下其他人的脚印，没有发现任何蛛丝马迹。面对恐怖的惨状，在场的人无不震惊。

大老陈面色凝重，站在死尸旁仔细查看。

黄武惊魂未定，战战兢兢地站在几个兵痞中间，嘴唇有些发颤，目光中满是惊恐之色。黄武一定是看见了什么异常恐怖之物。

周三儿皱着眉头，声音微抖地说道："老陈大哥，这两人的死法太诡异了，什么东西能在这么短的时间内将肉身剔除得如此干净迅速呢？难道、难道真是鬼？"

众人一听周三儿猜测是鬼所为，面目表情都又增添了几分恐惧之色。

大老陈沉默片刻后，侧头向黄武问道："黄队长，你说一说具体情况。"

黄武虽然受到了惊吓，但还没傻。只见黄武大口大口地喘了几口气，努力镇静了一下自己惊恐的情绪，歪着嘴巴缓缓说道："我、我没有看到是啥东西。我是背对着他们俩的，我正问他们话，他们没回答我，我就回头看，发现他俩死了，而且死得太吓人了！"

大老陈问道："他们死亡的时候都没发出什么声音？"

"没有，一点儿动静都没有。"黄武睁大眼睛，无比认真地说道。

大老陈左手搁在背后，右手摸着下巴上的黄胡子，说道："真是太离奇了……"

　　大老陈此时心里也增添了不少压力。二十多年前来此地时，他和舅舅马瞎子根本就没有遇到过如此匪夷所思、诡异恐怖的事。大老陈此时内心有些矛盾，到底是继续往前走呢，还是带领这群可恶的兵痞原路返回呢？大老陈看了一眼心有余悸的黄武，觉得黄武执意要找所谓的凤凰盏的决心不大了。其实大老陈早已对黄武和这群兵痞深恶痛绝，要是原路返回，自己的计划岂不全盘落空了？想到这，大老陈的眼睛忽然精光一闪，似乎又有了新的盘算。

　　大老陈环视了一下漆黑阴森的四周，对黄武说道："黄队长，你还想去找那只凤凰盏吗？"

　　黄武此时直摇头，俨如拨浪鼓，说道："不找了，不找了！老陈大哥，我算是想明白了。那凤凰盏再值钱，也没有身家性命值钱啊！咱赶紧走吧，我可不想再在这鬼地方待下去了！"

　　众人带着一连串的疑问开始原路返回。十多分钟后，大老陈突然停下了脚步，惊道："这条路根本就不是我们原来走来的路！"

　　"啥？不是原来的路？"黄武一听，愕然说道。

　　大老陈似乎真的遇到了前所未有的难题，鬓角微微地渗出了些许汗液，说道："看来，现在我们想出去都费劲了！"

　　经大老陈这么一说，所有的人心都凉了。因为，进出这样的地方，就大老陈一个明白人。如果大老陈都说解决不了，那么众人就全都得听天由命。那个白影到底是什么？难道是暗道中游走的幽灵？而那两个兵痞的死与白影又有什么关系？另外，这个大老陈和他舅舅马瞎子曾经进出自由的古墓，为什么如今却诡异非常？

　　周三儿警觉地环视着漆黑阴冷的四周，仿佛在那无尽的黑暗之中，到处都隐匿着面目狰狞的魔鬼。周三儿也确实害怕了，本以为靠在大老陈身边就会万无一失，但是他感觉到大老陈也面临着难题，心不禁凉了大半截。

　　黄武此时已如惊弓之鸟，他命令所有的兵痞都端起手中的步枪，全部拉开保险、上上子弹。此时此刻，所有人都停下不动了，目光都聚到了大老陈那凝重的脸上。

　　现在，所有人都把希望，放到了大老陈身上。

　　大老陈沉默良久之后，用手摸了摸墙壁。因为洞内非常潮湿，墙壁上长满了苔藓。 洞顶的水滴断断续续地落下，时不时滴落到大老陈的脸上。 摸过墙壁后，大老陈喃喃道："这个契丹古墓已经屡次被盗，废弃多年，应该没什么人会来了。 可是，为什么墙壁上的苔藓会有擦痕呢？"

"会不会是我们刚才走过去的时候碰到了？"周三儿猜测道。

大老陈摇了摇头，否定道："不可能，这擦痕明显有一段时间了。"

忽然，黄武似乎想到了什么可怕的事情，瞪目道："该不会是这坟墓的主人复活了吧？"

经黄武这么一说，所有的兵痞汗毛都竖起来了，把手中的枪握得更紧了。

大老陈斜睨了一眼黄武，说道："据我所知，早期的契丹人奉行火葬，也就是说先天葬，后火化！ 至于尸骨葬，那是后来汉化所致。 这个废弃的墓穴，我听我舅舅讲，是契丹初期的贵族墓，至于到底是谁的墓，没人知道。 你觉得一堆碎骨可能尸变吗？"

众人听了大老陈的话，心情微微舒缓了一些。

"这么说，契丹人的坟墓中，都是直接尸骨葬了？"黄武好奇地问道。

大老陈摇了摇头，说："我盗过的契丹墓里，也有用木头棺材和石质棺材的。 我估计，那都是契丹人受汉族人影响的结果。 但有棺材的契丹墓是少数，大多数还是用尸台或是尸床的。"

黄武点了点头。

"大家跟着我走，不要离得太远。"大老陈命令众人跟着自己，顺着眼前的这条暗道继续往前走。

大老陈现在被众人当作唯一的救命稻草，大伙儿都言听计从地紧跟在大老陈身后。 周三儿仍旧保持原则，紧贴着大老陈行走，距离不超过半米。

一道阴冷的风不知从哪里吹来，吹得所有人都头皮发麻。

大老陈带着众人走了不远，突然被一面墙挡住了去路。 大老陈从周三儿手中拿过火把，仔细观察了下这面墙壁。 只见这面墙呈黑褐色，上面什么都没有。 大老陈把鼻子凑上去闻了闻，眼睛猛然睁大。 似乎，他发现了什么秘密，眼眸中闪过一丝诡异的光芒。

黄武似乎发现了大老陈的异样，问道："老陈大哥，你发现什么了？"

大老陈转过头来，淡淡笑道："没什么，这就是一个死胡同。"

黄武继续问道："那咱们下一步该往哪儿走啊？"

大老陈顿了顿，然后把目光移向周三儿，用手招呼了一下，说道："三儿，你过来一下，来摸摸这墙。"

周三儿一脸不解，先是一怔，然后走到了那面墙跟前。他看了一眼大老陈，大老陈向周三儿缓缓地点了点头，眼神中流动着某种光芒，似乎在传达什么隐秘的信息。周三儿转过身，面朝墙壁，单手伸向墙壁。周三儿的手触摸到了黑褐色的墙壁，他感觉此时自己就像磁铁的阴极，被墙壁上的阳极强烈地吸住了。

大老陈斜睨了一下黄武等人，然后给了周三儿一个往里推的眼色。周三儿会意，手掌缓缓用力，朝墙壁推去。

黄武等人都半张着嘴，眼睛直直盯着周三儿。

"轰隆！"

忽听一声巨响，周三儿猛然一惊，判断身后出了问题。周三儿转过头来，惊得眼珠子都快掉下来了。大老陈此时面无表情，但是眉宇间透出一股阴冷。

只见刚才兵痞们所站的地方，此时已经变成了一个巨大的地洞，深不见底。一股股寒气从漆黑的地洞中涌出，吹得周三儿脸上的毛孔紧缩。原来站在这里的兵痞都不见了，就连黄武也不见了。很显然，他们一定都掉进了这个深不可测的地洞中。周三儿发着愣，缓过神来后看了看大老陈。

大老陈的眼睛看着周三儿，淡淡地笑了笑。

"老陈大哥，你早就知道这里有一个巨大的黑洞？"周三儿问道。

大老陈长长地吁了口气，说道："我也是刚知道的。这群兵痞专门祸害百姓，死有余辜。"

周三儿此刻用力地将手从墙壁中拔出来，对大老陈说道："老陈大哥，你怎么知道这有个地洞呢？"

大老陈捡起遗落在地洞边的两把步枪，递给周三儿一把，缓缓地说道："这面墙不是一般的墙，是契丹人的杰作，叫做'回死墙'。这是一种防盗机关，在契丹人的古墓中比较常见。你看，这上面有一层厚厚的不干泥，打开地洞的机关就在泥巴下面。当有人碰到这面墙壁的时候，就会被永远不干硬的泥巴墙体吸住，从而触发泥巴下面的机关。"

"原来是这样。"周三儿点了点头。

"不过，这样的机关只对群盗有效，不适合单人行动的。"大老陈望着漆黑的地洞说道。

"为什么？"周三儿又不解地问道。

"要想触动机关，就必须有一个人在墙壁旁启动机关。 如果是群盗，不可能全部的人都来推墙。 最后，只有触墙的人能活下来，其余的人肯定都会掉下地洞。 要是单人行动，就算启动了机关，地洞轰然打开，也不会伤到启动机关的那个人。 最安全的地方，就是距离墙体的半米内。 所以啊，我就让你来启动这个机关了。"

周三儿这才明白大老陈的意思，不禁感激道："多谢老陈大哥！"

"嗖！"就在这时，忽然有一道白影从两人的不远处闪过，速度非常快。大老陈和周三儿俱是一惊。

大老陈谨慎地环视了一下四周，说道："看来这里真的很蹊跷，我们必须尽早出去。 出去后，还要找二小和大炮把铁盒子和半截石碑要回来。"

大老陈和周三儿小心翼翼地沿着地洞的边缘走了过去，虽然途中周三儿踩落了洞边的一大块土，但是也算有惊无险。 大老陈和周三儿两人过了巨大的黑洞，顺着长长的暗道往回走。

那道白影和两个兵痞的死亡惨状一直在周三儿的脑海中环绕，他感觉火光之外无尽的黑暗中，总有一双邪恶的眼睛在注视着大老陈和自己。

大老陈一边谨慎地行走，一边思考着。 忽然，大老陈想到了一件让自己十分振奋的事情。 在二十多年前，自己跟随舅舅马瞎子进来寻找如意神铁的时候，马瞎子担心迷路，编了一个口诀。 当年就是凭借这个口诀，马瞎子和大老陈才走出了无极冥洞。

大老陈努力回想着那个在他记忆中已经模糊的口诀，鬓角逐渐急出了些汗液。 猛然，大老陈停下了脚步，双眼放出无比灿烂的光芒。

周三儿看出了大老陈的异样，问道："老陈大哥，你怎么了？"

大老陈喜道："想到了！想到了！"

"想到什么了？"周三儿不解问道。

此时大老陈的每根黄胡子都变得精神起来，兴奋道："我想到我舅舅当年的寻路口诀了。"

"什么寻路口诀？"周三儿一头雾水。

大老陈便把当年舅舅创造寻路口诀的事向周三儿说了一遍，周三儿恍然大悟的同时，内心也欣喜不已。

周三儿急迫地问道："老陈大哥，到底是什么口诀啊？"

大老陈使劲想着，说道："九重九，入坤门。 盘旋道，反截行。 路不死，遇水生。"

周三儿听得有些蒙，一脸不解地看着大老陈。

由于时间过去很久了，这口诀的含义在大老陈脑海中零散地游荡。 大老陈努力搜寻着关于口诀的每一丝记忆，然后迅速合理地将它们拼凑在一起。

猛然间，大老陈拽起周三儿的袖子，说道："三儿，紧跟着我，咱能出去了！"

周三儿兴奋不已，欣喜地点了点头。

两人顺着这条暗道一直往回走，走过九个拐角，眼前出现了一个不大的墓门。 墓门上方画着一个奇怪的符号，两人推开墓门走了进去。 他们进了一间墓室，墓室内的墙壁上有一个很小的盗洞，大小只能进出一个人。 两人顺着倾斜的盗洞一直向前爬，大概五分钟后，来到了一个柱子跟前。 这个柱子上面雕刻着各种栩栩如生的佛像，佛像下方密密麻麻地刻着很多奇怪的文字。

周三儿看了一眼柱子上的雕刻，对大老陈说道："这上面怎么会画有佛像呢？ 还有，下面这些密密麻麻的字我怎么一个都不认识呢？"

"契丹人十分崇尚佛教，在墓室中雕刻佛像是很正常的。 不过佛像下方的字，我也不认识。"大老陈皱了皱眉说道，"如果说这真是契丹人的古墓，那么这些文字十有八九就是传说中的契丹文。 但据说，现在已没人看得懂这些文字。"

周三儿环视了一圈，发现这里是一个丁字路口，这个柱子就在路口的中间。 周三儿问道："老陈大哥，下面咱们应该往哪儿走？"

大老陈稍思片刻，又仔细看了会儿墙上雕刻的佛像。 忽然眼前一亮，说道："你看那个地藏王菩萨的手！"

周三儿把目光迅速移向地藏王菩萨，果然发现地藏王菩萨的手很特别。佛教中一些菩萨的辨认，对于周三儿来说还是相对容易的，因为他的奶奶就是个虔诚的佛教徒，家里还有一本叫做《百佛图》的旧画册。 对于各种佛像，周三儿都能做出比较准确的辨认。 周三儿此时发现地藏王菩萨的右手手指伸出，所指的方向正是左边的一条暗道。 周三儿兴奋地说道："我明白了！ 我们是不是就按照地藏王菩萨手指的那条暗道走就对了？"

大老陈的嘴里念叨了两句什么，然后把手指指向与地藏王菩萨手势相反的那条暗道，说道："正确的路应该是那条！"

周三儿诧然顺着大老陈的手指望去，那是一条相对来说比较狭小的暗道。

大老陈在前，周三儿在后，距离不过半米，两人顺着这条狭窄的暗道往前走去。 走了半晌，两人走到了暗道的尽头。 在暗道的尽头，他们发现了一个地下湖，湖边上停着一条金色木船。

大老陈望了望湖面，又看了看眼前的这条金色木船，说道："难道这就是口诀中的'路不死，遇水生'？"

周三儿点头道："肯定是！"

大老陈和周三儿爬上金色木船，用手做桨，努力地划动湖水将船推向漆黑而不可预知的对岸。

"嗖嗖！"

忽然，几支带火的羽箭击中了金色木船，木船瞬间着起火来。 大老陈大惊，连忙想用水将火扑灭。 可船上的火此时却像是来自太上老君的八卦炉一样，水根本就不起作用。

大老陈看了看漆黑的对岸，对周三儿说道："三儿，看来咱们只有赌一把了！"

"怎么个赌法？"周三儿的心狂跳不已。

大老陈使劲用手划着湖水，说道："就像我这样，用力往对岸划！ 要快！"

周三儿来不及回答，就已用手快速划动湖水。 此时，金色木船已经被火熏得发黑，熊熊的火焰已经吞噬了半个船身。

就在这时，在无尽的黑暗之处，又纷纷射来数支带火的羽箭。 有的"梆梆"地射到了船身上，有的"噗噗"落进湖水中。 大老陈和周三儿低着头，努力将上半身蜷缩在船舱中。 羽箭过后，两人又开始奋力划水。 船身上燃烧的火焰炙烤着他们的后背，两人忍受着灼痛，拼死逃命。

燃烧的木船快速划动了十数米后，船舱中的水已经没过了两人的膝盖。大老陈惊呼道："三儿，赶紧划啊！"

周三儿全身已经被汗水浸透，上气不接下气道："老陈大哥，我在用力划啊！"

木船已在逐渐下沉，两人心如死灰。 忽然，船头似乎碰到了什么东西，停了。 大老陈的眼睛闪过一道惊喜："三儿，赶紧下船！ 好像是到岸边了！"

大老陈和周三儿连滚带爬地下了已经烧毁一多半的金色木船，待他们回头看，整艘木船都被烈火吞噬掉了。 大老陈和周三儿继续前进。 不多时，两人忽然发现前方隐约出现了一丝光亮。

大老陈兴奋地说道："三儿，看，前面有光！ 好像是出口！"

周三儿也看到了那丝光亮，欣喜若狂地点头道："嗯，我看到了！"

两人不由自主地加快了脚步，朝着充满希望的那一丝光亮疾步行去。

两人出了洞口，发现眼前是一片茂密的森林。 大老陈回头看了一眼洞口墙壁的花岗岩，隐隐约约能看出刻着一个"马"字。 是的，大老陈和周三儿终于走出了这个犹如迷宫一样的无极冥洞。 当年大老陈和舅舅马瞎子来的时候，就是从这个洞口出来的。

大老陈看了一眼墙壁上的"马"字，长长地吁了口气，对周三儿说道："你看见墙壁上那个'马'字了吗？ 那个字就是当年我舅舅出来的时候刻上去的。"

周三儿也看了眼墙壁上的那个"马"字，似乎想象出了当年大老陈的舅舅马瞎子在墙壁上刻字的情景。 周三儿把目光移向黑漆漆的洞口，说道："原来这个无极冥洞有两个出口。"

大老陈浅浅一笑，说道："也许不止两个。 都说狡兔三窟，人难道不比兔子聪明吗？ 精明的契丹人在修建陵墓的时候，肯定不会只修一条通往陵寝的通道。 如果不是这个契丹古墓被破坏得比较严重，里面的东西肯定非常值钱。"

周三儿钦佩地说道："跟着您，真是学了不少东西啊！"

大老陈回头看了一眼洞口，说道："这个古墓太大了，我们根本没有把它都走完。"

"是啊，这个古墓修得像一个迷宫。"周三儿说道，"可能其他地方还有更大的危险我们没有遇到。"

大老陈抬头看了看已经偏西的太阳，用手指了指林子深处，说道："我们抓紧时间回去吧！回去找二小和大炮，把铁盒子和半截石碑要回来。"

周三儿点头应允。

在路上，周三儿见大老陈眉头紧锁，便问道："老陈大哥，看你满肚子心事的样子，怎么了？"

大老陈紧锁的眉头缓了缓，说道："我在想那道白影。还有那两个兵痞，全身的肉都在瞬间被剔除了，简直匪夷所思。"

一提到那两个被剔除全身肉的兵痞，周三儿就全身发毛："我从来都没有遇到过这么恐怖的事儿。那道白影，难道真的是幻觉？"

大老陈摇了摇头，说："我当时只是为了稳住黄武那个混蛋，才那么说的。到后来，我发现了问题的严重性，所以才答应领黄武那群兵痞返回的。在返回的途中，我一直在找机会解决掉这群兵痞，没想到遇到了那面'回死墙'。本来设计好的路线，走到最后却完全找不到了。"

周三儿恍然道："原来是这样。"

大老陈和周三儿出了阴森森的林子，循着原路朝村子走去。途中，大老陈突然驻足，眉头皱起，目光停留在一片原野中。

周三儿也停下脚步，侧头看了看大老陈，问道："老陈大哥，你怎么了？"

大老陈的目光仍旧停留在原野中，神情困惑地说道："如果我没有记错的话，在那片地上没了一样东西。"

"没了一样东西？没有吧。"周三儿挠了挠后脑勺，顺着大老陈的目光望去，却什么也看不出来。

"你再想想，下大雨的时候。"大老陈说完，眼睛一百八十度环视了一圈。

忽然，周三儿似乎想到了什么，瞳孔骤然放大，半张着嘴，失声道："那座破庙！那座破庙不见了！"

大老陈没有说话，心跳加速，仍旧望着原野，那个破庙消失的点。

周三儿看着大老陈，又看了看破庙消失的点，整个人傻在那里了。

太阳如一颗红透了的蟠桃，摇摇欲坠地挂在天空的西北角。 茫茫原野中，大片大片的玉米大豆映在火烧云的光彩中，甚是壮观。 良久，大老陈把目光缓缓移向村子的方向，喃喃道："先赶紧回家，去大炮和二小那儿把盒子石碑拿回来……"

第四章
人逝谜留

　　村子里雾气弥漫，每一座房子都在暗夜中沉默。 朦胧的毛月亮飘浮在夜空中，偷窥着苍茫大地。 村头的一棵早已枯萎的老树上，一只猫头鹰发出摄魄的鸣叫声。 突然，这只猫头鹰像是受了什么惊吓，怪叫一声后飞走了。 此时，大老陈和周三儿刚走到树下。

　　大老陈借着幽幽的月光发现枯树枝上挂着两张黄色的纸钱，眉头微皱道："村里又死人了……"

　　周三儿顺着大老陈的目光望去，果然发现枯树枝上挂着微微摇曳的纸钱，疑惑道："会是谁呢？"

　　大老陈没有回答，只是望着朦胧的前方，深深地叹了口气，大步进了村子。 周三儿怔了一下，急忙紧随在大老陈后面。

　　本来大老陈和周三儿两人要去找张二小和孙大炮的，但是天色已晚，两人临时决定明早再去。 回到大老陈家，周三儿浑身像散架了似的"扑通"躺在了炕上。 大老陈斜睨了一眼周三儿，坐在马扎上，掏出烟锅子点上了一袋烟，眯缝着眼睛"吧嗒吧嗒"抽了起来。

　　"唉！ 老陈大哥，跟你做这一行也不是一天两天了，这回我是真的知道这行的凶险了。"周三儿长长地叹道。

大老陈用余光瞄了周三儿一眼，轻哼了一声，说道："你小子这就知道这行的难处了？ 这才哪儿到哪儿啊？ 那无极冥洞只是个废弃的契丹古墓，这要是真的碰上凶坟，那才叫惊险！"

周三儿一骨碌坐了起来，用不可思议的目光看着大老陈，说道："那还不算惊险？ 你把黄武他们领到那个什么洞里，我还以为你熟悉那里呢！ 没想到，差点丢了命。"

大老陈微微皱了下眉头，说道："一切都有变数。"

两人沉默片刻。

良久，大老陈把烟锅子朝炕沿用力地叩了叩，说道："三儿，天晚了，别回去了。 在这暂住一晚，明早去找二小和大炮。"

周三儿如今独自一人过日子，几年前妻子桂英和儿子小木在一次赶集中被日本兵用刺刀挑了。 周三儿和桂英的感情很好，因此桂英死后就一直未续。周三儿的怀中始终揣着一张他们三口在五年前照的全家福相片，每每掏出相片，看见桂英和小木的笑容，他总会心如刀绞。

周三儿深深地打了个哈欠，疲惫地说道："老陈大哥，听你的。"

周三儿今夜就在大老陈家中住下了。 两人舒服地躺在炕上，不多时，周三儿便打起了如雷般的呼噜。

幽幽的月光透进窗户，映在大老陈那布满沧桑的面颊上。 大老陈睁着眼睛，目光中充满了不解的心事。 事实证明，越是老江湖，心事越浓重。 此时，大老陈心中最为惦念的是张二小和孙大炮手中的那两样明器。 他心里明白，那两样东西看似平平，实则隐匿着不可告人的玄机。

大老陈发呆良久，暗暗地吁了口气。 翻了个身，渐渐睡去。 等待他的，是未知的明日。

次日清晨，大老陈和周三儿匆匆吃过早饭，便来到了孙大炮家。 二人来到孙家的时候，孙父正坐在大门口发呆。 大老陈和周三儿觉得有些不对劲，相视一眼，大步走到了孙父的跟前。

孙父对于大老陈和周三儿的到来并没有觉察，直到周三儿叫他，他才从游离的意识中回归，用黯然的目光呆呆地看了眼大老陈和周三儿，仿佛村口的那一株朽木。

周三儿往屋子里望了望，对孙父说："大叔，大炮在家不？"

孙父顿时泪如泉涌，满目悲痛地说道："大炮疯了……"

孙父的这一句话，使得大老陈和周三儿两人犹中晴天霹雳，惊愕地对视了一眼。

周三儿追问道："疯了？ 他人呢？"

孙父坐在门前的木桩上，深埋着头，说道："不知道，不知道……找不着了……"

大老陈忽然想到了张二小，赶紧示意周三儿去邻院张家看看。 少顷，只见周三儿脸色异常难看地朝大老陈跑来，边跑边疾呼："老、老陈大哥，不、不好了！"

大老陈见周三儿像见鬼了似的，忙问道："出啥事儿了？ 快说！"

从张二小家到大老陈所站的位置仅一墙之隔，周三儿此时像是跑了几公里一样，上气不接下气地说道："张二小，他、他死了！"

"啥？！"大老陈眼角的皱纹骤然张开，半张着嘴无比惊讶，"你再说一遍！"

"张二小，他死了！"周三儿眼神中的惊愕未散，"二小他娘在屋里哭得都没人样儿了。"

大老陈站在原地一动不动，灵魂似乎被瞬间抽空了。 良久，他神情凝重地对孙父说道："老孙，二小他真死了？"

说起张二小的死，孙父仍旧心有余悸，声音有些颤抖："太吓人了！ 二小死得太吓人了！ 二小死了，大炮疯了……"

大老陈皱眉问道："怎么个吓人法？"

孙父回头朝屋子看了看，然后胆怯道："二小死的时候全身的肉都不见了，被啥东西剔得干干净净，就剩下了一把血淋淋的骨架！ 不说了，不说了，太恐怖了！"

听孙父说起张二小的死，大老陈和周三儿像是中了邪一样，怔了半天，露出更为惊诧的神色。 片刻，周三儿用难以置信的口吻说道："怎么可能……"

大老陈也是面色凝重直摇头："太不可思议了。"

孙父疑惑地抬头看着大老陈和周三儿，问道："怎么了？"

大老陈和周三儿都没有回答孙父。他俩心里知道，在无极冥洞中的那两个兵痞的死法和张二小是一样的。难道，二者之间有什么联系？

两人沉默片刻，周三儿忽然想起了什么，说道："老陈大哥，昨晚咱俩回来的时候看见树上挂的纸钱，原来就是为二小撒的。"

"一定是了。"大老陈点了点头，长长地叹了口气。

周三儿更加困惑地说道："老陈大哥，你看我们该咋办呢？"

大老陈没有回答，径直走进了孙家屋子。

周三儿忙跟进了屋子，两人好半天才出来，只见大老陈手中拿着那个从契丹墓中盗出的神秘铁盒。这个铁盒子是大老陈在厨房的橱柜中发现的，而张二小恰恰就惨死在厨房中。大老陈大步走到孙父跟前，无比认真地问道："老孙，你看没看见一块只有半截的石碑？"

孙父显然还没从悲痛中缓过神来，他迷茫地说道："石碑？好像在哪儿见着了。"

周三儿急问道："快想想，在哪儿？"

孙父不确定地说道："好像在走廊里。"

大老陈和周三儿迅速向走廊走去，却又听见孙父说："我也没太在意，我还以为是房上的瓦片呢，被我扔猪圈里了。"

大老陈和周三儿又急忙来到猪圈，猪圈中的恶臭味扑鼻而来。两人站在猪圈外，探着脑袋仔细地找着那半截石碑。忽然，周三儿双眼放光，用手指着猪圈中的一个角落喊道："老陈大哥，快看！在那儿呢！"

大老陈循着周三儿的手指看去，只见在猪圈的东南角有一头黑猪在用力地啃咬着一块东西。没错，大老陈确定了，黑猪啃咬的就是那半截石碑。大老陈急眼了，抄起猪圈旁的一把铁锨打了过去。谁知那头黑猪跑得倒快，大老陈手中的铁锨竟然重重地拍在了那半截石碑上。说来也巧，那铁锨尖尖的一角正好削去了半截石碑上一角的文字。

"完了，完了！"大老陈赶紧蹲下来寻找被铁锨铲去的石碑碎屑，可是那些碎屑早已湮没在肮脏的臭泥中了。

大老陈狠狠地瞪着那头躲在一角的黑猪，骂道："妈的，该死的畜生！"

大老陈拿着半截石碑跳出猪圈，用清水把石碑清洗干净。他端详着这半截石碑，看着一角刚刚缺失的文字，心痛不已。

周三儿骂了一句："他娘的，连头猪都来找麻烦！"

孙父似乎觉察出了什么，有些胆怯地说道："这东西就是块石头，应该没事儿吧？"

大老陈叹了口气，说道："值钱的不是这块石头……"

"那是？"孙父睁大眼睛问道。

大老陈没有回答，眉头深锁，低头看着半截的石碑，似乎在思索什么。

周三儿却听出了大老陈的言外之意，横了一眼孙父，说道："这上面的字儿，说不准一个就能抵得上你这一间房子！"

孙父一辈子穷苦，没见过什么值钱的东西，听周三儿说这石碑上的一个字能值自己家的一间房子，不禁诧然，甚至想把那半截石碑索要回来。

"这是我家的东西，你得给我。"孙父伸手要从大老陈手中夺回石碑。大老陈身子一闪，孙父抓了个空。

周三儿一见孙父上来夺石碑，一把拉住孙父，怒喝道："这是我们挖出来的！怎么成你家的了！你再上来抢，别说我对你不客气！"

孙父性子懦弱，被周三儿这么一吓，偷着白了一眼，说道："你们的就你们的呗，吼什么呀。"

大老陈和周三儿拿着那半截石碑和铁盒子走了。在路上，两人遇到了一队日本兵。这队日本兵大概有四五十人，手拿三八大盖，迈着罗圈腿，极度猥琐的样子。大老陈心一惊，急忙藏好石碑和铁盒子。

日本兵发现了他们两人，叽里呱啦地说了一句日语。大老陈和周三儿对视了一眼，猛地奔跑起来。身后的日本兵又是一阵叽里呱啦的怪叫，向大老陈和周三儿追来。

大老陈和周三儿两人向不远的林子跑去，只是没想到日本兵跑得比他们快，没过多久就被持枪的日本兵拦截了。大老陈和周三儿对视了一眼，自知大事不妙。周三儿还想解释些什么，大老陈却向周三儿轻轻摇了摇头，示意不要做无用功。其中两个日本兵对两人叽里呱啦地指点了一番，最后把目光落在了周三儿的身上。

周三儿见日本兵把目光停留在了自己的身上，心中一凉，头上渗出了些许冷汗。

其中一个日本兵，对身后的日本兵叽里呱啦说了几句，身后的日本兵立马冲向周三儿，将其捆绑了起来。周三儿慌了，用力地挣扎，大喊道："你们抓我干什么？快放开我！"

日本兵怒喝了一句，上去就给周三儿几个"啪啪"响的大耳刮，打得周三儿满目金星。大老陈是个极其聪明的老江湖，知道为什么日本兵没有对自己动手。自己这个年过半百、后背驼得厉害、身患残疾的人，对于这群衣冠禽兽似乎没太大用处，因为这些日本兵抓的是劳工。

大老陈给了周三儿一个眼色，暗示反抗也不会有什么结果。周三儿从大老陈的眼神中也解读出了这个意思，心如死灰，不再挣扎。

就这样，周三儿被日本兵抓走了。大老陈站在原地，傻傻望着他们远去的方向。命运之主似乎近期一直在捉弄大老陈，和大老陈合作的朋友不是死亡就是疯掉，再不就被抓了当劳工。傻站在那儿的大老陈宛如一棵古木，暮气沉沉……

良久，大老陈才缓过神来，见日本兵走远了，忙去把刚藏起来的铁盒子和半截石碑取了出来。可当大老陈来到藏匿地的时候，发现铁盒子还在，那半截石碑却不见了踪迹。大老陈不禁讶然，只得拿起铁盒子，带着满脑子的疑问，沿着林间小路朝前行去。

从这以后，神木村就再也没有人见过大老陈，也没有人知道他去了哪里。甚至有人说他因为盗墓损了阳寿，被老天爷收走了，尸体也变成了空气。总之，大老陈这个传奇人物带着种种谜团，从神木村消失了……

历史的车轮在飞速地转动，一转眼便驶进了 20 世纪 60 年代。我们的故事远没有结束，消失多年的他，出现了。

太阳发出温柔的光芒，洒下的阳光如同跳跃的精灵活跃在海伦县的皑皑雪原之上。覆满白雪的瓦房屋顶上，几只麻雀叽叽喳喳乱叫，突然被一阵咳嗽声惊起，扑着翅膀飞向另一间屋顶。

屋檐下，一个穿着厚厚的羊皮袄的老头走出了屋子。他眯着眼睛望着银光熠熠的雪原，时不时咳嗽着。没错，这个老头就是大老陈。

从神木村失踪多年的他，怎么会在北方小城海伦县出现呢？

原来，当年大老陈一伙把两件宝贝盗出之后，经历了一连串诡异的事件。于是，大老陈便一心要把铁盒子和半截石碑的秘密解开。而张二小的惨死和孙大炮的疯掉，加之周三儿又被抓去做了劳工，这一切更强化了大老陈解开谜底的决心。

大老陈从大兴安岭的山脚下，一路东行，来到了平原地带，在一个叫将军屯的地方停了下来。将军屯是海伦县的一个小村屯，方圆百里是一望无边的田野，田野上点缀着星星点点的林木。屋舍俨然，阡陌交通，鸡犬相闻，实是北国桃源。大老陈便在此扎了根，一扎就是二十年。

由于妻子二十多年前就已经因病去世，很多年以来大老陈都是自己生活。他来到海伦县将军屯后，给远在本溪的儿子陈继写了封信。陈继接到信后，来到了将军屯。在这二十年间，大老陈的孙子出生了，取名陈怀远。一家四口虽不富裕，但日子过得还算其乐融融。大老陈依旧成天研究那个铁盒子。单说大老陈做的研究笔记，就有好几本，都被他藏了起来。

这天，大老陈来到院子中，儿子陈继关切地在门口喊道："爹，赶紧进屋吧！七十多岁的人了，别着凉了。"

大老陈由于年岁已大，有些耳聋眼花，并没有听见陈继的喊话。大老陈那饱含沧桑的目光望向茫茫的原野，在空旷的原野中，他似乎看见了一幅幅往事的画面。大老陈揉了揉眼睛，转身准备回屋。他转过头来，看见儿子陈继站在门口。

陈继朝前走了几步，说道："爹，进屋吧！"

大老陈又是一阵咳嗽，说道："我的日子不多了，我得好好看看这外面的一草一木。"

"爹，您没啥大事儿，别多想了。"陈继忙扶着大老陈进屋。

大老陈叹了口气，说道："我自己的身子骨，我自己明白。"

这时，大老陈十多岁的孙子陈怀远从屋中跑了出来，扑到大老陈的怀中，撒娇道："爷爷，你进屋吧，我还要听你讲你的故事呢！"

大老陈微笑着，轻轻抚摸了一下孙子的头顶，说道："好，爷爷这就进屋给你讲。"

　　大老陈最喜欢孙子陈怀远，经常给他讲自己这一生的传奇经历。 陈怀远年龄尚小，最爱听爷爷讲自己的传奇故事。 大老陈也常把自己的故事讲给村里人听，但是村里人都嫌他唠叨，陈怀远是大老陈最忠实的听众。

　　是夜，屋外吹起了鬼哭狼嚎般的风声。 零星的雪花从万米高空飞舞而下，轻盈地落在苍茫大地上。 西厢房里，油灯的光亮从破旧的窗户中透出，映照在窗前灰白色的地面上。 窗前的桌子边，大老陈戴着一副黑边的老花镜，拿着一把巴掌大的放大镜，桌子上放着那个匿有玄机的铁盒子。

　　大老陈用放大镜仔细地研究着铁盒子。 良久，才缓缓地放下放大镜。 他拿起身边的烟锅子，塞满烟叶，点燃抽了起来。 抽了几口，便是一阵猛烈的咳嗽，好一阵子才缓过气来，又立刻将目光聚焦在铁盒子上，长长地叹了口气，喃喃道："我研究你已经二十年了，笔记做了好几本，可那块残碑到底在哪儿呢……"

　　外面的风雪依旧，大老陈旁边火盆中的炭火烧得正红。 他深深地打了一个哈欠，起身将铁盒子拿起，走进旁边的一间屋子。 过了很久，他才从那间屋子里缓缓地走出来，脱衣上炕，片刻便睡去了。

　　后半夜，陈继困倦地翻了个身，隐约闻到了一股浓浓的烟味。 他猛地从炕上坐起，朝窗外望去，眼前的场景令陈继的眼珠子差点掉了出来。 只见窗前火光漫天，刺鼻的浓烟从窗户的缝隙生拥硬挤进来。 陈继慌忙叫醒妻儿，一家三口夺门而去。 来到外面，陈继不禁大惊失色，只见西厢房的屋顶已经被火焰吞噬。

　　"爹！"陈继看着舞动的火焰，冲进了西厢房。

　　西厢房内，大老陈正躺在炕上，似乎已经昏迷。 陈继急忙抱起父亲，奔出浓烟滚滚的屋子。 由于天冷，风一吹，大老陈倒清醒了过来，他说的第一句话是："我的笔记……我的盒子……"

　　陈继知道父亲视那些研究笔记如命，但是此时火焰已经吞噬了整个西厢房，要想冲进去拿出来，已经不现实了。

　　大老陈眼睁睁地看着研究笔记葬身火海，顿时又是一阵猛烈的咳嗽，声嘶力竭地喊道："我的笔记！ 我的笔记！"

　　陈继愁容满面地说道："爹，火太大了，进不去啦！"

大老陈骂道："你这个怕死的东西！你不进去，我进去！"说着，大老陈就想要挣脱陈继的双手，冲进火光冲天的西厢房。

陈继和陈怀远死死地抱住大老陈，大老陈浑身颤抖，眼角缓缓流下了眼泪。

此时此刻，四周邻居看见火光都跑了过来，一起帮忙救火。可西厢房的火势太猛，一时半会儿也没能扑灭。待到火全灭，西厢房已经只剩下半个框架了。房屋被烧得面目全非，一片狼藉。

冬天的太阳起得迟，七点多才慵懒地跃出地平线。陈家西厢房已成废墟一片，缕缕残烟缓缓飘起。大老陈如木桩般目光呆滞地望着废墟，陈继和陈怀远父子站在大老陈的身后。多年的笔记没了，多年的心血也付之一炬，此时此刻，大老陈内心极度悲怆。

大老陈依旧在废墟前驻足着。良久，大老陈仰天长叹，颤抖着手指向苍天，喊道："老天爷啊，你是不让我大老陈如愿啊！万念俱灰！万念俱灰！"

陈继和陈怀远看着大老陈，心如刀绞。

几天后，陈家开始清理西厢房的废墟。无意中，陈怀远在一堆瓦片下，发现了几本没有燃尽的笔记。这个发现对于大老陈来说无疑是个天大的喜讯，但是，当陈怀远将几本残卷交给爷爷的时候，大老陈失望了。这几本残卷烧毁得太严重了，有三分之二都已经烧黑了，上面的字迹根本无法辨认。

由于众多笔记焚毁，大老陈急火攻心。数日后，大老陈带着二十余年的遗憾，离开了人世。最终，大老陈也带着无数的谜团远走幽冥。

到底是谁杀死了张二小？张二小的死去和孙大炮的发疯，是不是真的和那两件明器有关？

无极冥洞中惨死的兵痞，和张二小的死亡，有怎样的关联？

在茫茫原野之中的那座破庙，缘何神秘消失？

神秘的铁盒子中，藏匿的到底是什么？

伴随着大老陈的去世，难道这些谜团都将无人破解吗？

第五章
残碑下落

　　时光荏苒，岁月如梭，当年海伦县的将军屯已经变成郊区，临近县城。 长大后的陈怀远因嗜赌，卖掉了爷爷大老陈留下的祖屋。 换取赌资之后，陈怀远数日便又输个精光。 由于陈家没了住处，只得住到亲戚家闲置的房子里。1989 年，海伦县撤县变市。 2008 年初，由于城市扩建，陈家祖屋被划入了拆迁之列。

　　轰鸣的推土机在拆迁的断壁残垣中横行，排渣的卡车在飞舞的灰尘中进进出出。 当一辆推土机撞倒陈家祖屋的刹那，这栋有着四十余年生命的建筑步向了终结。 一台铲车用力地挖起建筑残渣，装进旁边的大卡车中。 拆迁工地上的农民工多如蝼蚁，在残垣断壁间辛勤地工作。

　　忽然，一台铲车用力一挖，碰触到了一个硬物。 司机一惊，忙熄火下车，只见一个大铁箱子暴露在外。 这个大铁箱子表面锈迹斑驳，容量足可以躺下一个一岁的婴儿，铁箱子上挂着一把大锁。 这个大铁箱子的出现，迅速引来了众多农民工的围观。 大家对着大铁箱子指指点点，议论纷纷。

　　刹那间，拆迁工地全部停工了。 包工头过来呵斥，但没有一个听话的。

　　"撬开它，看看里面装的是什么东西！"一个脸色黝黑的中年农民工说道。

经这中年农民工一起哄，其他的农民工也都纷纷同意将箱子撬开。一个胖农民工顺手扬起大铁锤就向铁箱子的锁头上猛砸。就一下，锈迹斑斑的箱锁被砸开了。此刻，所有围观农民工的眼睛都死死盯在了铁箱子上，目光中充满了好奇和期待。

一些农民工蠢蠢欲动，想抢先打开箱子。铲车司机拦下了几个上前的农民工，说道："我先打开它。大伙都靠得这么近，要是箱子里有什么暗器，别把小命搭上。"

斜眼农民工撇了撇嘴，说："有暗器？是不是盗墓小说看多了？房子底下又不是那龙楼宝殿，别说那些玄乎的吓唬人。"

铲车司机叹了口气，说："让谁开都不行，那我就联系原来的房主了。"

众农民工一听要联系房主，都安静了下来。包工头从人群后挤了进来，说："大伙不是想看看这箱子里到底是什么吗？如果大家信得过我，那我就把这箱子盖打开。大家看如何？"

既然包工头这么说了，农民工们都不言语，陆陆续续点头同意了。

在农民工们都屏住了呼吸的注视下，箱子盖终于被包工头打开了——箱子里面是半箱白银，白银上面有一个精致的铁盒子和几本被火烧过的笔记。

这箱子里的白银就像是有强大的磁力一般，吸引着农民工们的眼球。惊愕了片刻后，农民工们像是非洲草原上疯狂的角马，冲向大箱子。

一时间，现场异常混乱！

包工头被挤倒在了人群中，抢夺白银的人已全然不顾。铲车司机是个聪明人，见人们一窝蜂似的拥了上来，知道不是什么好事，迅速爬上了铲车驾驶室。他躲在驾驶舱内，看着眼皮子底下的一切，心不禁怦怦狂跳。农民工们如疯了一般，抢夺着箱子里的白银。没有抢到白银的，就红着眼睛抢其他人手中的白银。事情已经变了性质，哄抢现场，瞬间变成了械斗现场。

铲车司机见事情不妙，慌忙掏出手机报警。没多久，三辆警车打着刺耳的警笛呼啸而来。大家一见警察来了，立马作鸟兽散。而那个可怜的包工头，已被踩得血肉模糊，只剩下一丝气息。

回头再看那个装有银子的大箱子，早已空空如也，只有几本被火烧过的笔记被扔在砖瓦堆上。铲车司机捡起那几本残破的笔记，交给了警察。

就在这时，一辆桑塔纳轿车停在了拆迁场地。车上下来一个中年男子，大步地朝事发现场跑了过来。

中年男子赶到事发现场，气喘吁吁地向铲车司机问道："师傅，这儿挖出一个大箱子？"

铲车司机点点头。

"听说挖出来银子了？"中年男子继续问道，"银子呢？"

"被人抢光了。"铲车司机如实说道。

中年男人一听被人抢光了，当即像泄了气的气球一样，捶胸顿足，表情万分惋惜地说："晚了！晚了！"

铲车司机打量了一下中年男人，问："你是干什么的啊？"

中年男人情绪低落地说道："我是这房子的房主，我叫宋全义。"

原来，这个中年男人便是从陈怀远手中买下房子的现任房主宋全义。

铲车司机好奇地问道："你难道不知道你家老房子下面会有宝贝吗？"

"谁知道啊！也没人告诉我啊！"宋全义遗憾地说。

"人都跑了，你找谁去？"铲车司机朝不远处的警察指了指，"警察就在那边，你赶紧去立案。"

宋全义犹豫了片刻，径直朝警察走去。

市公安局，三辆警车从门外驶进院子。从警车上下来几个警察，其中两个警察抬着一个空的大箱子。没错，他们刚从农民工抢银子的事发现场回来。

"老李，你这是去哪儿了？"陈锋从刑警队办公室走了出来，正好碰见了出警回来的李男等人。

陈锋，便是陈怀远的儿子，陈继的孙子，大老陈的重孙子。陈锋今年28岁，大学毕业后，就被分配到了海伦市公安局刑警队。陈锋并没有遗传陈家矮小的基因，生得人高马大，身体健硕，或许是因其母亲个子较高的缘故。可惜，在陈锋大学一年级时，母亲因为肺癌晚期去世了。母亲去世后，陈锋因为极其厌恶父亲赌博，很少回家，几乎常年住在刑侦科的值班室里。

李男今年31岁，比陈锋早进警队几年。日常生活中，陈锋和李男的关系很好。李男经常请陈锋到自己家吃饭，陈锋有时笑言，李男的家都快成自己的家了。

"刚刚去西城那边，出警去了。"李男回答。

陈锋笑问："西城那边不是在搞拆迁吗？ 那边出什么事儿了？"

李男说："在西城一房子下面挖出宝贝了！"

"宝贝？"

"对，在西城一家老房子下面挖出了一个大箱子，箱子里面有半箱银子。结果，半箱银子被拆迁的农民工哄抢一空，还发生了打斗踩踏事件。"

"因为利益而械斗常见，在地下挖出宝贝而哄抢械斗，本市还是首例啊！在西城哪一块儿？"

"建设路东，吉祥村。"

"哦，那不就是以前的将军屯嘛。"

"对了，你不是说你家以前就在将军屯那儿吗？"李男拍了一下陈锋的肩膀，开了句玩笑，"不会是你家老房子底下挖出的宝贝吧？"

陈锋大笑道："我家哪有那么多钱啊。 有的话，我爸还能不知道？"

李男也大笑，转即低声对陈锋说："今晚去我家，让你嫂子做几个菜，咱俩小酌一下。"

"这……今晚我有事儿。"陈锋感觉总去李男家，有些不好意思了，所以谎言推辞。

李男用手背轻轻拍了一下陈锋的胸口，笑道："今晚你可不值班，你能有啥事儿。 我还不知道你？ 你小子别推辞，下班我等你！"

"好吧，那我就把事儿往后推一下。"陈锋机敏地改口道。

李男嘴角微翘，用手点了点陈锋，转身进了办公室。

夜晚，华灯初上。 海伦市的夜晚没有大城市的浮华，更多的是黑土地上固有的质朴。 向阳大街南街，美好小区 D 栋 5 单元 403 室，正是李男家。

餐厅内，李男和陈锋面对面坐在餐桌前。 桌子上，四盘香气扑鼻的菜已经上齐。 客厅内的电视开着，正播放着晚间新闻。

李男给陈锋倒满酒，给自己也倒了一杯，冲着陈锋微笑道："陈锋，这就是到自己家了，你的酒量我知道，可别藏着掖着！"

陈锋笑道："李哥，你这是捧杀我啊！"

"捧杀的就是你!"李男大笑。

两人玩笑片刻,陈锋招呼李男的妻子孙颖吃饭。孙颖微笑着坐在丈夫的身边,对陈锋说:"陈锋,到这里就别见外。"

"嗯。"陈锋微笑着点点头。

孙颖把菜盘子往陈锋跟前挪了挪,说:"别听你大哥的!常言说得好,少喝酒,多吃菜,够不着,站起来。"

陈锋笑道:"嫂子说得对。"

李男也笑道:"这教语文的,说话就是不一样啊。"

一番言笑过后,陈锋和李男开始边喝酒边聊天。十多分钟后,客厅电视传来这样的报道:"今天上午,海伦市吉祥村的拆迁工地挖出了一只箱子。打开后,里面竟有半箱银锭,就此引发了农民工哄抢踩踏事件……截止到记者发稿,目前事件中已有一人死亡。"

听了这个新闻后,李男对陈锋说:"半箱的银子,没几分钟就没了。这就叫,眼红了,心黑了。"

"是啊。"陈锋叹了口气,然后眉头微皱着说,"真是奇怪。"

"奇怪什么?"李男问道。

"为什么要把半箱银子埋到房子底下呢?"

李男吃了口菜,说:"那肯定是以前的土财主埋的。或许是突发性疾病,没有来得及把这笔财产告诉后人。"

正说着,陈锋的手机响了。他掏出手机,屏幕上显示的是父亲的号码。陈锋顿了一下,按了接听键,说:"爸,什么事儿?"

电话中传来了陈怀远急促的声音:"小锋,你现在在哪儿呢?"

"我在同事家。怎么了?"陈锋感受到了父亲焦急的情绪。

"我和你说,今天上午发现半箱银子的那个地方,是咱家的老房子!那半箱银子是咱家的!"陈怀远几乎要喊出来了。

听到这个消息,陈锋一下子就懵了,难以置信地说:"爸,你是不是看错了?"

陈怀远在电话那头急得汗都冒出来了:"刚看的电视新闻,是咱家的老房子!我一眼就认出来了!那肯定是咱家的!你不是警察吗?你赶紧把这个案子破了，把那些银子找回来！"

陈锋两眼发直，似乎已经元神出窍了。陈锋的手机中传来了陈怀远的喊声，见陈锋没有回应，就挂了电话。

李男见陈锋愣在那一动不动，用手在陈锋眼前晃了两下，关心地问道："陈锋，出什么事儿了？"

陈锋这才缓过神来，喃喃道："我爸说，那事发现场是我家的老房子……"

"事发现场？你说的是……西城拆迁工地？"

陈锋点了点头。

李男用一种难以置信的目光看着陈锋，说："那真是你家的老房子啊？"

陈锋用力挠了挠头，说："我爸说的，他说他在看电视新闻时一眼就认出来了。我爸虽然好赌钱，但是从来不撒谎。我觉得，是真的。"

两人本来喝得有些迷糊了，这通电话让两人清醒了不少。尤其是陈锋。

"这么说，那箱子是你家的？那么，是谁埋的呢？你祖上是财主？"李男问道。

在陈锋的记忆中，自己祖上都是农民出身，没有出过什么财主。他皱着眉头说："我们家三代贫农，哪来什么财主啊？"

"那不对啊。"李男不解地说，"你家三代贫农，怎么会有那么多银子？"

陈锋不言语了，陷入了苦思冥想中。

孙颖声音有些小："这些银子会不会是些不义之财啊？"

忽然，陈锋眼睛一亮，说："我听我父亲说过，我太爷爷是个盗墓的。这些银子会不会是……"

李男点了点头，说："如果说你太爷爷是个盗墓的，那么那些银子就很有可能是他老人家留下来的。"

陈锋递给李男一支烟，点燃。自己也叼上一支，点燃后猛吸了两口，说："关于我太爷爷，我听我父亲偶尔提起过几次。但是我知道得不多。"

忽然，李男想起了一件事，说："今天在事发现场，一个铲车司机给我几本被火烧过的笔记，说是和那些银子一起在箱子里的。"

"笔记？"陈锋一怔，眉头微皱，"那些笔记在哪儿？"

"在局里。"李男说。

"李哥,明天把那几本笔记给我看看。"陈锋目光炯炯地说道。

"好。"李男点头道。

第二天,李男和陈锋很早就去了市公安局。 大街两旁的早点摊刚刚开始叫卖,刚出锅油条的香味肆意钻进人们的鼻腔。 李男约陈锋一起吃过早点后,来到了办公大楼。 李男从紧锁的抽屉内拿出了那几本残破的笔记。

陈锋接过这几本笔记,认真地翻弄着。 只见这几本笔记已经被烧得残缺不全,有的地方字迹已经被熏黑。 在其中一本笔记的封面上,陈锋看见了"陈万才"三个字。 笔力遒劲,字体大气。

"陈万才?"陈锋喃喃说道。

李男眨巴一下眼睛,用疑惑的口吻说:"陈万才,不会就是你太爷爷的真名吧?"

陈锋从来没有听说过太爷爷的真实姓名,父亲也没有向自己讲过。 陈锋思忖片刻,说:"太爷爷的很多事情,我还需要问问我的父亲。"

李男起身给陈锋和自己各倒了一杯开水,喝了一口,说:"这几本笔记是拆迁工地上一个铲车司机交给我的。 我觉得,咱们应该问一下那个铲车司机。 当时他在事发现场,东西也是他挖出来的。 我猜测,那个大箱子里不一定装的都是银子。"

陈锋点了点头,说:"我马上去拆迁工地。"

"我和你去!"李男也要跟着去。

陈锋一怔,说:"就怕麻烦你了。"

李男笑了一下,用手拍了一下陈锋的肩膀,说:"我对你们家的事儿感兴趣!"

轰鸣的机器声毁了一夜的宁静,数十个农民工带着困意来到了拆迁工地。 昨天逃散的农民工都回到了工地,当然也都不承认自己拿了大箱子里的银子,跟没事人似的。 陈锋和李男在一拆迁处,找到了那个铲车司机。

"你是挖出银子的铲车司机?"陈锋问道。

"是。"那铲车司机一怔,"你们是?"

李男从怀中掏出了警察证,说:"我们是市公安局的。"

"哦，警察同志啊。"铲车司机微笑着说，"有什么事儿尽管问。"

李男看了眼陈锋，示意陈锋问。陈锋会意，便向铲车司机问道："那些银子是你从房子下挖出来的？"

铲车司机点头说："是我。我一铲子下去，就把它挖出来了。"

"你都看见谁抢银子了？"陈锋问。

铲车司机顿了顿，思忖片刻，说："当时我蹲在驾驶室内，谁也没看见。"

陈锋看了李男一眼，李男示意继续问。

"那箱子里除了银子以外，还有其他东西吗？"陈锋问。

铲车司机皱了皱眉毛，说："除了半箱银子外，还有几本残破的笔记。"

陈锋刚要继续问，铲车司机突然又补充道："还有一样东西！"

"是什么？"陈锋急忙问道。

"是一个铁盒子。"铲车司机说得字字清晰。

"铁盒子？"陈锋和李男不禁异口同声地问道。

"对，有一个铁盒子，是黑褐色的，上面好像还有很多花纹。"铲车司机确定地说。

李男问道："你知道那个铁盒子被谁拿走了吗？"

铲车司机紧锁着眉头思忖着，有些犹豫地摇了摇头，说："没注意……"

陈锋觉察出铲车司机的神情有些异常，用手拍了拍他的肩膀说："师傅，我希望你能说实话。如果你知情不报，是犯包庇罪的。"

铲车司机顿时面色有些发白，神情变得慌张。他用手向不远处指了指，低声说道："那个穿着黑色外套的，你们可以过去问问。"

李男和陈锋循着铲车司机的手指方向瞄了一眼。

"千万不要说是我说的！"铲车司机恳求道，"警察同志，我求求你们了。"

"我们知道。"陈锋点头道，"他叫什么名字？"

"李井泉。"铲车司机答道。

转眼到了中午。午饭过后，陈锋和李男身着便装，拦住了一个穿着黑色外套的中年人。那中年先是一怔，随即神情镇定地看着陈锋和李男。

"你是不是叫李井泉？"李男开口便问。

"你们是？"黑色外套男很镇定，但是眉宇间仍隐藏不住其紧张的神情。

李男从手中掏出了警察证。就在李男掏出证件的一刹那，李井泉迅速朝不远处的断壁跑去。李男和陈锋见状，急忙追捕。

没多久，李男将李井泉扑倒在地，将其双手反扣，死死地压住。

陈锋站在李井泉跟前，叉着腰，气喘吁吁地喝问："你跑什么啊！"

李井泉抬起满是灰尘的脸，一脸狼狈相，一脸委屈："我哪知道你们是什么人啊！我最近欠了些高利贷，我以为是黑社会催债的呢！"

"得了吧你！我都把证件掏出来了，你才跑的！"李男呵斥着，又把证件放在李井泉的眼前晃了晃。

陈锋和李男把李井泉带到一个偏僻处，将其用手铐反铐在了一块水泥中的钢筋圈上。

李井泉低着头，说："你们找我有什么事？我又没犯法。"

陈锋问道："那天在工地上抢银子，你是不是参与了？"

"没有啊，我真没有啊，警察同志。"李井泉的脑袋晃得如同拨浪鼓。

李男在李井泉面前踱着步子，说："你可要想清楚，我们已经掌握了一切证据。你现在拒认，是不利于你减轻罪行的！"

李井泉一听李男这么说，心中顿时害怕起来，哭丧着脸说："警察同志，我确实没参与抢银子。我只不过是捡到了一个铁盒子而已！我见没人要，就给捡走了。"

"那个盒子现在在哪儿？"陈锋问道。

"就在我家里。"李井泉说道。

"走，带我们去你家！"李男说。

李井泉忧虑地说："两位警察同志，我只是捡了个破铁盒子，一块银子都没碰。我、我不会坐牢吧？"

陈锋此时的心思已经全部在那个铁盒子上了，哪里听得进去李井泉说的。他把李井泉从钢筋圈上解了下来，让其带路。

陈锋和李男从李井泉那里拿到了那个铁盒子，同时将李井泉放了。陈锋带着铁盒子回了家，李男由于接到队长的电话回了市局。陈锋到家后，发现父亲正和一群人打麻将，屋子里烟雾缭绕，麻将的碰撞声扰得人心烦意乱。

众人见陈锋回来了，都放下手中的牌，知趣地散了。

陈锋直接将铁盒子放在了桌子上，点燃一支烟，猛吸了两口，说："爸，我找到了咱们家的东西。"

陈怀远见到那个铁盒子，瞳孔突然放大，声音有些颤抖，愕然问道："小锋，这个铁盒子你是从哪儿弄来的？"

"这个铁盒子是从咱家老房子下挖出来的，被人抢走后，我刚刚追缴回来的。"陈锋答道。

陈怀远如获至宝，用手捧起铁盒子，放在眼前仔细地看了起来。仿佛这个铁盒子有着强大的魔力，紧紧地吸引住了陈怀远。片刻之后，陈怀远激动地说："没错，没错，和我小时候看到的一模一样。"

"这么说，这个盒子你以前见过？"陈锋从父亲的表情中，觉察出这个铁盒子的不一般。

陈怀远仍然爱不释手地把玩着铁盒子，说："当然见过。这个铁盒子，你太爷爷研究了它二十多年，做了好多笔记。可是，一场大火将他的笔记烧毁了。好像只剩下几本残缺不全的，后来也不知道哪里去了。这个铁盒子我也就见过三次，你太爷爷除了我，从来不让别人看这个盒子，可见这个盒子的重要性。"

猛然，陈锋想起了那几本残破的笔记，他从外套的里兜中掏出了那几本笔记，放在了桌子上，说："爸，是不是这几本笔记？"

陈怀远拿起笔记，声音有些颤抖地说："这几本笔记就是你太爷爷当年研究笔记中的一部分。当年我还小，厢房的一场大火，把你太爷爷的大部分笔记都烧掉了。这几本也是从老房子下面找到的？"

陈锋点头说："嗯。现场的目击证人说，都是从一个大箱子里拿出来的。"

陈怀远若有所思道："这个铁盒子，是当年你太爷爷同几个同伴从一个契丹古墓中盗出来的。你太爷爷之所以研究这盒子二十余年，就是想解开这盒子的秘密。可最终，你太爷爷至死都没有打开这个铁盒子。"

陈锋此时对盒子表现出了浓厚的兴趣，仔细观察着盒子，使劲想打开它，但无济于事。

陈怀远长叹了口气，说："别费劲了，要是那么容易，你太爷爷早就打开了。"

陈锋坐了下来，表情平静："爸，我知道你小时候我太爷爷最疼爱你。所以，你也对他老人家最为了解。我想听你讲一讲我太爷爷。"

经陈锋这么一说，陈怀远脑海中的画面似乎一下就倒退回到几十年前。仿佛此刻他就坐在树下的一个小马扎上，静静听爷爷大老陈讲故事。很快，脑海中的幻影消失，画面又切回到了眼前。陈怀远双手规整地平放在桌子上，表情认真地回忆道："你太爷爷，人称大老陈，是一个盗墓高手。他盗过的古墓，那是不计其数。盗墓是一件非常危险的行当，古墓中危机四伏。咱们的祖籍是在北安县，后来才来到海伦县的。你知道你太爷爷是怎么死的吗？"

"怎么死的？"陈锋急忙问。

"当年一场大火把你太爷爷的笔记烧毁了大部分，之后你太爷爷整日郁郁寡欢，在一个风雪交加的晚上离世了。"陈怀远叹道，"所以说，这些笔记就是你太爷爷的命啊！他老人家这辈子唯一的遗憾就是没有解开这盒子的秘密。我本想要替他老人家完成这个遗愿的，可是，我一直没有找到他留下的盒子。小锋，既然盒子已经找到了，我希望你能替爸爸为你太爷爷完成这个遗愿。"

"爸，你放心吧！我一定要把这个盒子打开！"见到如此认真的陈怀远，陈锋此时涌上来一股使命感和责任感。

"小锋，有这种勇气精神可嘉。"陈怀远觉得陈锋想打开这盒子很不现实，"不要感情用事。你爷爷花费了二十余年都没打开它，你比你太爷爷还能耐？"

陈锋犹豫了一下，然后说："至少现在的科技水平比几十年前强很多。"

陈怀远用无比复杂的目光一直看着陈锋，沉默了片刻后说道："你太爷爷在天有灵，如果知道他的后人愿意替他完成心愿，他会非常高兴的。"

一周后，警方已经追缴回拆迁工地哄抢事件中的所有白银。因为涉案银子的归属问题，现任房主宋全义和陈怀远还打起了官司。后来，经过法院的调解，银子平分，这才了却此事。对于那些银子的归属，陈锋并不重视，他眼下光想着那个玄而又玄的铁盒子。

就因为要研究那个铁盒子，陈锋在市局临近的小区租了一套小面积的房子。屋子面积仅三十余平方米，除去简单的家具摆设，行动的空间几无。是夜，漆黑的天空笼罩着喧嚣的世界。屋内的吊灯熄着，一张大桌子上的大台灯发出柔和的光芒。陈锋伏在桌子前，左手拿着一本残破的笔记，右手夹着一支烟灰已经很长的香烟。桌子旁的垃圾桶内塞满了方便面桶，满地的烟蒂略显狼藉。

墙壁上挂钟的时针此时已经指向十一点。

猛然，陈锋面露喜色，手中的烟灰也随之飘落到地上。他将头压得更低，睁大眼睛看了看手中的一本笔记："原来还有一块半截的石碑……"

据笔记所载，要想打开铁盒子，必然要找到那块半截的石碑，并且要译出石碑上的文字。陈锋长长地叹了口气，将后背往椅子上一靠，皱着眉头思考起来。

陈锋用了一整夜的时间，终于在早上七点多时看完了这几本残破的笔记。根据这几本笔记内容，陈锋满脑子疑问。当年张二小是怎么死的？张二小的死和无极冥洞中兵痞的死有怎样的联系？原野中的破庙缘何神秘消失？那块半截石碑究竟被谁偷走了，现在又落入何处？天亮了，陈锋躺在床上闭着眼睛，一连串的问号都浮现在脑海中。带着疑问，陈锋累得睡着了。

当陈锋醒来的时候，时间已经是早上八点十分了。陈锋猛地从床上坐起，赶紧洗漱。连早饭都没来得及吃，就匆匆来到了刑警队上班。

在办公室内，李男凑到陈锋跟前，低声问道："陈锋，那个铁盒子你打算怎么办？"

陈锋努力睁了睁干涩的眼睛，说："那个铁盒子是我太爷爷留下的，遗憾的是我太爷爷至死都没有打开那个铁盒子。我想完成他的心愿。"

"那个盒子打不开？"李男诧然问道，"难道是一件宝物？"

"那个盒子是我太爷爷几十年前从一个契丹古墓中盗出来的，算是个文物。"陈锋说。

"虽然你说那个铁盒子是你太爷爷当年从契丹古墓中盗出来的，属于你们家传的东西了。"李男话锋一转，"可是，既然是文物，就应该属于国家，要上交文物局的。不过呢，现在还没到上交期限，那个铁盒子可以由你暂时保管。陈锋，你不会有什么意见吧？"

"当然不会有意见，文物属于国家，我还是清楚的。"陈锋拍了一下李男的肩膀，"李哥，我真的要好好谢谢你。"

李男微笑着说："不用了，都是兄弟。"

陈锋接着说道："如果要打开盒子，必然要先找到那块半截石碑啊……"

"寻找那块石碑，不容易啊。天下之大，无异于大海捞针。"李男说。

陈锋掏出一支烟，惆怅地抽了起来。

突然，李男来了精神，说："陈锋，我有个好主意。"

"快说。"陈锋把目光骤然移向李男。

"咱先不用找那块石碑。你不是就想打开那个铁盒子吗？我认识一个锁匠，开锁很厉害。"李男很认真地说道。

"我找过一些锁匠，但是都没打开。那些锁匠都说，这盒子上的锁不是一般的锁，无法破解锁芯。"陈锋说道。

李男胸有成竹地说："我听人说有个老锁匠，今年八十多岁了。说他神通广大，没有他解不开的锁。他的师父是当年东北锁王，解锁一等一的高手。抗战时期土匪袭击日军的一个地下弹药库，弹药库有十八道门，门上都安装了日本制锁高手设置的暗锁。最终土匪没办法了，找到了东北锁王和当时还年轻的他，顺利解开了每一道门锁。你说说，这个老锁匠厉害不？"

经李男这么一说，陈锋的心活了，急问："那个老锁匠现在在哪儿？"

"我听说好像常年在北极星市场摆地摊配钥匙。"李男眉头微皱，稍思片刻道。

陈锋突然起身，欲奔门外。

"你去找那老锁匠？"李男一下子就猜出了陈锋的去向。

陈锋侧首点了下头。

"一会儿去雷炎公园集训怎么办？"李男问。

"帮我向林队解释一下，就说我有点急事儿。"言罢，陈锋急匆匆地出了办公室。

陈锋身着警服，打车来到了北极星市场。海伦市有三个大市场，分别是北极星市场、东市场和北门果蔬批发市场。其中，北极星市场是海伦市最大的农贸市场，是市区老百姓的菜篮子。 陈锋来到北极星市场，四处搜寻着，希望能发现那位老锁匠。 半晌，竟无果。 陈锋无奈之下，只好朝墙角处的一个修鞋摊走去。

墙角处修鞋的鞋匠是一个四十出头的男人，浓密的胡茬布满了两腮，正很认真地盯着一双高档女士皮鞋，手中的锥子用力地勾着线。 值得注意的是，鞋匠的旁边放着一双拐杖。 显而易见，这鞋匠是个双腿有残疾的人。 鞋匠见陈锋站在了自己跟前，神情骤然有些紧张，说："警察同志，你要修鞋？"

陈锋发现鞋匠神色有些紧张，笑着说道："师傅，我不修鞋，我找人。"

"我就是个修鞋的，能认识多少人？ 认识的也不过是些来修鞋的。"鞋匠继续认真地修着手中的鞋，连头都没抬。

"那您见过一个在这里配钥匙的老人吗？"陈锋问道。

"你是说薛老头？"鞋匠缓缓地抬起头。

"是不是一个八十多岁的？"陈锋有些兴奋。

"可不嘛，八十多了，还出来配钥匙。 这老爷子的眼神，我这年龄都比不了。"鞋匠用钦佩的口吻说道。

陈锋点了点头，望了望老锁匠摆摊的地方。

"我听说啊，这老锁匠以前好像还是哪个镇的文化站站长呢，了不得！"鞋匠继续说道，"一个月有一两千的退休金，非得在这儿修锁配钥匙，受这份洋罪！"

陈锋这次肯定鞋匠所说的薛老头，就是自己要找的老锁匠，便连忙问道："师傅，那他人呢？ 你今天看见他了吗？"

鞋匠环视了一圈，说："今天倒是没见。"

"那你知道他住在哪儿么？"陈锋问。

"在城北北环路 112 号，我在他家喝过一次酒。"鞋匠说。

陈锋感谢鞋匠之后，连忙打的来到了北环路 112 号。 这是一老居民房，带个院子，隐约可见院墙里透出来的绿色，门虚掩着。 陈锋推开大门，只见一个头发花白的老者坐在院子中间，手中还摆弄着一把锁。 这老者见陈锋推门而入，先是一怔，还以为出了什么大事，一脸莫名，连忙问道："警察同志，有什么事儿吗？"

陈锋走到老者跟前，看了一看老者手中的大锁，问："老人家，您是不是在北极星市场配钥匙的薛老先生？"

不错，这位老者正是那位修鞋匠口中的薛老头。薛老爷子身材中等，体格健硕，一头花白的头发，最让人难忘的是一双充满睿智的眼眸。除了满头的银发，怎么看都不像是一个八十多岁的老人。

薛老爷子上下打量了一下陈锋，说："对。"

陈锋心中一阵雀跃，无比认真地说："老先生，我有一件事儿想求您。"

"求我？"薛老爷子有些惊讶，"我一个配钥匙的老头子，能帮上你什么忙？"

"这个忙您一定能帮上！"陈锋说，"我知道您是东北锁王的徒弟，是松花江北数一数二的解锁高手。"

薛老爷子皱了皱眉头，稍思片刻，说："这么说，你是来解锁的？"

陈锋用力地点头："对！"

"东西呢？"薛老爷子缓缓起身，问道。

陈锋恭敬地说："老先生，东西在我家里呢。"

"老头子我年岁大了，走不动喽。"薛老爷子轻咳了一下，"小伙子，你既然是找我来解锁，却没有把东西带在身上。可想而知，你这东西不是一般的东西。"

"老先生，您猜对了。我这东西确实不是一般的东西。"陈锋说道。

"哦？说说。"老者的眼眸中骤然生了光芒。

"我祖上留下一个铁盒子，据说是出自契丹古墓。我找过很多锁匠，都没有办法打开它。最后经人介绍，得知您是这方面的高手，所以特地来找您帮忙。"陈锋非常诚恳地说。

"契丹古墓里出来的铁盒子？"薛老爷子饶有兴趣，"带我去看看吧。"

陈锋见薛老爷子应允，欢喜地带着薛老爷子，打的来到了自己的住处。一进屋，陈锋便把铁盒子拿到了薛老爷子跟前的桌子上。

薛老爷子从兜里掏出大黑边老花镜戴上，仔仔细细地观察起眼前这个铁盒子来。良久，薛老爷子皱了皱眉，从口袋中掏出一个随身携带的木盒子。打开之后，里面满是解锁用的工具，小巧玲珑。陈锋就坐在薛老爷子对面，无比认真地看着薛老爷子解锁。只见薛老爷子拿出一个像簪子一样的工具，开始谨慎地鼓弄着细小的锁眼。时间一秒秒过去，薛老爷子的额头上渗出了不少汗水。

大约半个小时后，薛老爷子的鼻尖也冒出汗来，双眼盯着铁盒子上的锁眼发愣。良久，他才用匪夷所思的口吻说道："真是奇怪了，老头子我十几岁便跟着我师父学习解锁，从来没有遇到过这样的锁。"

陈锋一听薛老爷子的话，意思是没有希望了，不禁有些失落："老先生，您的意思是？"

薛老爷子摇了摇头，说："老头子我一生解锁无数，从来没有遇到过这么复杂的锁芯。"

"锁芯复杂？这是一只出自契丹古墓的盒子，当时怎么会有那么复杂的制锁工艺呢？"陈锋一脸不解地说道。

薛老爷子长长地叹了口气："不可小觑古人的智慧。锁大致分为挂锁、抽斗锁、弹子门锁和抽芯门锁等。无论什么锁，关键在锁芯。最常用的弹子门锁是上珠不能往下推，锁芯自然就不转动。想要转动锁芯，下锁和下珠必须是一条直线。奇怪的是，这盒子锁孔内下锁和下珠本身就在一条直线上，利用开锁器根本无能为力。这个锁的设计，有悖于制锁的原理啊。另外，和其他几种锁的特性也都不符合。我开了几十年的锁，这还真是头一遭。依我看，这把锁的制造技艺已经失传了。"

陈锋失落地说道："这么说，这个盒子永远打不开了？"

"看来，只有一个办法了……"薛老爷子叹了口气说。

"什么办法？"陈锋猛然来了精神，眼睛骤然睁大。

"找到盒子的钥匙。"老者看了眼陈锋，有些忍俊不禁。

对于陈锋来说，薛老爷子说的这句话简直就是一句废话。陈锋有些不悦，但是不能表露出来："我要是能找到盒子的钥匙，就不四处求人开锁了。"

薛老爷子用手捋了捋花白的胡子，说："关键是那把钥匙无从找起。"

"要是能找到那块半截石碑就好了。"陈锋眼睛直直地盯着铁盒子。

"半截石碑？"薛老爷子惑然问道。

陈锋为薛老爷子解释了石碑和铁盒子的关联，还讲述了太爷爷笔记中记载的那段关于契丹小伙和汉族姑娘的爱情传说。

薛老爷子沉思良久，捋了捋胡须，眯缝着眼睛说："这么听来那石碑也算是文物，肯定会被人收藏。老头子我虽然是个臭配钥匙的，但是几十年来还算认识一些古玩界的藏友，我可以帮你打听打听。希望这块石碑流失得不远，要不然可就麻烦了。"

薛老爷子原来是某镇文化站站长，退休后觉得没意思，就重操旧业在北极星市场干起锁匠来。在做文化站站长时，认识了不少搞收藏的人。

"那敢情好，多谢老先生。"陈锋一听，感激万分。

两人又聊了一会儿后，薛老爷子离开了陈锋的住所。离别前，陈锋给薛老爷子留了自己的手机号码。

一连几天，陈锋都在考虑那块石碑的去向。同时，大老陈留下的残缺笔记中提到的各类离奇的事情，也满满当当填充着陈锋的大脑。当然，首要任务是找到那半截的石碑。陈锋频繁缺岗，招来了队长的不满，幸好有李男为其说情解围。为了铁盒子的事，陈锋着实郁闷了数日。就在一周后的某日下午，一个电话的响起，才使陈锋阴暗的天空骤然开晴。

"你是陈锋吗？"手机那头传来一个苍老的声音。

这个电话是北极星市场配钥匙的薛老爷子打来的，陈锋一下子就听出来了，忙说："我是，您是薛老先生吧？"

"嗯。"薛老爷子缓缓说道，"我从绥化的一个老朋友那儿找到了一点关于那块契丹石碑的线索，不知道对你有没有用。你有时间就过来一趟，看看是不是你要找的那块。"

"好好。"陈锋兴奋得像个孩子，恨不得马上飞过去。

陈锋立即挂断电话，飞奔而出，打的来到了薛老爷子家门口。但见大门紧闭，陈锋一拍脑袋，有些懊恼自己太过激动，转即又去了北极星市场。果然，陈锋在北极星市场一眼便见到了薛老爷子。

陈锋见到薛老爷子的第一句话就是："薛老先生，石碑有消息了？"

薛老爷子倒是很淡定，用手招呼道："坐下，慢慢说。"

陈锋在薛老爷子身边寻了个马扎坐下，双眼充满期待地望着薛老爷子。

薛老爷子说："那天从你家出来后，我就联系了一些认识的藏友，没想到今天上午就来消息了。绥化的一个藏友说他手中有一块石碑，石碑上刻了一些看不懂的文字，也不知道是不是你说的那块，有时间你去绥化看看吧。"

"真的？"陈锋兴奋之色溢于言表，"他同意把那块石碑给我？"

薛老爷子顿了顿，眯缝着眼睛说："你要知道，这些搞收藏的，都是视宝贝如命的。所以，给你的可能性不太大。"

"拿不到石碑我该如何找那把钥匙？"陈锋有些失落。

薛老爷子稍思片刻，说："这倒不难。你需要的仅仅是石碑上的文字，你把上面的文字拓下来不就行了。"

陈锋顿时面色稍缓，觉得薛老爷子这个主意不错，点头道："嗯，只能这样了。"

说罢，陈锋向薛老爷子要了那位藏友的地址，当即坐客车去了绥化。一个半小时后，客车到了绥化市长途客运站，陈锋按照薛老爷子给的地址，找到了那位藏友的家。

陈锋敲了敲门，开门的是一位六十多岁模样的老人，戴着一副金边眼镜，胡须刮得很干净，更显眼的是他嘴中那两颗发光的金牙。老人打量了一下陈锋，问："请问你是？"

陈锋微笑着说："您是张老先生吧？我是海伦市薛老爷子介绍来的，来看看一块半截的石碑。"

老人先是一怔，而后恍然，笑呵呵地说："哦，我知道了。快快屋里坐。"

陈锋随着老人进了客厅，经过一番自我介绍，得知这位老人叫张柏明，老人让陈锋称其明叔。两人客套了一番后，进入了正题。

"你刚才说的那位薛老爷子，我们其实并没有见过面，我只是听我的一位藏友说他是一个民间的开锁高手。昨天那个藏友打电话给我，问我手上有没有一块只剩半截的石碑。我说有，但不知道是不是他要找的那块儿。这块石碑还是我去年从乡下低价购来的，上面刻了一些契丹文字，我还没来得及找专家去辨认。"明叔缓缓说道。

"明叔，您可以把那块石碑拿给我看看吗？"陈锋很诚恳地说。

"行。"明叔先是迟疑了一下，接着便走进了另一间屋子。 两分钟后，只见明叔手中拿着一个锦盒走了出来，说："就是这块石碑。"

明叔手中的锦盒似乎有什么魔力，瞬间将陈锋的目光吸引了过来。

"打开它看看吧，是不是你要找的那块石碑。"明叔把锦盒小心翼翼地放在了桌面上，示意陈锋将锦盒打开。

陈锋无比小心地打开锦盒，一块只剩半截的青色石碑出现在了眼前。

陈锋目不转睛地看着眼前这个年代久远的古物，脑海中瞬间幻想出当年太爷爷进入契丹古墓盗取此物的惊险画面。 良久，陈锋情不自禁地想要抚摸它。

"别动！"陈锋刚要用手碰触那块石碑，却被明叔喊住了。

陈锋回头看着明叔，满是不解。

明叔拿出一副橡胶手套递给陈锋，说道："带上它！人的手上有汗液，会对文物造成轻度腐蚀。"

陈锋接过橡胶手套戴上，轻轻地摸了摸石碑，像抚摸一个久违的朋友。石碑的边角有一块缺失，他确信这块石碑正是太爷爷当年丢失的那块。 根据大老陈的笔记记载，石碑的一角当年被铁锹铲掉了。 这块石碑既然是太爷爷的遗物，作为后人理应收回。 陈锋突然想到明叔刚才说这石碑是他低价从乡下收购的，估计买回来也不需要太多的钱。

明叔见陈锋对眼前的石碑流露出如此神情，猜测它正是陈锋所要找的那块，便问道："陈先生，莫非这真是你要找的那块？"

陈锋点了点头，说："明叔，你这石碑是多少钱买来的？"

"怎么，你要买？"明叔猜出了陈锋的想法。

"嗯。"陈锋说，"您说个价钱吧。 看在我是这石碑发现者后人的面子上，给个合理的价钱。"

明叔沉默了片刻，眉头皱了皱，缓缓地伸出了五个手指头。

陈锋怔了一下，猜测道："五百？"

明叔微笑着，摇了摇头。

"五千？"陈锋的眼睛睁得有些大了。

明叔继续保持着他那神秘的笑容，说："现在收藏界中契丹古物的价格水涨船高，我给你的价格绝对合理。 但是我刚才提出的这个数，不是五百，也不是五千。"

"五万？"陈锋表情有些愕然了。

明叔点了点头，说："这是最低价，收藏界再也找不到这么低的价格了。 要是我转手卖给别人，后面还会加三个零。"

陈锋没想到一块石碑会值这么多钱，明叔开的价格自己肯定接受不了。 看来，想收回太爷爷遗物的想法要暂时搁浅了。 既然拿不走石碑本身，那就只能拍下这半截石碑的照片了。 陈锋有些失望地说："明叔，您开的价格我承受不起。 但是，我有个请求，还望您能答应我。"

明叔点燃了一支烟，随后又递给陈锋一支。 明叔吸了一口烟，淡淡地说："你说说看。"

"请您允许我为这块石碑拍一张照片。"

"可以。"明叔吐出一口烟，答应得很爽快。

陈锋感激地说："那多谢明叔。"

"但是……"明叔话锋骤转。

陈锋愣了一下，说："怎么？"

"小伙子，人还是要现实些。 你要是想拍下石碑的照片，那也不能白白拍下来吧？"明叔面无表情地笑了一下，两颗金牙更加明显了。

陈锋没想到这个明叔是个爱财如命的人，但石碑上的文字对于自己至关重要，为了顺利找到打开铁盒子的钥匙，只得忍一忍。 陈锋暗暗叹了口气，说："明叔，您的意思我明白。 多少钱，您说。"

明叔微笑着说："五百吧。 我想，上面的文字对你来说，远不止这个价钱。"

"您数一数。"陈锋没有犹豫，从裤兜中掏出钱包，抽出了五百元钱，一张一张地摆放在了桌子上。

明叔一脸笑容地将五百块钱敛在了手里，验了验每张钱币的真伪。

陈锋环视了一周屋子，问道："明叔，您有相机么？"

明叔将钱塞进了兜里，说道："倒是有一只相机，但是坏了很长时间了，一直也没修。"

"那只能用手机拍了。"陈锋轻叹了口气,然后掏出手机,打开照相模式。"咔嚓咔嚓"几声快门声,那半截石碑被拍进了手机中。

"现在这手机真好啊,还能做相机用。"明叔一笑,眼角的皱纹骤然堆了起来。

"一会儿出去我把手机拍的照片洗出来。"陈锋看了看手机中石碑的照片。虽然手机拍照的像素不及数码相机,但是还算清晰。

"小区门口右转就有一家照相馆。"

陈锋将手机揣入兜里,对明叔说道:"明叔,谢谢您啦。"

明叔摆了摆手,笑道:"小伙子,不用客气。我不知道你要这石碑上的文字有什么用,但是用处肯定不一般。还希望小伙子哪天发了横财,别忘了今天便是。"

陈锋没有回应,只跟着礼节性地笑了几声。陈锋现在心中最关心的就是:这石碑上,到底写了些什么?

第六章
惊世怪病

　　陈锋在照相馆将手机中的照片洗了出来，幸亏手机的像素还行，照片还算清晰。陈锋兴奋地带着照片火速回到了海伦市公安局，急急忙忙去找李男。李男的人脉广，他说不定能介绍个人破译出照片上的契丹文字。陈锋刚进市局正厅，只见李男从刑侦科走了出来。陈锋迎上去拦下了李男。

　　李男见陈锋回来了，笑骂道："你小子跑哪儿去了？队长找你呢！你手机都停机了。"

　　由于走得太急，陈锋的气息尚未平稳："我刚从绥化回来。手机停机了？我都不知道，昨天一直没打过电话。"

　　"去绥化了？干什么去了？"李男好奇地问道。

　　"那块石碑我找到了。"陈锋喜悦之色溢于言表。

　　"找到了？"李男惊喜地问，"在哪儿呢？"

　　陈锋把手中的照片往李男眼前一晃，说："就在这儿。"

　　"石碑呢？"李男一怔，问道。

　　陈锋向李男说了发生在明叔家的一切。

　　李男听完陈锋的陈述，气道："这个明叔真是个财迷！对了，拿到了照片，你打算咋办？"

陈锋笑望着李男，说："李哥，我知道你人脉广，你认不认识研究契丹文化的？"

李男眉毛一皱，有些犯难地说："我认识的人中真没有研究这东西的啊，你可把我难住了。"

听李男这么一说，陈锋情绪有些失落："我现在正犯愁这事儿呢！"

李男叹了口气，说："别着急，我也打听打听，看看有没有别的朋友认识这方面人的。"

"嗯。"陈锋点了点头，转即说道，"对了，你刚才说林队找我？"

李男点头说："嗯。我感觉林队找你的情况似乎有些对你不妙啊。"

陈锋一愣，说："不妙？"

"你最近不是总擅自离岗嘛，我估计就是为这事儿。林队现在应该还在他办公室呢，你去看看吧。"李男说着，轻拍了一下陈锋的肩膀，"兄弟，要做好心理准备啊。"

陈锋点了点头，径直上了三楼。他敲了敲林队办公室的门，见林队果然在。林队斜视了一下，见是陈锋，淡淡地说："进来。"

陈锋走到林队办公桌前，心中没底地问道："林队，你找我？"

林队微微侧头看了眼陈锋，沉默良久，说："陈锋，你现在还是一个刑警吗？"

"当然是啊。"陈锋手心渗出了些汗，"林队，有什么话你直说吧。"

林队轻轻叹了口气，说："亏你还知道你自己是个刑警。今天局长找到我，说要把你留职查看。"

"什么！"这个消息宛如晴天霹雳，震得陈锋脑袋瓜子嗡嗡作响。

"你是不是得罪什么人了？"林队视线移向窗外，"有人把你最近经常擅离职守的事儿举报了。局长把我痛批了一顿，说我管教下属不利，刑警队犹如草滩羊群，开始散养了。"

陈锋气得牙齿咯咯作响，轻声骂道："我没得罪谁啊！谁他娘嘴这么欠呢！有什么证据说我擅离职守啊！"

"看来你是真的得罪人了。"说着，林队从抽屉里拿出一打相片放在了桌子上，"看看吧，这是局长给我的。"

陈锋拿起桌子上的照片，照片中是自己最近几日的行踪。陈锋倒吸了一口凉气，这才知道自己被人算计了。陈锋沉默了片刻，说："不行，我得去找局长，不能说留职查看就留职查看吧！"说罢，陈锋转头欲走。

"不用去了，我觉得这对你并没什么坏处。"林队说道。

陈锋停下脚步，把目光移向林队，眉头微皱，问："林队，怎么说？"

林队示意陈锋坐下："我从李男那儿侧面了解了一些你的情况，局长把你留职查看正好给你腾出一些时间，把自己要办的事儿办完。等你把事儿办完了，我再想办法让你归队。"

陈锋沉思片刻，觉得林队的话不无道理。良久，陈锋面带歉意地点了点头："林队，关于我的问题，让你受到了局长的批评，真是不好意思。"

林队端起桌子上的茶杯，喝了一口，从座位上站了起来："没什么事儿，我的心理还有点抗击打能力的。陈锋啊，我知道你是一名好刑警。要不是有什么重要事情，你绝对不可能擅自离岗。我说的对吧？赶紧把手中的事儿办完，警队还等你回来呢。有什么事儿，我给你兜着！"

陈锋感激地点点头，说："谢谢队长的理解！"

"理解万岁嘛！"林队拍了拍陈锋的肩膀笑道，转即表情肃然地说，"对了，陈锋，从举报你这件事来看，我觉得，有一双眼睛在盯着你，你要时刻注意啊。"

"嗯。我一定要把那个人揪出来！"陈锋的表情异常坚定。

月上高楼，陈锋回到了自己的住所。一进屋子，他就大字形躺在了床上。此时，陈锋感到身体前所未有的疲惫。陈锋以为是自己最近睡眠不足，睡一觉就好了。于是，陈锋闭着眼睛，逐渐睡去了。半夜，陈锋从梦中醒来，有些口渴，便起床倒水喝。谁知刚起床走了几步，便感觉头部一阵眩晕，栽倒在了地板上。良久，他才缓过来。陈锋心中有些害怕了，自己的身体一直都很好，感冒都很多年没得过了，这会儿怎么就疲惫不堪，甚至眩晕了呢？

陈锋有一种不祥的预感，他躺在床上，一夜没有合眼。到了天明，陈锋缓缓地下床，慢慢地走下了楼，来到附近一家医院，做了一番检查。

"医生，我身体一直都很好，从昨晚开始不知怎么就觉得疲惫不堪，开始头晕。 这是怎么回事儿呢？"陈锋忧心忡忡地问道。

脑科医生拿着陈锋刚拍的脑 CT 片，皱着眉头仔仔细细看了很久，说："从 CT 片上来看，你的脑部并没有病症。 我建议你去内科做一下全面检查。"

陈锋在内科医生的安排下做了全面的内科检查。 折腾了半天，内科医生拿着几张单据皱着眉头道："从你的各项检查来看，你的身体根本没有问题。你说你疲惫不堪，我一开始怀疑你有慢性肾病。 可是，从尿检结果来看，你的肾脏很强健。"

陈锋觉得这事儿有些复杂了，急忙问："医生，真的一点儿问题都没有？"

内科医生摇了摇头说："从各项检查来看，确实没有。 如果你信不过，可以去大医院检查一下。"

陈锋沉默了片刻，又问道："医生，那么有什么药能够暂时缓解头晕和疲乏呢？"

内科医生思忖片刻，说："给你开个单子吧。"说罢，内科医生在一张便笺上给陈锋写了两样药。 写完后，递给陈锋。

陈锋拿着药单，到附近的药店买了药，又在旁边的食杂店买了一瓶娃哈哈纯净水，将两样药按剂量服下了。 几分钟后，陈锋感觉病症消失了，他长长地吁了口气，像是自己从泥沼中挣脱了一般快意。 但是，陈锋又隐隐觉得，药品医得了一时，治不了长久。 他坐在马路边上，点燃一支烟，深深地吸了两口，烟雾掠过忧郁的面庞飘向天空。 陈锋突然有种感觉，自己可能得了一种比癌症更加可怕的怪病，而且还是个莫名的绝症。

陈锋觉得自己的死期将会不期而至，剩余的时间变得越来越少。 此时，陈锋的脑海中冒出来一个坚定的想法，在临死前一定要完成太爷爷的遗愿。忽然手机响了。

陈锋掏出手机："老李，什么事儿？"

电话那头李男听出了陈锋的声音有些不对劲，关切问道："陈锋，你声音听上去有些憔悴啊，没事儿吧？"

陈锋说："没事儿。"

"你现在在哪儿呢？"电话中李男的声音变得焦急了。

"我……"陈锋迟疑了一下，"我在超市买东西呢。什么事儿啊？"

"你现在赶紧来市局一趟！绥化市局的人来了，要找你！"李男的声音有些急躁。

"我现在都留职查看了，绥化市局的人找我干吗？"陈锋显得有些不耐烦了。

电话中李男急道："你去绥化找的那个明叔死了！死得非常惨！是被人用钝器击打后脑之后，用绳子勒住脖子窒息而死。绥化市局的人要找你谈话！"

这个消息宛如晴天霹雳，击中了陈锋的大脑。陈锋大脑一片空白："好好，我马上就到！"

十多分钟后，陈锋来到了海伦市公安局。在公安局的院子中，停了好几辆绥化的警车。陈锋驻足片刻，深深地吸了口气，进入了办公大楼。陈锋刚进入大厅，便遇到了李男。

"老李，明叔死了？明叔怎么会死呢？"陈锋单手把着李男的肩膀，急切地问道。

李男眉头微蹙地摇了摇头，说："我也不知道是怎么回事。绥化市里的人刚刚来，我也是刚刚听说。你赶紧去林队的办公室，他们在那儿呢。"

"明叔死了……明叔死之前我去过，难道他们怀疑是我杀死了明叔？"陈锋头上的青筋已经突了出来。

"不可能，估计上面也就是例行调查。"李男拍了拍陈锋的肩膀，"没做亏心事，不怕鬼叫门。别心慌。"

"嗯。"陈锋点了点头，沉默片刻后说，"明叔死得蹊跷。"

陈锋上了三楼，来到了林队的办公室。办公室的门是开着的，陈锋在敲门的同时扫了一眼，除林队外，有五六个人。

"进来。"林队见陈锋来了，招呼道。

陈锋来到林队跟前，努力镇定了一下，说："林队，你找我？"

"我给你引见一下，这几位是绥化市局的同志。"林队给陈锋做了介绍，其中着重介绍了一位中等身材，体型微胖的警察，"这位是市局刑侦总队的孙队长。"

陈锋向孙队长点了点头，坐在了一旁的椅子上。

"陈锋，今天找你来呢，是需要你的帮助。"林队表情严肃地说道。

陈锋知道林队要问什么，转头把目光移向孙队长，说："孙队长，明叔是怎么死的？"

"陈锋，你要配合孙队长的问话。"林队说道。

孙队长表情肃然："死者张柏明是被人用钝器猛击头部数下，又用绳索勒住脖子窒息而死。是今早小区物业去收物业费时发现的，并且报了案。"

"法医做鉴定了吗？"陈锋急促地问，"死亡时间是什么时候？在死者身上发现什么线索没有？"

"法医已经鉴定过了，死亡时间是在……"孙队长顿了顿，"昨天下午 1 点到 3 点之间。"

"昨天下午 1 点到 3 点之间？"陈锋双眼骤然瞪大，因为自己是在下午 1 点多离开明叔家的。这样，自己就会有作案嫌疑了。

"不错。"孙队长点了点头，"小区的监控录像显示，你是在昨天下午 1 点 20 分离开的。另外令人匪夷所思的是，死者的脑门上被人贴了一张冥纸。"

"你们怀疑我杀了明叔？"陈锋说道，"就算是我杀的，我为什么要在死者头上贴一张冥纸呢？"

"我们并没有认为你杀了明叔。"孙队长说道，"你是一名刑警，你不会不知道，只要和案件沾边，就是案件嫌疑人，谁都不例外。"

"我知道。"陈锋说，"小区的监控录像中，就没有别的人从明叔的单元楼中出来？"

孙队长摇了摇头，说："有倒是有，都是楼内的居民，没有发现其他可疑人。"

陈锋叹了口气，说："看来我的嫌疑最大了。"

"目前是，由于你在死者死亡时间范围内接触过死者，并且现场留存了你的指纹。但是我们现在也正在努力侦破中。"孙队长说。

"陈锋，你要积极配合孙队长啊。"林队叮嘱道。

"那是一定的。"陈锋点了点头，转即问孙队长，"孙队长，你认为凶手的杀人动机是什么呢？"

孙队长思忖片刻，说："死者的钱财并没有丢失，保险柜也没有被撬过的痕迹，不像室内抢劫杀人。但是，死者储藏柜中的藏品好像少了一件。至于缺少的是什么藏品，还在调查中。"

"柜子中有没有一个银色的锦盒？"陈锋忽然想到那块半截石碑，"银色的锦盒中是一块只剩半截的石碑！"

"没有。"孙队长说，"你的意思是说，凶手是冲着那半截石碑去的？"

陈锋叹了口气，说："我想应该是的。"

"死者是个民间收藏家，家中有那么多藏品，为什么凶手偏偏拿走一块石碑呢？"林队眉头皱起，惑然道。

陈锋觉得，正像林队说的那样，有一双眼睛在暗处盯着自己。看来凶手也是冲着石碑，甚至是那个铁盒子来的。陈锋看了眼孙队长说："凶手是在嫁祸于我。"

"嫁祸于你？"孙队长不解地问道。

"对。因为我昨天去找明叔的原因，也是为了那块半截石碑。"陈锋说。

"你为什么要找那半截石碑？"孙队长好奇地问道。

"那块半截石碑是我太爷爷的遗物，丢失后才流落到了明叔的手里。我本来想把石碑买下来的，可是无奈明叔开价太高，我接受不了，只能暂时将石碑上的碑文用手机拍下来。现在，照片就在我家中。如果我是凶手的话，石碑已经到手了，还至于将石碑拍下来吗？"陈锋微微叹了口气，"虽然我现在处于留职查看，但是我还是会积极配合各位同志的。"

"铃铃铃……"这时，孙队长的手机响了。孙队长接听电话的过程中，不时眉头微蹙。接完电话，孙队长面色肃然地说道："刚才对案发现场进行了复查，又发现一个重大线索。在卫生间的通风口处，发现了一个指纹。经过检测，这个指纹不属于死者，也不是陈锋的，很有可能就是真正的凶手留下的。"

"凶手虽然很狡猾，但是也留下了蛛丝马迹。"林队对几位绥化来的刑警说道。

"我们该走了，有什么事情及时和我们沟通。"孙队长等人起身要离开。

陈锋点了点头，说："有什么需要就联系我。"

林队微笑着说："我们也会全力配合你们的工作！"

待孙队长等人走后，林队对陈锋说："陈锋，在留职查看这段时间，你可要千万小心啊！"

陈锋点了点头，说："放心吧，林队。当了几年刑警，咱也不能白当，我倒想看看那躲在暗地里的王八蛋还想干些什么！"

林队拍了拍陈锋的肩膀，没有说话。

此时，李男正在一楼大厅候着他，见陈锋下来，便大步走上前去，说："陈锋，他们找你干什么？"

陈锋苦笑了一下："他们怀疑我是杀死明叔的凶手。"

"这怎么可能，简直在开国际玩笑。"李男有点愤怒。

突然，陈锋感觉头重脚轻，眼前一黑便栽倒了下去。李男赶忙扶住陈锋，急问道："陈锋！你怎么啦？"

没过多久，陈锋缓了过来，单手捂着脑袋，说："没事儿，可能是昨晚睡得太晚了，没休息好。"

李男担心道："你身体一直很好，怎么就突然昏倒呢？不对劲。你得跟我去医院检查一下。"说着，李男便要拉着陈锋去医院。

陈锋觉得不能让李男知道自己得了未知绝症的事，干脆硬挺着站稳，拉了下李男的胳膊，说："老李，不要小题大做好不好，没有必要。"

"真的没事儿？"李男不放心。

"没事儿。"陈锋点了点头，随即转移话题，"老李，上次麻烦你的事儿，有消息吗？"

李男一怔，有些懵住了，旋即又反应过来："哦，是找一找有没有人研究契丹文的事儿吧？"

陈锋点头："对，我现在很着急，我一定要尽快将石碑上的文字破解出来。"

"这事儿我确实问过，海伦市没有研究这方面的人，我建议你去省城找一找。省城地大人多，应该可以找到。"李男说。

"省城？那我应该去哪儿找呢？"陈锋有些茫然。

李男思忖片刻，说："去省城文化局问一问。"

陈锋点头说："只能这样了。"

李男看了看腕表，说："中午去我家吃吧。"

"不了，我想坐中午的火车去省城。"陈锋说。

李男沉默几秒，继而拍了拍陈锋的肩膀，说："好吧，路上小心点，有什么事儿就给我打电话。"

陈锋听得李男的一句话，感觉十分温暖，不由感激地道："谢谢你，李哥。"

李男笑道："少和我说谢谢，兄弟嘛！"

中午 12 点 20 分，陈锋带着碑文照片，坐上了开往省城的火车。火车飞速奔驰在铁轨上，穿行在茫茫原野间。望着窗外的景致，陈锋似乎看见了当年太爷爷奔波劳碌的画面。时间不觉到了下午，陈锋从兜里掏出两瓶药，各倒出一粒，喝了一大口矿泉水，将药服下了。

"小伙子，身体不舒服？"此时传来了一个沙哑而苍老的声音。

陈锋抬头，说话的正是坐在自己对面的老人。老人头戴褐色的瓜皮帽，脸上架着一副圆圆的墨色眼镜，面庞消瘦，上唇的八字胡显得格外精神。陈锋仔细打量一番，觉得老人也不过五十多岁的样子。

陈锋有些吞吐地说："是、是啊，要不能吃药嘛！"

老人嘴角微微扯了一下，说："小伙子要注意身体啊，你的气色可不太好。"

起初，陈锋以为老人是个盲人呢，没想到戴着墨镜还能看清自己的面色。现在陈锋觉得这老人貌似会看面相的，像一个江湖术士，便饶有兴致地问道："您能看见啊？"

"我能看见，又看不见。"老人说了一句让陈锋摸不着头脑的话。

陈锋笑了一下，说："能看见，又看不见。这不是自相矛盾吗？怎么解释？"

老人呵呵笑了几声，只见他缓缓摘下圆圆的墨镜，放在了桌上。陈锋惊住了。原来，老人的左眼根本没有眼珠，看上去有些可怖。陈锋此刻明白了老人的那句话，这正是一只眼睛能看见，而另一只眼睛又看不见。

陈锋清了清嗓子，说："老先生，听您刚才的话，您好像会看面相啊。"

老人说："只是少年时学过一些，现在拿来混口饭吃罢了。至于说会看不敢说，只能说略懂。"

陈锋笑着说："那您好好给我看看面相，看我何时发财、何时结婚、何时死亡？"

老人仔细打量了陈锋一会儿，缓缓说道："小伙子，从你的面相来看，你是个有福之人。但是，如今却似乎有病魔缠身。至于你何时发财，财气不足，福相有余。结婚的日子，肯定是你大病初愈的时期。老头子我说的这些，仅供小伙子你参考啊。"

陈锋觉得老人对于自己得病的事儿说得还挺准。至于其他，陈锋只当听笑话，听了也就过了。陈锋微笑着说："老先生，您说的这些话我可都记下了，要是多年以后不灵验，我可要满世界找您理论啊！"

老人笑道："找我吧，找我的时候别忘了带上媳妇，我还等你俩请我吃饭呢！"

陈锋打量了一下老人，说："老先生，怎么称呼您啊？"

老人说："我自幼没爹没娘，也不知道自己姓啥。认识我的人都叫我独眼。我觉着这独眼的名字不好听，就自己给自己起了个名字，叫杜炎。"

"您这名字来得有趣。"陈锋笑道，"那我就叫您炎叔吧。"

杜炎笑道："可以可以！但是要注意啊，叫炎叔的时候要字正腔圆，千万别叫成鼹鼠啊。"

陈锋没想到杜炎这么会调侃自己，笑道："炎叔真是幽默啊。"

"人生在世，有事儿要乐，没事儿也要乐，有事儿没事儿咱偷着乐。"杜炎微笑道。

"炎叔，您这是要去哪儿啊？"陈锋问道。

杜炎目向窗外，说："炎叔我四海为家，去省城。"

"正好咱俩一道，呵呵。"陈锋高兴地说。

杜炎打量了一番陈锋，说："小伙子，你是干什么的啊？"

"我叫陈锋，是警察。"陈锋不假思索地回答。

"你是警察？"忽然，坐在杜炎身边的一个其貌不扬的年轻人愕然道。

陈锋被这个年轻人的突然言语吓了一跳，把目光移向杜炎，说道："炎叔，这位你认识？"

没等杜炎回答，那年轻人便说道："这是我师父，我是他徒弟，我俩是……"

说到这，杜炎故意咳嗽了一下，那年轻人看了眼杜炎，说："我俩是去省城打工的。"

陈锋看出来了，很明显那个年轻人在说谎。陈锋也不揭穿他，只是笑呵呵地说："打工的都是四海为家。请问怎么称呼？"

这回年轻人不说话了，像是被人训斥过了一般。杜炎笑着说："这是我的徒弟，名字叫二棒。"

很快，火车便到了省城的火车站。此时，天已经黑了，陈锋需要找一家旅馆暂时住下，明天再去省城文化局。他在火车站附近找了家小旅馆，一晚上50元，不讲价。这个小旅馆卫生条件极差，房间四周的墙壁开始掉皮，更让人难以忍受的是屋子里散发着一股酸臭味。陈锋叹了口气，对自己说，忍一忍吧，就一晚上。

正当陈锋准备要关门的时候，忽然在门外看见了两个熟悉的身影。这两个人不是别人，正是在火车上遇到的师徒俩——杜炎和二棒。陈锋兴奋地喊了一声："喂！"

杜炎和二棒猛地回头一看，见是陈锋。二棒憨笑了一下，对杜炎说："师父，火车上的那个警察！"

杜炎面无表情，喃喃道："他怎么也住这儿……"

陈锋大步走近两师徒，说："炎叔，好巧啊，你们也住店啊？"

杜炎笑了一下，说："当然是住店，买衣服谁来这儿啊，呵呵。"

陈锋不好意思地挠了挠头，觉得自己说的话有些不妥，便探头朝走廊的尽头望了望，说："你俩住哪个房间啊？"

二棒用手指了指不远的一间，说："就那间屋子，024号。"

杜炎轻瞪了一眼二棒，然后微笑着对陈锋说："坐了那么长时间的火车，还没休息啊？"

陈锋微笑道："这不是看见你们了嘛，呵呵。要不，我上你们屋坐坐？

反正我也睡不着。"

这下二棒没有说话，杜炎犹豫了一下，点点头说："好，来吧。"

陈锋跟着杜炎和二棒进了 024 号房间。

杜炎把圆墨镜摘了，小心地收好，坐在了床上。陈锋皱了皱鼻子，忍受着和自己那间屋子一样的气味儿。二棒背着一个大行李包，里面也不知道装了些什么，貌似挺重。只见他把大行李包从肩上卸下，靠在了墙角。正当二棒转身要朝床边走的时候，左脚却被行李带儿绊到，将大行李包拽倒了，行李包上的大拉链也被挣开了。

就在这一刹那，陈锋讶然看到行李包中露出一样东西。这件东西他再熟悉不过了，因为他家里就有。杜炎见行李包开了，迅速给了二棒一个眼色。

愣头愣脑的二棒怔了一下，随即会意，将行李包扶起，慌忙将那东西塞了回去。

杜炎正了正面色，冲陈锋微笑了一下，说："行李包年头久了，拉链坏得可勤了。"

陈锋的大脑还停留在那件东西上。因为，那不是一般的东西，而是一把洛阳铲！陈锋记得，从自己记事起，家中那把很旧的洛阳铲就一直存在，铲头都生满了铁锈。这把洛阳铲还是他太爷爷大老陈留下的，也是大老陈留下的唯一一件盗墓工具。不过，后来这把洛阳铲和家中其他杂物一样，被丢弃在仓房之中，久不见天日。

陈锋故意问起了杜炎："炎叔，那行李包中装的是什么啊？"

二棒神色有些慌张地看了眼杜炎。

杜炎显得很镇定，微笑道："打工用的工具。"

陈锋转了转眼珠，说："我看你们不像是出来打工的。"

杜炎看了眼二棒，干笑了一下，说："我们不是打工的还能是干吗的？难道是大老板？"

陈锋没有说话，只是眼睛一直看着墙角的行李包。

二棒有些急了，憨声说："我们真是打工的，打零工的！"

杜炎低头看了眼腕表，微笑着说："陈警官，我们要休息了。"

陈锋知道杜炎是在下逐客令，但是并没有理会，依旧说："打工的？打工的为什么还要带洛阳铲？"

杜炎一听陈锋揭了自己的底，也知道隐瞒不住了，表情复杂地沉默了几秒，说："看来你是行家。"

"没想到真被我言中了。"陈锋眼神犀利地注视着杜炎。

"不错，我们是盗墓的。"杜炎点了点头，而后有些不可思议地说，"我那洛阳铲只露出一部分，一般人是看不出来的。"

"我太爷爷是个盗墓高手，我家里就有一把洛阳铲。所以，我对这家伙很熟悉。"陈锋说道。

"怪不得。"杜炎恍然地点了点头，"既然你已经知道了我们是盗墓贼，为什么不报警？"

"盗墓是违法的，你们这些盗墓的理应受到法律的制裁。但看在我太爷爷的份上，我不想与盗墓贼为敌。"陈锋一脸正气道。

杜炎问道："你太爷爷叫什么名字？"

陈锋说："我太爷爷叫陈万才。"

"陈万才？"杜炎皱着眉头喃喃道。

"对。"陈锋说，"但听我父亲说，很少有人知道他的真名，更多的人喜欢叫他大老陈。"

"大老陈？"杜炎的眼睛睁得有些大了，诧然道，"难道是当年名震江北的盗墓鬼手大老陈？"

陈锋先是一怔，而后恍然道："盗墓鬼手？太爷爷留下的笔记中好像提到过'盗墓鬼手'这四个字。"

杜炎此时神情有些兴奋，消瘦的面部由于笑逐颜开而顿时生出了许多褶皱："你我真是有缘啊！我常听我师父提起你太爷爷！"

"您师父？"陈锋一怔，"您师父认识我太爷爷？"

"何止是认识，我师父就是你太爷爷亲舅舅的徒弟关印清。"杜炎缓缓说道，"我常听师父讲他和大老陈，还有大老陈的舅舅马瞎子勇闯无极冥洞的事，那叫一个惊心动魄！"

作为马瞎子唯一徒弟的关印清比大老陈要小上五六岁，性格比较内向，沉默寡言。自从马瞎子当年带着外甥大老陈以及徒弟关印清从无极冥洞寻找如意神铁九死一生出来后，便带着关印清在江湖上消失了踪迹。

陈锋回忆着太爷爷留下的笔记，并没有出现关印清这几个字，或许记载的那几本被焚毁了，便好奇问道："那您师父现在怎么样了？"

"都说挖坟掘墓有损阳寿，但我师父他老人家活到了 101 岁。十年前他老人家在绥化离世了，无儿无女，我给送的终。"

陈锋点了点头，问道："炎叔，那你们准备去哪儿？"

"去牡丹江。"

仨人聊着聊着，不觉聊到了三更半夜。陈锋要了二棒的手机号码，回到自己房间睡觉了。第二天一大早，陈锋在离开前敲了敲杜炎的房门，但没人应，想必是早已离开了。陈锋吃过早餐后，看了下时间，文化局上班的时间到了。

第七章
小字之谜

陈锋来到省文化局，刚想进去却被门卫拦了下来。门卫问道："你找谁啊？"

陈锋微笑着说："我找局长有点事儿。"

"哦，找张局长啊。"门卫说，"张局长还没来呢，你在我这儿稍微等一会儿吧。"

"嗯，谢谢啦。"陈锋点头谢道。

等了十多分钟，门卫突然指着不远处对陈锋说："张局长来了，就刚进院的那辆白色轿车。"

陈锋兴奋地大步走了过去，只见车上下来一个中年男人，个子不高，微胖，戴着一副厚厚的眼镜，显得很有素养。陈锋上前问道："您好，您是张局长吧？"

中年男人先是一愣，说："对，我是张曙光。你是？"

陈锋自我介绍了一下，说道："我叫陈锋，是海伦市公安局刑警队的。今天找您有点私事儿。"

张曙光微微点了点头，说："好，咱去我办公室说。"

陈锋跟着张曙光进了办公大楼，来到三楼，进了局长办公室。

"你们林队还好吧？"张曙光倒了杯水，递给陈锋。

"我们林队挺好，喜事不断，儿子考上重点大学了。"陈锋说道。

"哦，那可真不错。"张曙光也给自己倒了杯水，喝了一口，"对了，陈锋，你找我有什么事儿啊？这一大早上的就等着我。"

陈锋从怀中掏出碑文的照片，放在桌子上，说："我想让您帮忙介绍一下，看看有谁认识上面的这些字。"

张曙光看了看照片上的文字，皱了皱眉，说："这些字很明显不是汉字。"

"嗯，可能是契丹文。"陈锋说。

"契丹文？"张曙光眉毛微抬。

"因为这张照片就是从一块出自契丹古墓的石碑上拍下来的。"陈锋说。

张曙光眉头微蹙了片刻，说："我倒还真认识一个考古教授，叫王伟国，你不妨去问问他。但是，我不敢保证他认得上面的文字。"

一线希望出现在眼前，陈锋此刻像是中了五百万彩票一样高兴，说："那太感谢您了，张局长。我在哪儿能找到王教授？"

"他在省考古研究所上班。"张曙光说道。

"考古研究所在哪儿？"陈锋对省城不太熟悉。

张曙光低头看了一下时间，说："我把手头上的一点文件处理一下，然后我开车带你去。"

陈锋感激地说道："那多过意不去。"

"没事儿，今天的工作安排不紧。"张曙光边看着手中的文件边说，"陈锋，容我问你一个比较私人的问题。"

陈锋目视张曙光："张局长，请说。"

"你为什么要弄懂照片中石碑上的文字呢？"

"因为这是我太爷爷的遗愿，我想帮他实现。"

张曙光本来还想追问的，但是犹豫了一下，就没有再继续问下去。十多分钟后，张曙光放下手中的文件，起身微笑道："陈锋，咱们出发吧，去省考古研究所。"

"嗯！"陈锋喜悦地点头道。

张曙光带着陈锋，驱车来到了省考古研究所。 省考古研究所占地不大，三层高的建筑就躲藏在楼群之中。 张曙光领着陈锋进了考古研究所，直接来到了二楼。

张曙光指着不远处的一个门牌："瞧，那个就是王教授所在的第一研究室。"

"第一研究室？ 一共有几个研究室啊？"陈锋问道。

张曙光皱了皱眉，说："好像是三个，王教授是第一研究室的领导。"

"张局长来了啊！"忽然，陈锋和张曙光的身后传来了一句甜美的声音。

张曙光和陈锋同时转过身去，只见一个长相甜美的年轻女子微笑着朝这边走来。 这女子留着一头沙宣短发，鼻子高挺，嘴巴小巧，大眼睛仿佛能说话。她穿着一身米色的职业装，高跟鞋踩踏大理石地面的节奏，不知不觉形成了动听的音乐。 陈锋竟有些呆了。

"你好，小陆。"那女子到了近前，张曙光微笑着打了个招呼。

陈锋此刻觉得眼前这女子就如同从天上掉下来似的，羞涩的他都不敢多看。

"我给你介绍一下，这是来自海伦市公安局的陈锋。"张曙光开始向那女子介绍陈锋。

"你好，陈警官，我叫陆秀萌。"那女子微笑着向陈锋点了点头。

陈锋想回应些什么，但是不知怎的一时说不出话来，双颊涨得通红。

"陈锋？"张曙光觉得陈锋有些不对劲，轻声叫了一句。

陈锋这才从嗓子眼蹦出一句话来："哦，你好，陈锋。"

"陈警官还需锻炼啊，不要看见美女就说不出来话，哈哈。"张曙光开了句玩笑。

陆秀萌抿嘴而笑。

陈锋的脸更红了，一直红到了耳根。

"小陆是王教授的助理。"张曙光补充了一句，他看了一眼第一研究室的门牌，"小陆，王教授呢？"

陆秀萌微笑着说："在档案室呢。 要不我现在就去叫一下？"

"不用了。"张曙光说道。

"那咱们进屋等吧，让你们在这等着，也不是待客之道啊，王教授会责怪我的。"陆秀萌边说，边将第一研究室的门打开了。

张曙光和陈锋跟随陆秀萌进了第一研究室，也就一盏茶工夫，一个衣着朴素的中年男人就走了进来，一见是张曙光，便悦然说道："张局长，什么风把你给吹来了？"

进来的这个中年男人就是王教授王伟国，今年四十八岁，中等身材，面相刚毅，最引人注目的就是眉心上的一颗黑痣。

张曙光起身和王伟国握手，笑着说："东风。"

"东风？"王伟国笑道。

"对，东风。"张曙光目光移向陈锋，"借陈警官的东风。"

王伟国看了眼陈锋，又将目光转向张曙光，说："张局长，给介绍一下吧。"

"这位是海伦市公安局的陈警官。"张曙光介绍道。

"你好，王教授，我叫陈锋。"陈锋上前与王伟国握手。

"你好，陈警官。"王伟国笑眯眯地打量着眼前的这个年轻人。

一番相互介绍过后，算是彼此认识了。张曙光开门见山地说："王教授，我们今天来，是有一件事想找你帮忙。"

"什么事儿？只要我能帮上忙。"王伟国态度和蔼。

"王教授，听说您是研究契丹文化的专家？"陈锋问道。

"在考古研究所二十多年了，研究过一些契丹文物，我对契丹文化还是非常感兴趣的。怎么，来找我难道跟契丹文化有关？"

陈锋点了点头，然后取出碑文照片，递给了王伟国。在场的所有人都好奇地看着照片中石碑上的神秘文字。

"陈警官，这照片是哪儿来的？"王伟国愕然。

陈锋说："这照片是我拍的。这是半截出自契丹古墓的石碑。"

"市面上带有契丹文字的文物并不常见。"王伟国如获至宝地端详着照片，表情讶然与兴奋参半。

"王教授，您认识上面的文字吗？"陈锋问道。

"这上面的是契丹小字。"王伟国从抽屉中找出一副眼镜戴上，精神高度集中地看着碑文。

"契丹小字？"陈锋语气难掩兴奋。

王伟国点了点头，旁若无人地说道："契丹人发明了两种文字，一种是契丹大字，另一种便是这契丹小字。契丹大字创造在前，小字在后。契丹小字是由耶律阿保机的弟弟耶律迭剌受到回鹘文字的启发，在契丹大字的基础上创造的。由于契丹大字不便书写，所以小字在当时比较流行。后来由于辽国灭亡，就很少有人认识契丹文字了。如今，契丹文字在考古界更是一个难题。"

王伟国的一番话，不啻一盆冷水从陈锋头顶浇下，忙问道："王教授，您的意思是说这上面的文字无人能解读了，是吗？"

王伟国眉头紧蹙道："理论上是这样的。但是，很难解读不等于无法解读。如果真要解读的话，需要时间。"

"需要时间？大概需要多久？"陈锋问道。

"这可说不准。"王伟国说，"值得庆幸的是这上面的是契丹小字，如果是契丹大字，那么就真无人能解读了。契丹大字和东巴文、仙居蝌蚪文、夜郎天书、巴蜀符号等，都是未解之谜，几近无头绪。"

张曙光叹了口气，说："陈锋，看来你这事儿挺棘手啊。"

陈锋一脸的忧郁，也叹了口气，说："当初就感觉棘手，没想到会这么棘手。"

王伟国表情认真地对陈锋说："陈警官，这照片先在我这儿放着。你给我留下电话号码，什么时候解读完了，我打电话通知你。"

待张曙光和陈锋两人从考古研究所出来后，张曙光问陈锋："陈锋，你现在去哪儿？是回海伦，还是留在省城等消息？"

陈锋没有犹豫，直截了当地说："我要留在省城等消息。"

张曙光暗自佩服陈锋的执著，拍了一下陈锋的肩膀，说："做事执著的年轻人，我看好！"

就这样，陈锋暂时留在了省城，等着王伟国的消息。陈锋在省城举目无亲，忽然想到了在省城某软件公司工作的高中同学韩泽。陈锋立马打了电话，约好见面。

两个老同学见面，分外激动。中午时分，韩泽兴致勃勃地将陈锋带到了他公司不远处的一家小酒馆，要了几个小菜和几瓶啤酒。陈锋见韩泽拿了几瓶啤酒，有些诧然地说："你下午不上班吗？"

韩泽说："上班啊，请假的话我这半年的全勤奖就没了。不过就这几瓶啤酒，那是小意思，领导根本就看不出来。放心好了。"

陈锋笑道："看来你小子酒量有长进啊，呵呵。"

"那是必须的！"韩泽说，"对了，你来省城干什么来了？执行任务？"

陈锋叹了口气说："还执行什么任务啊，都被留职查看了。"

"留职查看？"韩泽不解，"为什么会留职查看啊？"

这时，服务员把韩泽点的菜都上齐了。韩泽开了两瓶啤酒，说："来，咱对瓶吹吧。"

陈锋面色凝重地说："关于留职查看，我需要解释太多，但是，我总感觉在暗处有一双眼睛在死死盯着我。"

韩泽听陈锋这么一说，下意识地环视了一下四周，说："暗处有一双眼睛在死死盯着你？陈锋，你惊悚片看多了吧？还是你当刑警当出职业病了？哪有那么邪乎。"

陈锋喝了口啤酒，眼睛神秘地瞄了一下左右，低声说："没准啊，就在咱俩说话这一刻，他就坐在这个小酒馆中呢！说话要注意啊。"

韩泽面露怯意地扫视了一下小酒馆中的所有人，忽然感觉个个都像陈锋所说的那双"暗处的眼睛"。

"好了，别找了，要是一眼就能看出来，我早就把他揪出来了！"陈锋说道。

两人吃过午饭，韩泽便将陈锋领到了自己的住处。这是一个一室一厅的屋子，面积不大，也就四十多平方米。屋子内一片凌乱，韩泽进屋后赶紧将床上的被子叠起，把地扫了一遍。这间屋子韩泽已经租住三年了，也有三年没打扫了。

一切安排好后，韩泽对陈锋说："陈锋，你先休息吧。我上班时间马上要到了，我得赶紧走了。"

没等陈锋说话，韩泽便拿起提包匆匆忙忙出去了。

陈锋躺在沙发上，刚闭上眼睛，一连串的画面和疑问都涌现到了脑海中。张二小的死，孙大炮的疯，离奇消失的破庙，一团团的疑问冲击得陈锋大脑有些发胀。在大老陈留下的仅有的笔记中，这些疑问都一一记述了。

陈锋睁开眼睛，猛地从沙发上坐了起来，起身朝卫生间走去。来到卫生间，打开水龙头，水流哗哗地冲刷着洗手盆。陈锋疯狂地将水扑在脸上，努力使自己清醒。陈锋抬起湿漉漉的脸颊，盯着镜子中的自己。

忽然，陈锋头晕得厉害，双腿发软。他扶着洗手盆，从兜里掏出药瓶。不料手一抖，药片撒了一地。陈锋慌乱地将两片药借着水龙头的水服下，开始捡拾地上散落的药片。几分钟后，药片起了作用，满头大汗的他一屁股坐在了马桶上。

就这样，陈锋在老同学韩泽的家中住了下来，百无聊赖的他只能上网打游戏解闷，或者搜索一些契丹文化的相关资料。当陈锋在韩泽家住到第十天的时候，忽然接到一个电话，接听后当场双眼发直，全身冰凉，仿佛坠入地狱。

韩泽从他所在软件公司的楼顶坠楼身亡！

陈锋头重脚轻地来到死亡现场，周围已经围了一圈警戒带。当陈锋赶到的时候，韩泽的尸体已经被运走了，只有一摊暗红的血迹和白色的脑浆涂在灰色的地面上。

陈锋问了问正在执行任务的警察："同志，死者是自杀还是他杀？"

警察把陈锋往警戒线后推了推，说："初步判断，是他杀。"

"死者尸体呢？"陈锋问道。

"死者的亲属已经在第一时间赶到了，尸体现在已经送去殡仪馆了。"警察说。

陈锋还想再继续问，可是那个警察拒绝回答了。

忽然，陈锋觉得韩泽的死和明叔的死之间可能有什么联系。于是，开始问身边的一个围观群众："你看没看见死者头上有什么东西？"

围观群众表情夸张地说："有啊有啊。"

"有什么？"陈锋心一沉，继续追问。

围观群众一脸不解和害怕地说："死者的脑门子上贴了一张冥纸……不说了，不说了。"

陈锋确定明叔和韩泽的死是同一人所为。 此时，陈锋猛然想到刚才通知他韩泽死亡的是一个陌生号码。 他手抖着迅速回拨，得到的回应是已关机。陈锋确定刚才给自己打电话的那个人，与韩泽的死脱不了干系。 陈锋疯了似的转着身子扫视着每一个围观群众，仿佛害死韩泽的凶手就在这围观的群众之中。

陈锋疯狂地叫喊着："你是谁！ 快出来！ 有那能耐你冲我来！ 冲我来！"

围观群众仿佛看外星人一般看着发了疯的陈锋。

陈锋回到韩泽的住处，正好看见几个人在给韩泽收拾东西。 经过交谈得知，原来是韩泽的舅舅。 他望着搬运工将韩泽的遗物一件一件地搬下楼，悲痛之情难以言说。 最后，陈锋想上前再和韩泽的舅舅说些什么，韩泽的舅舅摆了摆手，神色黯然地走下了楼梯，消失在了楼梯的拐角处。

夜半，陈锋醉醺醺地回到了韩泽的住处。 他望着空荡荡的屋子，深刻体会到了什么叫做物是人非。 陈锋没有开灯，直接躺在了硬床板上，睁着眼睛望着天花板，久久无法入睡。

次日，头疼欲裂的陈锋吃过药后，来到小区外的早餐店吃早餐。 陈锋食不甘味，望着早餐发呆。 此时，店内的电视上播出了这样一条新闻：

"昨天夜间，海伦市一小区内发生一起杀人案，死者为男性，据悉是海伦市的一名刑警。 另外，该男子的妻子身受重伤，昏迷不醒，已经在医院接受治疗。"

电视画面上，那位重伤女子的画面一出现，陈锋的脸"唰"地一下更惨白了。 电视中播报的不是别人，正是他的好朋友李男的妻子孙颖。 陈锋急忙起身出了早餐店。

"林队，李男遇害了是不是？ 你为什么不告诉我？"陈锋立马给林队拨通了电话，语气有些恼火。

电话中林队只是传来一声叹息，说道："你现在在哪儿？"

"我在回海伦市的路上！"陈锋说完，挂断了电话。 陈锋从来没有对他尊敬的林队发过脾气，这是唯一的一次。 陈锋望着窗外，心中伤痛自不必说。两天时间让他失去了两位好朋友。 此刻，他感到无比愧疚。

经过一个多小时的车程，陈锋赶回了海伦市，直奔林队办公室。 他没有敲门也顾不得敲门了，直接推门而入。

林队见是陈锋，只是说："陈锋，你回来啦。"

陈锋大步来到林队办公桌前，有些气急败坏地说："林队，李男是怎么死的？"

林队叹了口气，一脸哀伤："是被钝器击中脑部数下死亡。"

陈锋双拳攥得死死的，牙齿咬得咯咯响，气得浑身发抖。

"李男现在在殡仪馆，咱们去看看他吧。"林队起身说道。

到了市殡仪馆，陈锋见到了躺在冰柜中的李男，登时就哽咽了。

"老李！老李！"陈锋再也控制不住自己的情绪，泪水肆意奔流。

在场的林队和其他几位警官俱低着头，默默地哀悼。

过了好一阵子，陈锋擦了擦眼泪，问林队："林队，嫂子在哪个医院？"

"在市一院。"林队说。

出了殡仪馆，林队回了市局，陈锋和同事贾一山驱车一同前往市一院。路上，陈锋越来越怀疑李男的死也与明叔和韩泽的死有关。但是，他又不愿相信凶手是同一个人。如果李男的死真的是同一个凶手所为，那自己就会和李男的死有千丝万缕的联系。

"一山，你知道，我现在在留职查看。但是，我并没有从警察这个职业上下来。"陈锋目视前方，表情复杂地说。

贾一山侧头看了一下陈锋，说："陈锋，不管你以后是不是警察，是不是我的同事，我都会一直把你当兄弟看待。有什么话就跟我直说。"

陈锋顿了顿，说："李男出事的时候，你去案发现场了吗？"

贾一山点了点头："嗯，去了。现场惨不忍睹。"

"有没有发现李男的额头上有什么东西？"陈锋直截了当地问。

陈锋话音刚落，贾一山表情骤变，眉头紧蹙地说："你怎么知道李男的额头上有东西？"

陈锋此刻已经知道了结果，一个他不愿相信的结果。陈锋沉默了片刻，说："是不是李男的脑门上贴了一张冥纸？"

"吱——"贾一山一个急刹车，他转过头，目光愕然地看着陈锋。

陈锋与贾一山四目相对，说："停车干什么？"

贾一山愕然的表情依旧未减，说："陈锋，你是怎么知道的？ 记者去的时候，李男头上的冥纸已经被我们摘下来了啊。 林队告诉你的？"

"不是林队。 这其中很复杂，不是几句话就能说明白的。"陈锋叹了口气。

"另外，我们还发现了另一条重要线索，但是一时无法破解。"贾一山说道。

"什么线索？"陈锋迫切地想要知道。

"我们在床底下发现了嫂子的手机，屏幕上显示的是编写短信的页面。你猜收件人是谁？"贾一山望着陈锋。

"是谁？"陈锋问道。

贾一山目视陈锋，沉默了几秒。 然后，声音骤然变小，说："是你……"

陈锋顿感意外，说："是我？ 我并没有收到嫂子的短信啊。"

"这条短信还没发出。 我估计嫂子要给你发短信，是因为他知道你和李男最好，对你最信任。"贾一山说。

陈锋长叹了一声，问："短信内容是什么？"

贾一山眉头紧蹙，一脸迷惑地说："短信中没有汉字，只有几个数字。 这几个数字我记得很清楚。"

"是多少？"陈锋追问。

贾一山字字清晰地吐出："5、4、6、3、8、4。"

"546384？"陈锋皱着眉头照念了一遍。

"这会不会是一个电话号码，或是一个QQ号码呢？"贾一山猜测道。

陈锋思忖片刻，无奈地摇了摇头，说："不可能是电话号码，一般座机的号码是七位数或八位数，不可能是六位数。 至于QQ号码，更没有那个可能。嫂子都不用QQ的。"

"这是现场唯一有价值的线索，但是又非常棘手。"贾一山叹道。

陈锋沉默了片刻，说："不错，肯定是个有价值的线索。 如果能把这一串数字破解了，那么一切都会浮出水面。 一山，咱俩先别说了，赶紧去医院吧。"

贾一山点了点头，踩下了油门，警车又重新行驶在了公路上。

由于孙颖还未脱离危险期，陈锋两人只能透过一道玻璃看她。只见孙颖罩着氧气，头部裹着很厚的一层纱布，纱布上隐隐地渗出血迹。陈锋忽然一阵头晕，知道自己又犯病了，赶紧扶住墙壁。

贾一山看见陈锋有些站不稳，还以为他是太过悲伤，连忙说："陈锋，别太悲伤了，注意自己的身体啊。"

"我没事。"陈锋脸色苍白地摆了摆手。

陈锋急忙跑到厕所，干吃了两片药。他的眩晕症状越来越严重了，有时候甚至不得不加大药的剂量。

两人刚准备走的时候。正巧遇到了孙颖的主治医师。陈锋焦急地问道："医生，我嫂子怎么样了？"

主治医师打量了一下身着警服的贾一山，问道："你们是办案的，还是病人家属？"

贾一山刚要说话，陈锋抢先道："我是病人家属。"

"哦。"主治医师轻叹了口气，"病人现在的情况很不乐观。由于大脑组织受到了严重的挫伤，导致部分脑组织出血。而且病人处于昏迷状态，我们不敢做脑内引流手术，只能做内科消炎，让颅内的血慢慢消退。但是，从现状来看，很有可能……"

"很有可能什么？"陈锋忙问。

"很有可能会变成植物人。"主治医师说的声音很小。说完，便进了另一间病房。

"如果嫂子醒不过来，恐怕那串数字很难破解了。"贾一山叹道。

陈锋呆立在原地，他痛苦，失落，悲伤，迷惑。太爷爷留下的谜题还没有解开，眼下又出现了一个个令人费解的新谜题。到底杀死明叔、韩泽和李男的是不是同一个人？如果是，那么这个人是谁呢？究竟冲着他的什么而来？陈锋根本不敢再细想下去。还有，孙颖未发出的手机短信上的一串数字代表的又是什么意思呢？

海伦市局和绥化市局已经取得了联系，经过调查分析，三起案件确实有极其紧密的联系。海伦市局因为此案开了一次重大会议，誓言要在最短的时间内缉拿凶手归案。

在家中小住了三天后，陈锋终于接到了考古研究所王伟国教授的电话。王伟国告诉陈锋照片上的文字解读有了实质性的进展，让他迅速来省城详说。正在吃午饭的陈锋立刻放下碗筷，拿起背包就奔出了门，直接上了去省城的汽车。

陈锋气喘吁吁地来到考古研究所，第一研究室的门没关，王伟国和助理陆秀萌正在讨论事情。陈锋轻轻地敲了敲门，王伟国抬头见是陈锋，示意让他快进来。

"王教授，照片上的文字有进展了？"陈锋迫不及待地问道。

王伟国说道："我和其他几个考古界的研究员正好在做一个契丹小字的研究项目，你的这碑文经过大家的努力终于有了些眉目。"说到这，王伟国示意陆秀萌将照片放在桌面上。

王伟国用手指着照片上面的文字，说道："上面的文字如果要逐字逐句解读，现在还没有达到这水平。但是，我们几位专家已经解读出了大致的意思。"

"大致是什么意思？"陈锋迫不及待地问道，脸上难掩喜色。

"大概意思是，契丹始祖留下了八块如意神铁和一个水晶头骨，价值连城。如意神铁散佚，水晶头骨供奉于……"王伟国顿了顿，"由于照片上的石碑一角有缺失，暂不知道水晶头骨在什么地方。"

陈锋越听越入迷，一动不动，侧耳倾听，宛如雕塑。

王伟国继续说："其中还提到了，皇帝赐予墓主人一个宝盒，宝盒的钥匙存于无极冥洞寒潭悬棺中。"

"无极冥洞？寒潭悬棺？"陈锋皱着眉头喃喃道。猛然，陈锋表情恍然，"难道就是当年太爷爷和关印清去的那个无极冥洞？"

王伟国看了眼陈锋，说："你知道这个无极冥洞？"

陈锋点了点头，说："听说过，当年我太爷爷去过，好像是一个废弃的契丹古墓。"

"契丹古墓？"王伟国此时来了兴趣，"如果能从那古墓中出土一些有价值的东西，在考古界肯定能引起轰动。"

"太好了，如果能在那古墓中找到盒子的钥匙，一切就都解开了。"陈锋此时兴奋不已。

"盒子？碑文中所说的盒子在你手上？"王伟国表情讶然地问道。

陈锋点了点头，说："嗯，是我太爷爷留下的。我太爷爷到死都没有想到，盒子的钥匙就在他曾经去过的无极冥洞中。"

王伟国此时有些兴奋，很认真地说："陈警官，你能不能把那盒子给我看看？"

陈锋犹豫了一下，然后从背包中将随身携带的铁盒子拿了出来，放在桌面上。

王伟国看铁盒子的眼神就像财迷看见了一座金山一样，眼珠子一动不动地停在铁盒子上。铁盒子表面的精美纹理，精湛的雕刻技艺，让这个考古教授折服。王伟国抱着盒子看了许久，不禁感叹道："太完美了！太完美了！契丹人的杰作！"

"这盒子上的花纹确实挺好看的，就是颜色有些旧。"陈锋说道。

王伟国用手抚摸着铁盒子上的花纹，说："这盒子是铁制的，这应该和契丹人的国号有关。"

"契丹人的国号？"陈锋微微一怔。

"契丹人建立的帝国叫辽。你知道辽这个字在契丹语中是什么意思吗？翻译成汉语就是镔铁。准确地说，镔铁不是铁，是古代的一种钢。如果这个盒子真的是铁制的，那么时间长了肯定会被腐蚀。但是，你看眼前的这个盒子，并没有被腐蚀的迹象。"王伟国用手指在盒子上用力地抹了抹，然后放到鼻子下闻了闻，"盒子表面抹了一层厚厚的金丝矾，这是古代冶铁业常用的防腐蚀技术。"

"金丝矾是什么？"陈锋问道。

"我说的可能过于专业了，你有些听不懂。但是在化学中它有一个名字，大家可能都知道。"王伟国说，"那就是硫酸铁。"

陈锋恍然地点了点头。

王伟国目不转睛地看着铁盒子。良久，才说道："陈警官，你知道无极冥洞的具体位置吗？"

陈锋摇了摇头，正在这时，一个人的身影晃过他的脑海："有一个人可能会知道。"

"谁？"王伟国问。

"这个人叫杜炎，是个盗墓贼，我在火车上认识的。巧合的是，这个杜炎的师父和我太爷爷算是师兄弟。当年我太爷爷去无极冥洞的时候，杜炎的师父也在。"陈锋说道。

"那太好了。你现在能联系上他吗？"王伟国问道。

"他给我留了个手机号码。"说着，陈锋兴奋地拿出手机，找到了杜炎的名字，按下了拨号键。

不一会儿，电话接通了。

陈锋说："是炎叔吗？"

那头传来声音："我是。你是陈警官吧？"

陈锋说："对，我是陈锋。我想问您一个事儿。"

杜炎说："说来看看。"

陈锋说："您知道无极冥洞的具体位置吗？"

电话那头沉默数秒之后，杜炎问："你问这个干什么？"

陈锋说："我要去无极冥洞。如果您知道，还希望您能告诉我。"

杜炎说："我听师父说过无极冥洞的具体地点。"

陈锋说："在哪儿？"

杜炎有些忧虑地说："虽然我知道，但是我还是劝你不要去。那里很危险！"

陈锋坚定地说："我去意已决，再多艰险也无法改变我的意愿。炎叔，您就告诉我吧。"

杜炎说："你现在在哪儿？"

陈锋说："我现在在省城。"

杜炎沉默了片刻，叹了口气说："我现在就去省城，你等着我。电话联系。"

陈锋刚要再说些什么，杜炎那边已经挂断了电话。

王伟国看了看陈锋的表情，说："那个人没告诉你？"

陈锋轻轻叹了口气，说："不是没告诉，只是说他要来省城找我。"

　　王伟国皱了皱眉，忽然表情愉悦且略带兴奋地说："要来？ 这是好事儿啊！ 既然他能来找你，那就是他已经答应你了。 说不准，还会和我们一路。"

　　"和我们一路？"陈锋愕然地看着王伟国，"王教授，你这句话是什么意思？ 难道你也要……"

　　王伟国微笑着点点头，说："我要和你一同去那个无极冥洞，我要亲自探究这神秘的契丹文化。"

　　"王教授去，我这个做助理的怎么能落下呢！"这时，站在一旁整理文件的陆秀萌说道。

　　王伟国笑着说："小萌是巾帼不让须眉啊！"

　　陈锋见陆秀萌也有去的意思，极度诧异地说："陆小姐也要去？ 陆小姐这么柔弱，去那个凶险未知的古墓，肯定不行！ 陆小姐，你是在开玩笑吧？"

　　"谁说我是在开玩笑了？"陆秀萌把目光移向陈锋，"别瞧不起女人哦！"

　　王伟国笑道："陈警官，小萌可不是一般的女子。 别看她外表柔弱，身手可厉害着呢。 照我说啊，你这个人民警察是不是小萌的对手还是个未知数。"

　　陈锋被王伟国的话说愣了，他把目光移向陆秀萌，红着脸端详了一番，有些不可思议地说："真的？ 真没看出来。"

　　"陈警官，你没看出的，还多着呢。"陆秀萌甜美地笑道。

　　陈锋的脸更红了。

第八章
剑指险境

　　杜炎到达省城火车站的时候，陈锋早已在出站口等候多时。 省城的火车站很大，因此下火车的乘客也如炸窝的蚂蚁一样黑压压一片。 在人流散得差不多的时候，陈锋终于发现了两个衣冠不那么整齐的身影。 这两个人便是杜炎与其徒弟二棒。

　　杜炎见了陈锋，刚要说些什么，便被陈锋拦下了，说："炎叔，先上车，王教授等着咱们呢。"

　　杜炎一愣，问道："王教授？ 王教授是谁？"

　　陈锋笑着，说："见了你就知道了。"

　　陈锋带着杜炎和二棒打车来到了考古研究所。

　　杜炎下了出租车，抬头看了眼大门一侧的铜牌子，又看了眼研究所大楼，眉宇间透出一股担忧。 沉默片刻，转过头对陈锋说："你说的那个王教授是考古研究所的？"

　　陈锋点了点头，说："对，怎么了？"

　　杜炎面露难色地说："难道你不知道吗？ 盗墓的和考古的是死对头，考古的最恨盗墓的。 我们进去，恐怕不妥吧？"

陈锋明白了杜炎的顾虑，很认真地说："炎叔，你放心，没有什么不妥。这次我们急需你的帮助。王教授也是个很好的人，见了他你就知道了。"

杜炎思忖片刻，无奈地点了点头。现在只能是硬着头皮见冤家了。

陈锋领着杜炎和二棒进了研究所。王伟国见陈锋带着两个陌生人来了，心中猜测定是陈锋所说的那两个盗墓贼。王伟国热情地招呼三人进屋就座，陆秀萌给每人倒了杯茶水。

杜炎坐在椅子上，用余光扫视了一下四周，总感觉有些不自在。二棒愣头愣脑地看着陆秀萌，他从没看见过这么美丽的姑娘。

王伟国看了眼杜炎和二棒，微笑着对陈锋说："陈警官，这两位就是你和我说的那两位？"

陈锋微笑着点头，并介绍道："对。这位是杜炎，这位是炎叔的徒弟二棒。"

王伟国起身与杜炎和二棒一一握手。面对自己的死冤家对头，杜炎的表情极不自然。

简单聊了几句，彼此算是认识了。接着，陈锋直切话题，对杜炎说："炎叔，您该回答我的问题了。"

杜炎先是一怔，问道："什么问题？"

"昨天我电话中问你的。"陈锋说。

杜炎恍然："你是说无极冥洞的事儿吧？具体地点我就不告诉你了。"

陈锋一愣，刚想要问为什么，王伟国便微笑着抢先说："陈锋，你还不明白杜先生的意思吗？"

陈锋顿了顿，神情恍然，惊喜地说："炎叔，你的意思是给我们带路？"

杜炎笑道："我不是给你们带路，而是要一起去。"

陈锋听了杜炎的话，兴奋地说："那太好了！"

这几个人为什么能达成共识一起去那凶险未知的无极冥洞呢？这每个人都有着自己的考量。王伟国是一个执著于学术的人，他一心想在考古界崭露头角。这么多年来，他一直以契丹和金朝的考古研究为重点。这次，陈锋给了他一个好机会，一个深入契丹古墓的绝好机会。如果王伟国能在那契丹古墓中有什么重大发现，那么对于他的研究，定会有重大的帮助。正因如此，王伟国决定要和陈锋一同前往。 至于杜炎和二棒师徒俩，古墓中宝贝的吸引力对盗墓贼而言是无穷的。 无极冥洞虽是凶险异常，但对于他们，最危险的地方往往也是发财的好地方。

至于陈锋，则有三个原因。 第一，太爷爷的笔记残卷中的那些神秘事件一直吸引着陈锋，还有那只怎么也打不开的铁盒子，仿佛里面藏着潘多拉。 好奇心驱使着他。 第二，陈锋在接触石碑之后，突然得了很奇怪的眩晕症，他怀疑和那块石碑有关，甚至怀疑自己是不是中了什么诅咒。 所以，他同时还要查出自己的病因。 第三，明叔、韩泽和李男的死，陈锋猜测也是和铁盒子的秘密有关。 凶手说不定就是盯上了铁盒子。 他要揪出凶手！

在出发前，陈锋、王伟国、杜炎、陆秀萌和二棒准备了一天。 路上的炊具、一些相关器械、生活用品，一样也不能少。 大家养足精神后，第二天一大早，太阳刚从东边的楼群中露出颜色，他们一行人就坐着王伟国的越野车出发了。

在车内，王伟国侧头问坐在身后的杜炎："杜先生，咱们现在往哪儿走啊？"

杜炎由于职业的原因，与考古界的人有着本能的隔阂，故意轻咳了一下，说道："朝西北走。"

"西北方向太笼统了，你给个确切的地址，我也好走啊。"王伟国和颜悦色道。

陈锋听出了杜炎的话语暗藏讽刺，自己得打一下圆场，便对杜炎说："炎叔，王教授说得没错，知道具体路线的话，咱们不是也少走冤枉路嘛。"

杜炎斜睨了一眼王伟国："我师父告诉我，无极冥洞在龙镇县以西的深山中。 所以，我们现在要先往龙镇县走。"

"龙镇县？"王伟国疑惑道。

陈锋说："龙镇，我知道。 海伦有一班龙镇到丹东的火车，我坐过。 炎叔说的龙镇县，应该就是这个龙镇吧？"

"应该就是。"杜炎有些吃不准。

"我觉得不是。"王伟国说了自己的观点，"据我所知，龙镇县应该不是现在的龙镇。 如果杜先生的师父说的真是龙镇县，那么应该是民国时期的称呼，指的应该是现在的北安市。"

"北安市？"陈锋诧然。

"对，龙镇县就是现在的北安市。如果真去了现在的龙镇，那么我们很有可能就会走偏，路线错误。"王伟国说道。

杜炎不屑地轻声哼了一下，把目光移向窗外。

陆秀萌坐在副驾驶位上，通过后视镜，看了眼杜炎，眼神中透出厌恶的神情。

当天的夜里，陈锋一行人来到了北安市区。五个人决定在北安市暂住一夜，第二天天一亮就去大兴安岭东麓。

他们一行五人开了三个房间，陆秀萌一间，陈锋和王教授一间，杜炎和二棒一间。夜深人静之时，陈锋突然头疼难忍。他意识到，这奇怪的病又发作了。而且自从韩泽和李男被杀后，病症越来越明显。他甚至有时候猜测，自己是不是受到了什么诅咒？仔细想想，又觉得有些荒谬。

陈锋悄悄起床，拿起水壶倒水喝，不料却是空的。无奈之下，陈锋只得去总台要水。

正当陈锋准备出门的时候，王伟国醒了，见陈锋要出去，便睡眼惺忪地问道："陈警官，你干什么去？"

"我去要点水。"陈锋说。

"哦。"王伟国埋怨道，"什么破旅馆，房间内连水都不留。"

"是啊，得投诉。"陈锋顺着王伟国的话说了一句，随后出了门。

陈锋来到吧台，要了瓶水，在走廊中将药片吃了。过了一阵，总算舒服了不少。忽然，陈锋觉得幽暗的走廊中有一个黑影跟着自己。他的脊梁骨有些发麻，警觉地注意着身后。走了几步，陈锋猛地回头，走廊中却是空空如也。

陈锋喃喃道："莫非是幻觉？"

当陈锋经过陆秀萌房间的时候，不由自主地停顿了下。借着幽暗的灯光，陈锋猛然发现门的把手上有一块鲜红的血迹，地上还有一些血滴。陆秀萌可能会有危险！一想到这儿，陈锋一脚将陆秀萌的门踹开，以最快的速度将门口的灯打开。一瞬间，屋子被照得通亮。

陈锋傻傻地站在那儿，被眼前的一幕惊呆了。只见陆秀萌穿着内衣坐在床上，一脸莫名与惊恐地看着自己。

"陈警官，你干什么？"

陈锋看得傻了眼，忙将脸转过一边，说："我、我看见你门把手上有血迹，我以为你有危险了，就……"

陆秀萌一听，掩嘴笑了起来，说："我刚才去总台要了一杯水，结果不小心杯子碎了，将手划破了，出了一些血。我刚刚包扎好，正准备躺下睡觉，你就把门踹开了。"

陈锋脸"唰"地红了，尴尬地说："原来是这样，不好意思。那你休息吧。"陈锋双眼盯着地板，完全不敢看陆秀萌。

陆秀萌笑道："你都把门锁给我弄坏了，让我怎么睡得安稳呀！"

"那、那就换个房间吧。"陈锋有些结巴地说。

陈锋来到总台，由于弄坏了锁，交了些赔偿金，又给陆秀萌重新换了一间房。陆秀萌回到新房间，躺在床上想着陈锋那单纯的样子，羞涩地将自己蒙到了被子里，自语道："傻小子，人不错。"

陈锋长长地吁了口气，定了定神，脸红未退地回到了自己的房间。正在他刚推开房门的刹那，只见一个黑影紧紧地勒着王伟国的脖子，王伟国的嘴巴被胶布封住了，他奋力地挣扎着。陈锋见状，大喊道："你是谁！快放开王教授！"

那黑影见陈锋进来，如鬼魅一般，猛地放开王伟国，迅速打开窗户跳了下去。陈锋跑到窗前，那黑影早已不见了踪迹。陈锋忙转身扶起王伟国，揭开他嘴上的胶布，担心地问道："王教授，你没事儿吧？"

王伟国大口地喘着粗气，用手揉了揉被勒得发红的脖子，猛咳了几声，惊魂未定。

这时，其他房间的人听见喊声也赶来了。

陆秀萌见王教授受伤了，忙跑过来，问道："王教授，刚才发生什么事儿了？"

陈锋说："刚才王教授遭人袭击了，凶手已经跳窗逃了。"

杜炎面无表情地说："王教授，你是不是得罪什么人了？"

王伟国声音有些颤抖地说："我一个考古的，能得罪到谁？"

"是得罪了哪一朝的亡灵了吧？"杜炎玩笑地说。

陆秀萌接下话茬，说："要是真得罪哪一朝的亡灵，我觉得更应该找的是你们。"

杜炎被噎得没了话，转身回到了自己的房间，二棒也愣头愣脑地跟着出去了。

陈锋皱着眉头，叹了口气，说："看来，来者不善啊，这是跟上咱们了。那个人只对王教授下手，看来他知道王教授最容易下手。从那个人跳下楼的样子看，他的身手非常不错。这可是三楼啊。"

忽然，陆秀萌在王教授的脚底下发现了一样东西。陆秀萌捡起一看，顿时白了面色。

陈锋见了，也是面露恐惧之色，愕然不已，失声道："又是一张冥纸……"

陆秀萌的心脏有些颤动，纳罕道："这里面怎么会有冥纸呢？"

陈锋眉头紧锁："这一定是刚才那个人留下的，可能以为自己会把王教授置于死地，然后准备贴在王教授的脑门上。可是他失算了，匆忙地逃走了，就将这冥纸留下了。"

"陈警官，听你的意思，你不止一次见到过这冥纸？"陆秀萌疑惑道。

陈锋咬牙切齿地说："是的，见过不止一次！几个朋友被杀之后脑门上都贴了一张这样的冥纸。所以，这次来杀王教授的，肯定是同一个人或同一伙人！"

王伟国坐在床边，惊魂未定，心有余悸地说："凶手不会一直缠着咱们吧？"

陈锋没有回答，因为他不知道如何回答王伟国的这个问题。

"凶手既然杀了好几个人，那他的杀人动机是什么呢？"陆秀萌不解地问道。

陈锋掏出一支烟点燃，猛吸了两口，一脸迷茫："具体不太清楚。但是，我怀疑和我有关……遇害的这几个人都和我有过接触。难道是为了那块石碑或是铁盒子？那他为什么不对我下手呢？"陈锋说到这，双手用力地揪了揪自己的头发，既困惑又焦躁。

陆秀萌坐到陈锋的身边，安慰道："不管凶手为了什么，我们从今天开始多加小心就是了。"

陈锋点了点头，又用力地吸了口烟，侧头对陆秀萌说："陆小姐，你的手伤没事儿吧？"

陆秀萌微微笑了一下，说："没事儿。"

次日清晨，陈锋等人驱车朝西行去。车行驶了大约三个小时后，停在了大兴安岭东麓小镇中的一个酒馆院子内。他们带好各自的物品，开始朝林子深处行去。大兴安岭，茫茫的林海，满眼苍翠，神秘而不可知。

陈锋等人进入林子后，前行了大约三个小时，就已经失去了方向感。阳光从树叶的间隙透了下来，照得地上斑斑驳驳，闪烁着许多光影。密林之中，生长着很多高矮不一的茂盛灌木，最高的已经高过了人的头顶。时值盛夏，高强的紫外线虽然灼不到赶路的人们，但是此时的丛林就如同一个蒸笼，闷热难当，每个人都被迫享受着桑拿的待遇。

陈锋环视了一下四周，说："我们好像迷路了。"

杜炎本想抬头看看太阳的位置，可无奈太阳被枝叶遮挡，说："树木太高太密，看不到太阳，不好定位。"

王伟国却胸有成竹："做考古工作的，怎么能不带指南针呢。那边是北。"只见王伟国手拿指南针，用另一只手指了指。

陈锋面向杜炎，说："炎叔，现在知道了方向，接下来我们该怎么走？"

杜炎斜睨了一眼王伟国，对陈锋说："我师父说过，在大兴安岭深处，有一片黑暗森林。只要从大兴安岭的东麓进山，一直往西走，就能走到那片林子。"

"黑暗森林？"陈锋说，"不会是《暗黑破坏神》中的那个黑暗森林吧？"

陆秀萌是个业余的游戏玩家，她自然知道陈锋说的《暗黑破坏神》是什么。她偷偷地笑了一下，没有说话。

"什么'暗黑破坏神'？你才是破坏神！我看王教授出事情八成和你脱不了干系。那片林子就是叫黑暗森林。"杜炎认真地说，"听说那片林子很诡异，充满着无法预知的危险。林子中的光线比现在的光线还要暗很多，阴森森的。"

"那一定很凉快了。"二棒有些兴奋地说。

杜炎用他那仅存的一只眼睛瞪了一眼二棒，继续说道："黑暗森林一年四季都非常潮湿，细皮嫩肉的人，很容易长疙瘩。"

杜炎说到这，陆秀萌的神情紧张了一下。

大家确定了方向后，又开始赶路。约摸走了一个多小时，陈锋忽然感到前方有一股股阴冷的风朝自己吹来。仔细一看，发现前面的林子非常昏暗，和自己现在所站的这片林子产生了鲜明的对比。他突然反应过来，失声道："大家先停下脚步，仔细看前方，前面的林子那么昏暗，会不会就是黑暗森林？"

杜炎用他的独眼注视了一会儿，说："我想应该就是了。"

王伟国感到自己被一股凉气包围，说："我怎么感觉没那么潮热了，甚至有些湿冷了。"

陆秀萌点点头说："对啊，刚才我还一个劲儿地冒汗呢，这会儿确实感觉冷了不少。"

二棒摸了摸肚子，环视了一下其他几个人，说："现在是什么时候了，是不是该吃午饭了？"

杜炎骂了一句："杂种，没出息！就知道吃！"

二棒被师父一骂，低下了头，但依旧摸着肚子，只是不再言语了。

陈锋低头看了一眼腕表，说："现在已经过了午饭时间了，正好是下午三点整。"

王伟国思忖片刻，说："二棒说得没错，是该吃饭了。咱们先吃饭。前面就是黑暗森林，更要体力充足，精神饱满。"

大家席地而坐，拿出背包中的面包、罐头之类的食品，开始吃饭。

陆秀萌用樱桃小嘴一点点咬着手中的面包。她边吃边环视了一下其他几个人，最后把目光停在了陈锋身上，她从背包中掏出一样食物递给陈锋，声音甜美地说："陈警官，给你一包这个，这个好吃。"

陈锋一怔，脸色微红地接过陆秀萌的食物，说："谢谢陆小姐。"

二棒各看了一眼陈锋和陆秀萌，对陆秀萌说："陆小姐，为什么只给陈警官，不给我们？"

王伟国听了大笑，瞟了一眼不动声色的杜炎。

陆秀萌有些不好意思地笑了一下，说："这个剩的不多了。再说，帅哥优先。"

二棒一听没自己的份，只得生着闷气大口大口地吃手中的东西。

补充完体力，王伟国望着不远处的黑暗森林，精神抖擞地说："前面就是黑暗森林了，大家伙接下来的每一步，都有可能遇到危险。所以，千万要小心。"

陈锋目光中透出坚定和无畏的神色，说："我们走吧！"

当大家进入黑暗森林，就仿佛打开了潘多拉魔盒，释放出了所有的魔鬼。

进入黑暗森林后，大家唯一的感觉就是十分的湿冷，仿佛瞬间来到了深秋，那种湿冷的寒意直入骨髓。

行走在黑暗森林中，由于只有杜炎知晓无极冥洞的大致方位，所以他在最前面引路。王伟国和二棒紧随其后，陈锋和陆秀萌跟在最后。由于林中湿冷，陆秀萌冻得有些发抖。于是，陈锋脱下自己的外套披在了她的身上。陆秀萌看了一眼陈锋，大为感动，微笑着说："谢谢。"

二棒走着走着，突然说："你们先走，我去一旁尿泡尿。"

陆秀萌厌恶地瞪了一眼二棒，小声嘀咕道："懒人屎尿多。"

二棒小跑到一旁的灌木丛中小解，其余四人只得在一旁等候。

众人还没喘过来一口气，就听见二棒叫道："看！快来看！这是什么！"

其余四人急忙朝二棒跑去。可能由于惊讶，二棒连裤腰带都没系好。匆忙而来的陆秀萌猛然看见二棒没有系好腰带，急忙羞涩地转过身子，有些气急败坏地说道："二棒！你快把裤子提上！"

二棒这才反应过来，忙提起裤子系好。

陆秀萌这才缓缓地转过身子，顺着陈锋等人的目光一同朝灌木丛中望去。

只见灌木丛中藏着一个黑漆漆的大洞，洞口用花岗岩砌成。引人注意的是，在洞口的前方，有一块大石头，石头上刻着一个已经模糊的太极图。

王伟国皱着眉头说："这洞口很明显是人造的，我们赶紧把这些灌木清除掉，看看到底是什么！"

灌木清理干净之后，一股股的阴风从幽深漆黑的洞穴中吹出来，令人不寒而栗。

陈锋目瞪口呆："这会不会就是无极冥洞？"

"肯定是了。我师父说，这无极冥洞的旁边有一块刻有太极图的大石头。你们看，这不正是吗？"杜炎说道。

王伟国仔细观察着洞口，眉头微蹙道："陈锋，你曾说过这无极冥洞是一个废弃的契丹古墓，从这洞口所朝方向大致能推断的确是。但我还是有一点疑问，为什么这个墓前的大石头上会有一个太极图呢？"

杜炎笑了一下说："这还不简单，坟墓里的主人生前一定信道教，要么是风水先生为了风水好而有意设计的。"

王伟国摇了摇头，说："据史料记载，契丹佞佛。上至皇帝贵族，下至黎民百姓，无一不是。但是这个墓就是个例外了，很令人费解。"

杜炎有些着急了，说："先别说了，咱们赶紧进去吧！"

陈锋五人先后进了幽深的洞穴之中。刚入洞穴，每个人都感到非常难受。长长而漆黑的墓道，深不可测，墓道上方时不时还有滴水落下，湿漉漉地打在头上、身上。大伙打开强光手电筒，刹那间墓道十米之内一片刺眼光亮。就当大家拐过一个转角的时候，忽然，陆秀萌失声尖叫起来，众人连忙把手电光束全部照向前方。

前方墓道的场景把所有人都惊呆了——墓道的两边，一具具干尸整齐地靠墙排列着，面目狰狞，像是活着的时候就被钉死在了墙壁上。

陈锋轻轻拍了下陆秀萌，安慰道："没事儿，都是些死人。"

杜炎皱着眉头说："这里面这么潮湿，怎么会形成干尸呢？干尸一般在极其干燥通风的情况下才有可能形成。看这些干尸，明显是活着的时候就被钉在墙上的。真是奇怪！"

二棒的胆子大，上前摸了摸一个干尸，转身对陆秀萌说："看着他们的样子，自己都痛了起来。"

吓得陆秀萌连退两步，生怕被他摸过干尸的手碰到。

杜炎心中暗暗骂人：二棒这个笨蛋！不去安慰姑娘，偏偏要去摸干尸。看来还得我再教育教育。

王伟国用手摸了摸墓道的墙壁，思忖了片刻，说："这些干尸估计是用来陪葬的，能用这么多人陪葬，墓主人肯定身份显赫。 至于这么潮湿的环境，我觉得是不可能会形成干尸的。 我怀疑，这个墓在没有被盗之前，里面的环境一定非常干燥。 我刚才摸了摸墙壁，上面有沙化的痕迹。 坟墓被破坏之后，后来可能连降大雨，墓内的防水层或是排水设施遭到了破坏，以至于这个坟墓内部被水淹了。 久而久之，墓道内就变得越来越潮湿阴冷。"

杜炎又提出了一个疑问："那为什么墓道内变潮湿后，这些干尸还没有腐烂呢？"

王伟国走到一具干尸跟前，戴上胶皮手套，用手指轻轻按了一下干尸的表皮，眼中露出一道精光，说："尸体在死前有中毒迹象。"

"中毒？"陈锋惑然问道。

王伟国点了点头，说："我推测这些干尸在被钉在墙上之前都被人灌过水银，水银通过血液循环遍布全身。 在临死之前，又被人活活钉在了墙上。 古人用水银来防腐，契丹人受汉文化影响很深，肯定知道这一点。 从这一点可以看出，契丹人非常聪明，估计当时坟墓的修建者也担心尸体腐烂，就让他们生前服了水银，上了双保险。"

经过王伟国的一番讲解，大家这才明白，不禁佩服王伟国知识渊博。 唯一一个不屑的是杜炎，他觉得王伟国是仗着自己的考古专业知识在大家面前炫耀。

"经王教授这么一说，我倒是想起来一件事。 记得我以前看过一个考古节目，内蒙古某地发现了一座辽代的古墓，古墓中有一个保存完好的年轻女尸。 考古学家用 X 光机扫描时发现女尸的体内有大量的水银。"陈锋在念大学的时候对法医学很有兴趣，还选修过相关课程。

"不错，这个节目我有参与。"王伟国点头说道。

"是谁！"陈锋突然猛地转过头，把手电的光束移向墓道的另一头。

杜炎警觉地问："陈警官，你看见什么了？"

陈锋目光盯着前方，说："我看见一道白影从那边闪过去了。"

"白影？"陆秀萌说，"陈警官，可能是你的注意力太集中，出现幻觉了吧？"

陈锋摇了摇头说："不会。 我确实看见一个白影从那边闪过了。 我太爷爷留下的笔记中也描述过他在无极冥洞看见了一个白影飘过。"

杜炎小声猜测道："很有可能是护陵鬼。"

"护陵鬼？"陆秀萌浑身打了个激灵，"护陵鬼是什么？"

杜炎解释道："护陵鬼是墓主人入葬前，在墓中先葬下的一个墓主人身边的侍卫之类的人，而且一般来说都要身着白衣，也算是陪葬的一种。据说，身着白衣的话，容易和白无常打交道。"

王伟国自然听不进去杜炎的这些迷信之言，说："别再用封建迷信的遗毒来毒害新社会的青年了。"

杜炎白了一眼王伟国，说："王教授，很多事情不是用科学就能解释的。你不要瞧不起这些民间习俗，虽然有些神神叨叨，但是有时候也挺神！"

王伟国不想与其争辩，他知道杜炎对自己有仇视心理，转头对陈锋说："陈警官，去看一看，到底是什么。"

"嗯。"陈锋点点头，"别忘了拿上防身的匕首。"

王伟国和陈锋各自从包中掏出一把长匕首，拔出刀鞘，刀刃锋利无比。临行前，陈锋买了四把长匕首作防身之用。正当王伟国和陈锋手持着匕首逐步往前走时，只见杜炎从包裹中掏出了一样东西，仔细一看，竟然是一把枪。

"炎叔，你哪来的枪？"陈锋讶然问道。

杜炎笑了一下，说："这是一把土枪，是我师父留给我的。他说盗墓这一行太危险，没有一个防身的家伙怎么行呢。陈警官，我知道你是玩过枪的人，不过，你千万别小看这把土枪的威力。"说罢，杜炎把手中的土枪递给了陈锋。

陈锋接过土枪，上了膛，还不错，能使，便将匕首插入腰间，说："虽然有些旧，但总比没有强。"

陈锋、王伟国、杜炎、陆秀萌和二棒手中俱拿着武器，小心翼翼地朝刚才闪过白影的地方走去。当大家来到白影闪过的地方时，在手电强光的照射下，空空如也。除了满墙的青绿色苔藓外，只能依稀看到模糊不清的壁画。

"什么都没有啊。陈锋，我看你就是出现幻觉了。"陆秀萌说道。

"如果说我是出现幻觉了，那么为什么我太爷爷也出现幻觉了？难道是巧合？"陈锋皱着眉头说。

"那白影朝哪边去了？"王伟国问道。

陈锋用手指了指拐角处，说道："就是那边！闪得很快！"

"要不我们过去看看？"王伟国试探性地说道。

陈锋点了点头，说："好！大家做好准备，提高警惕！"

大家按照陈锋所指的方向小心前进，当走到拐角的时候，众人手心都冒出了汗。陈锋迅速将手电射向另一条墓道。就在这时，一团白色的东西出现在了众人眼前。

只见三只白色狐狸蜷缩在一个角落，两只大一只小，警惕地盯着陈锋等人。大家看着狐狸怔了半晌，二棒才有些口吃地说道："陈、陈警官，这就是你说的白影吧！"

陈锋好像在思考什么，没有回应。

王伟国轻轻拍了下陈锋的肩膀，说道："我想，当年你太爷爷他们看见的白影也很有可能是只白狐狸。既然现在这里就有狐狸生息，那么当年也可能有！"

陈锋回过神来，说道："当年的那白影，说不定就是这三只白狐狸的祖先呢！"

杜炎吁了口气，说道："哎呀我的天啊，原来是只白狐狸，弄得神神叨叨的！"

他们没有惊扰那三只白狐狸，小心翼翼地调转方向，继续朝墓道的深处前行。

墓道像一个迷宫，错综复杂，岔路奇多，越往里走寒气越重，没有人知道到底哪一条路通向寒潭悬棺。

"啊！"忽然，陆秀萌惊叫了一声。

众人顺着陆秀萌注视的方向望去，只见在墙根下躺着两具白骨。

王伟国看了眼杜炎，叹了口气说："很有可能是两个盗墓的，不知何故惨死墓中。"

杜炎鄙夷地看了看地上的两具白骨，说："就算是两个盗墓的，也是两个怂货。"

陈锋皱着眉盯着地上的两具尸骨。良久，他说道："我知道了！太爷爷的笔记上提到过一件很离奇的事儿，当年我太爷爷带领一伙兵痞来到这里，当时，就有两个兵痞死在墓道中。不可思议的是，兵痞全身的肉都被剔得一点不剩，死状非常恐怖。这两具尸骨，极有可能就是那两个兵痞。"

王伟国缓缓点了点头，说："照你这么说，极有可能。哎，这凶手手段太残忍了。"

耽搁一会儿，大家继续前行，越走越深。终于，一扇土木结构的墓门出现在众人眼前。在墓门的两边，摆着一些精美的陶瓷和各类马具。从陶瓷的表面和纹路上看，制陶的技艺相当精湛。由于年代久远，那些马具已经腐蚀得差不多了。

"契丹真不愧是马背上的民族，墓内都陪葬有马具。"陈锋感慨道。

王伟国微微点了点头，说："不错，契丹人是马背上的民族，不管墓内的随葬品多少，肯定会有马具。契丹族源于东胡鲜卑，在早期的鲜卑和契丹族人墓葬，更多是马头，甚至有整匹马。史料记载，后来契丹人发现杀马不利于生产力的发展，于是到了辽圣宗时期，就下了'禁丧葬礼杀马'的诏令。逐渐，契丹人就把马具代替马殉葬了。"

"看来，当时的契丹人慢慢步向文明了。"陈锋说道。

"契丹在建国之前是奴隶制社会，因为耶律阿保机重用韩延辉等汉族大臣，定官制，兴文化，迅速步入了封建社会。"王伟国说道。

陈锋听得入了迷，他指着两边的小屋子问道："王教授，这两边的屋子在墓葬中有什么实际用处吗？"

王伟国用手指了指摆放陶瓷的地方，说："按照契丹墓葬的格局，这两个小屋子就是左右耳室了。耳室就相当于活人住房的东西厢房，一般是用来做仓库用的。因此，在左右耳室出现陶瓷和马具等就不足为奇了。这些马具和陶瓷出现在耳室中，也表示了墓主人的一些喜好和身份。在这个墓中，并没有看见龙的图案，所以，以我的推断，这个墓不太像皇陵，更像是个贵族或大臣的墓。"

"出现了耳室，是不是说主墓室就离得不远了？"陈锋看向王伟国。

王伟国点点头，说："是的，你见过一个四合院中，厢房离正房很远的吗？"

"看，那边好像有一扇门！"陆秀萌指着两个耳室的前方说道。

众人顺着墓道走了几步，果然发现了一扇门，这扇门比两边耳室的门要大得多。 大门紧闭，门上刻着四神图，已经锈迹斑斑。 众人推开紧闭的大门，手电的光束照射了进去。

进门后，众人停下了脚步，手电的光束四下扫动。

王伟国将手中的手电筒朝四处照了照，才道："看来，我猜测的一点都没错，这墓确确实实是个契丹贵族墓。"

"知道没人懂，就开始瞎忽悠。"杜炎冷哼了一句。

王伟国斜了杜炎一眼，继续说道："大家看看头顶和四周的墙壁。 先说头上，这个主墓室是明显的穹隆顶。 契丹人是游牧民族，住的就是帐篷，所以，契丹贵族的墓室一般都是用青砖将主墓室砌成穹隆顶。 另外，咱们再看墓室中墙上的壁画，描绘的都是和契丹有关的文化生活场景。"

"师父，这些壁画经过了千百年的时间，为什么还这么清楚？"二棒指着光鲜夺目的壁画侧头问杜炎。

"你个杂种，我哪儿知道，我又不是当年那个画壁画的！"杜炎斜睨了一眼二棒，骂道。

王伟国听见了二棒的话，浅笑了一下，说："一般朝代的墓葬是将墓壁用草泥抹平，然后再抹一层白灰，干后再在上面作画。 由于契丹墓壁画用金属颜料绘制，非经破坏，若干年后仍然能光彩夺目、栩栩如生。"

二棒似懂非懂地点了点头。

"由于辽代绘画作品传世的非常少，所以这些壁画就成了我们研究和了解辽代人的重要渠道。"王伟国继续说道。

陆秀萌将手电光束照向其中一面壁画，指着壁画上一些服饰和发型怪异的人，说道："看，那面壁画上就是契丹人！"

"没错，那就是契丹人！"王伟国肯定道。

二棒见壁画上的契丹人发型怪异，笑道："这些契丹人的发型又怪又难看，他们干吗要那么做啊？"

王伟国表情严肃地说："这种发型是契丹人所独有的，叫髡发。 在契丹，无论男女，都会留髡发。 男的一般只在两鬓各留一缕头发，其余的地方都剃光；有的只将头顶部的头发剃除，其余地方都留着。至于契丹女人，仅仅剪去前额边上的头发。这种髡发习俗，在契丹的祖宗东胡时期就流行了。”

“汉文化和契丹文化还是有很大的差异。汉族都说‘身体发肤受之父母’，将剃发视为不孝，只有出家人才剃除头发。而契丹人的这种髡发，与汉文化背道而驰。这两种文化价值取向如此不同，文化融合之路怎么走，让人费解。”陆秀萌感慨道。

这时，陈锋环视着整个墓室，眉头微蹙道：“如果这里真的是主墓室，那么应该有墓主人的棺材吧？”

“不错！”这时，王伟国将手电的光束迅速移到一处，“看那里，是不是有一个尸台！”

众人将手电的光束都聚向那里，大步走了过去，只见一个用青砖砌成的长方形的尸台，尸台上摆放着一具黑色的棺材，棺材上雕刻着各种祥禽瑞兽的图案。

王伟国皱着眉头，说道：“一般来说，契丹人的尸体都是直接放置在尸台或尸床上的，为什么这里会在尸台上再放置一口棺材？”

陈锋疑惑地看着王伟国。

王伟国思忖片刻，说道：“会不会是受到了汉化的原因呢？”

正在猜测间，二棒指着尸台上的棺材兴奋地喊道：“金银财宝一定在这口棺材里！”

“你个杂种，净说废话。这么大口棺材不放墓主人，难道还等着放你啊！”杜炎瞪着眼睛拍了一下二棒的脑壳。

“这么大口棺材，里面肯定有值钱的东西。”二棒盯着棺材喃喃道。

杜炎的心思其实早就活了，盗墓贼来这里干啥？当然是来找财宝的。他眼珠子一转，对二棒说：“杂种，去把这个棺材盖弄开！”

二棒点头应下，便上前用力推动棺材盖子。

王伟国见二棒要开棺，慌忙阻止道：“千万别动棺材，这是对死者的大不敬！再说，这个棺材也算是文物了，尽量别破坏，要等到考古队来研究才是！”

“别和我扯没用的！你们考古队动弹就不算破坏文物了？就不算对死人的大不敬了？”杜炎眼珠子一瞪，“我今天非要打开这棺材不可！我干这行几十年了，还怕他诈尸了不成？"

陈锋见王伟国和杜炎起了争执，自己也不好向着任何一边说话，只得保持沉默。

"杂种！把棺材推开！"杜炎喝令道。

王伟国气得浑身发抖，干脆把头扭到一边，干生气。

二棒力气果然大，竟然以一人之力将棺材盖子推开了。

"怎么这么容易就把棺材盖子推开了？难道这口棺材没有上钉子？"陆秀萌惊讶道。

王伟国听闻，忙转过头来。

二棒推开棺材盖子，气喘吁吁地拿着手电往棺材里照。二棒突然皱了皱眉毛，又揉了揉眼睛，说道："这口棺材怎么是空的？"

"尸骨呢？"陈锋失望道。

王伟国也一脸困惑地望着空荡荡的棺材。

忽然，杜炎一惊一乍地说道："妈呀！是不是真的诈尸了？"

陈锋是唯物主义者，当然不相信诈尸之说，摇了摇头，说道："我怀疑墓主人根本就没有入棺。"

王伟国点了点头说："我同意陈警官的看法。这棺材内并没有存放过任何东西的痕迹，甚至连棺材盖子都没有用钉子钉上。"

"会不会是因为死者的尸骨找不到了，只能放个空棺材了呢？"陆秀萌眨巴眨巴眼睛，猜测道。

"绝对不可能，就算尸骨找不到了，那棺材内也会有死者生前的一些遗物。可是，这口棺材内什么都没有。"王伟国否定了陆秀萌的猜测。

"难道，真的是诈尸了？"陆秀萌有些害怕地环视着漆黑的四周。

王伟国斜睨了一眼陆秀萌，微怒道："诈尸这样的话也能从你的嘴里说出来！"

陆秀萌突然觉得自己确实说了不该说的，低着头尴尬地不再言语。

王伟国眉头紧锁思考着，说道："我觉得这是安葬者的有意为之，目的是为了躲避盗墓破坏。真正的墓主人尸骨，很有可能在别处！"

"在别处？会在哪儿呢？"陈锋喃喃自语。

众人都沉默着。

良久，王伟国说道："这里既然是主墓室，一般都会有墓志。 墓志中记载着死者生卒年月、埋葬时间和地点、族属、家庭成员、功绩等。 大家找一找，看看这个墓主人到底是谁。"

经过许久的仔细寻找，众人都空手而归。

"真是奇怪，这有悖常理啊，竟然连墓志都没有。"王伟国说道。

"既然主墓室中没有发现什么，那我们就出去看看，说不准会在别处发现一些什么。"陈锋建议道。

王伟国点了点头，说："嗯，只能这样了。"

众人出了主墓室，走回漆黑的墓道中，手电的光束依旧在墓道中晃动着。

"听！那边有动静！"正当众人走到左耳室门口时，陆秀萌突然警觉地用手指着左耳室说道。 她的表情惊恐，面色发白。

五个手电的光束集中射向了左耳室！所有人都惊呆了，他们看见了一个令人难以置信的生物！王伟国手中的匕首差点从手中脱落。

那么，他们到底看见了什么呢？

第九章
恶境环生

在手电强光的映照下，只见一株巨大无比的藤类植物正缓缓朝大家匍匐而来。巨藤主干呈暗褐色，藤蔓又粗又长，呈深绿色。最引人注目的是，在藤蔓的末端，生有钩状的鲜红色触手，像是涂抹了鲜血一般。巨藤主干下，有一个如嘴巴一样的裂口，里面生满了令人生畏的倒刺。

众人见了俱面如土色，瞬间身上便冒出了大片的冷汗。

王伟国愣了片刻，惊恐失声道："大家快跑！这是食人藤！"

经王伟国这么一喊，众人转头就跑。也不知是食人藤对行动的东西敏感，还是长了眼睛，十多条藤蔓像蛇一样，向陈锋他们袭来。

此时此刻，万分危急！

"啪"的一声枪响，陈锋回头朝那食人藤放了一枪。

王伟国见陈锋开枪，喊道："陈警官！别开枪，别激怒了那怪物！"

确实如王伟国说的那样，食人藤的藤蔓突然变成了墨绿色，藤蔓末端的触手骤然变得更加血红。食人藤的行动速度加快了，像一只巨型章鱼愤怒地朝陈锋等人冲来！

王伟国跑得慢了一些，突然被一条藤蔓卷住了。藤蔓高高地扬起，并且快速朝藤干裂口处缩回。

陆秀萌惊呼："不好！王教授被藤蔓卷走啦！"

陈锋立马收住脚步，情急之下对二棒说："二棒，你半蹲下别动！千万别动！"

二棒一愣，按照陈锋说的半蹲在那儿，像一只鞍马。

说时迟，那时快，陈锋快速朝二棒冲去，双手支起二棒的双肩，借着力量朝卷住王伟国的那条藤蔓窜了过去。

恰到好处！半空中陈锋挥舞着刚掏出的那把锋利的匕首割断了卷住王伟国的那条藤蔓的触手，藤蔓吃痛，急速缩回。王伟国顺着掉落的触手跌落到地上，陆秀萌一个箭步，上前将王伟国拉回。

惊险十分！

"陈警官！注意你的右边！"这时，杜炎疾呼道。

陈锋猛地注意到自己的右边，正有两条藤蔓袭来！陈锋一个急转身，往左一闪，惊险地躲过了食人藤的攻击。陈锋急吁了口气，大步跑回。

"王教授，咱们该怎么办啊？"陆秀萌喘着粗气，心有余悸。

王教授也是面如土色，说："我感觉这食人藤好像对动的东西比较感兴趣，大家先停下脚步别动，看看情况！"

别无他法，大家伙儿都听取了王伟国的建议，一动不动地站在原地。

只见那疯狂匍匐而来的藤蔓忽然速度变慢了，就像一只突然失去猎物踪迹的豺狼，渐渐不再朝前蔓延，只是停留在距离陈锋等人一米多远的地方原地缓缓地蠕动着。

陈锋见食人藤真的如王伟国教授所说对动的东西感兴趣，兴奋地说："看！那食人藤真的不动了！"

二棒也憨笑了一下，说："王教授果然见多识广啊，什么都知道！"

王伟国惊魂未定地勉强笑了一下，说："我从事考古工作这么多年，今天才见到只闻其名的食人藤。看这家伙的样子，估计有上百年了。"

"这里面怎么会有食人藤呢？我太爷爷的笔记中并没有提及食人藤啊！难道记载在已经烧毁的那些笔记中？"

当年大老陈等人为什么没有遇到食人藤呢？这件事情其实很简单。由于无极冥洞内墓道错杂，如渔网一般，大老陈等人走的是另一条路，所以幸运地没有遇上食人藤。

王伟国对陈锋提出的这里为什么会有食人藤的疑问作出了推测："不知大家有没有发现，这附近并没有人的尸骨，我推断在这个墓被首次破坏前，这株食人藤是不存在的。因为，在坟墓首次遭到破坏前，这里是一个非常干燥的空间，根本就不适宜食人藤的生长。但是，在坟墓遭到破坏后，这里变得潮湿了，开始适宜食人藤生长。"

"水是有源的，树是有根的，这里是一个半封闭的空间，这食人藤难道是人栽上去的？"杜炎站在一旁斜了王伟国一眼，冷冷地说道。

王伟国很认真地点了点头，说："没错！这株食人藤肯定是人为栽种的！"

"何以见得？"杜炎的眉毛一挑，继续问道。

"正如杜先生所说，这里是一个半封闭的环境，根本不可能有外界的种源进来。再说，这株食人藤能生长得如此之大，肯定是变异的品种。在各种记载中，还没有发现这大兴安岭山区有这类奇怪的物种。所以，这株食人藤一定是在修建陵墓的时候在其他地方取的种源，栽种在此的。我猜测，这是修陵人为对付盗墓者而设定的。陵墓被盗前这里面干燥，种子埋下后不适宜生长。被盗后，陵墓变得湿润，就会疯狂生长，并且以墓道中的鼠类昆虫为食。同时，也阻止盗墓者的再度到来。"王伟国说到最后一句，轻轻地看了眼杜炎。

所有人都觉得王伟国的推测很有道理，只有杜炎一人不屑地站在一边，沉默着。片刻，杜炎斜睨了一眼王伟国，说道："大家总不能这样原地不动吧？如果这样原地不动，我们迟早会被饿死，变成一具具骷髅。现在赶紧想想办法怎么能摆脱这株食人藤，总比做无谓的推理实在。"

王伟国看了眼陈锋，皱着眉头思考着。

"我们快点跑，它是不是就追不上我们了？"二棒突然有了一个自以为很不错的主意。

二棒刚说出口，就被杜炎用粗糙的手拍了一下脑壳，骂道："你跑给我看看？我倒要看看你能跑多快！"

二棒低着头，斜看了师父一眼，不敢尝试。

陈锋知道大家现在暂时没什么好的办法，只能先停留在原地。

思索中的王伟国突然把目光移向陈锋，说："陈警官，我有一个办法，不知道可行不可行。"

杜炎哼了一句："连可不可行都不知道，还是不要说了，要说就说一个确定一点的。"

王伟国没有与杜炎针锋相对，只是浅笑了一下，不作回应。

陈锋微笑着说："王教授，说说看看。现在这时候了，所有的办法都可以试一试。"

陆秀萌赞同地说："没错，实践才是硬道理。"

王伟国环视了一周，点了点头，说："现在我们可以确定，这食人藤确实是对动的物体感兴趣。但是，我们又不能不动。大家伙儿看见耳室门口的那两根圆柱子了吗？"

众人将目光投向耳室外那两根很粗的圆柱子。柱身是大圆木，上面雕刻了很多美丽的花纹。在两根柱子的上方，各有一个类似于油灯之类的东西。

王伟国从背包中掏出一个瓶子，里面装着有些发黄的液体，说："大家看我手里的东西。"

"那是什么？"二棒问道。

王伟国用手轻轻摇晃了一下瓶子，说："这是我上山之前从轿车中放出的汽油，我本来是想留着我们手电没电之后点火把用的。看来，不得不提前用上了。"

陈锋此时似乎猜出了王伟国的用意，说："王教授，你的意思是用这些汽油……"

没等陈锋说完，陆秀萌也反应过来，兴奋地说："哦，我明白了！"

杜炎闭着双眼，仔细地听着其他人的对话。

二棒仍是睁着牛卵子一样大的双眼，一脸莫名地盯着每一个人的脸。

王伟国点了点头，说："是的，你们猜对了。大家应该知道，植物是最怕火烧的。我们先将食人藤的藤蔓引到两根圆柱子那，绕着圆柱子跑，藤蔓就会迅速缠在柱子上。然后，瞅准时机，一个人将汽油洒在藤蔓上，另一个人马上点燃汽油！"

"这样做，我感觉有些危险。一旦在跑的时候，藤蔓袭击了某一个人怎么办？王教授，一旦藤蔓袭击了你，你该怎么办？"杜炎目光犀利地盯着王伟国说。

王伟国一时语塞，因为这个方法确实有一定的风险。

陈锋沉默片刻，对杜炎说："炎叔，你还有更好的办法吗？"

杜炎一怔，沉默片刻，只得缓缓地摇了摇头。

陈锋眉头紧锁，语气坚定地说："既然没有别的更好的办法，我们也只能拼一下了！那就按照王教授的方法实施吧！"

"好！"王伟国说，"稍会儿我们一起朝柱子的方向跑，我和陈锋，还有小萌一组，杜先生和二棒一组。我们两组分别绕着柱子跑，当藤蔓缠绕得差不多的时候，我往藤蔓上洒汽油，陈锋要迅速点火。"

大家分工明确，陈锋深深地吸了口气，然后再缓缓吐出。行动之前，他给了其他人一个眼神，其他人会意，猛地开始朝耳室门口的圆柱子狂奔。像是长了耳朵一般的食人藤感觉到了动静，粗壮的藤蔓骤然变得墨绿，又开始迅速向陈锋等人追袭而来！

"大家快点跑！那食人藤的藤蔓又追来了！"陈锋疾呼道。

食人藤行动的速度很快，也很长，没有人知道它到底能延伸到哪儿。一分钟左右的时间，它的藤蔓已经很接近陈锋等人了。由于二棒的屁股比较肥硕，食人藤的红色触手多次碰触到二棒的屁股，二棒感受到一阵阵钻心的灼痛感。所有人的头上现在都已经冒汗了，也不知道是跑起来的原因，还是被身后的食人藤吓的。

"啊！"突然，听见了陆秀萌的惨叫声！大家猛地回头，只见陆秀萌的腿已经被墨绿色的藤蔓紧紧缠住，正在很快往回收缩。

陈锋见状，惊呼道："快挥起你手里的匕首，狠狠去刺藤蔓！"与此同时，陈锋敏捷地一个急转身，往回猛跑几步，一把抓住了陆秀萌的胳膊。

陈锋紧紧拽着陆秀萌的胳膊，食人藤感受到了陆秀萌这一头的阻力，似乎更加用力地往回收缩了。陈锋与食人藤就这样僵持着，他咬着牙，死死地拽着陆秀萌的胳膊，额头上瞬间青筋绷起，大汗淋漓。

情况十分不妙！事态万分危急！

陆秀萌用力挥舞手中的匕首，使劲刺食人藤的藤蔓。 只见一股股的墨绿色液体喷出，溅到了陆秀萌的脸上。 陆秀萌闭着眼睛，疯一般地继续猛刺。

陈锋与食人藤依旧僵持着，汗液已经湿透整件衣服，就像从水缸中刚捞出来一样。 陈锋整个人开始一点一点地朝食人藤的方向被迫挪动，看情况随时都有可能连同陆秀萌一起被拽走。 陆秀萌的脸色变得越来越难看，手持匕首刺杀的力量也越来越小。

"啊！"其他人又听见一声惨叫，急忙回头，只见陈锋整个人倒在地上拼死挣扎着。

"二棒！ 人体流星锤！"突然，杜炎对二棒疾呼道。

二棒先是一愣，马上会意。 杜炎突然高高跳起，只见二棒抓起杜炎的双腿，原地转了两圈后，猛地将杜炎甩了出去，飞向陈锋和陆秀萌！

这一幕，把站在一旁的王伟国彻底震撼了！ 没想到杜炎一个年过半百的人，竟能有如此敏捷的身手，着实让人惊叹不已。

机敏的杜炎一把抓住卷住陆秀萌的那根藤蔓，开始用力砍那根藤蔓，瞬间墨绿色的液体喷到了杜炎一脸。

十几秒后，卷住陆秀萌的那根藤蔓被杜炎砍断了。 正要松一口气的陈锋等人没想到，食人藤其他的藤蔓又迅速延伸而来！

"快跑！ 那家伙又来了！"

陈锋拉起陆秀萌就跑，踉踉跄跄朝圆柱子奔去。

大家好不容易跑到了两根大圆柱子跟前，王伟国大喊："赶快绕着柱子跑，越快越好！"

刚因惊吓过度有些虚脱的陆秀萌，似乎因求生本能的激发，现在突然精神了不少，也开始跟着大伙儿围绕着圆柱子跑了起来。 那食人藤果然如王伟国所说，执著地按照陈锋等人行动的轨迹追袭。 所以，食人藤的藤蔓不知不觉地缠绕到了圆柱子上，越缠越多，越缠越厚。

等缠绕得差不多的时候，大家也放慢了脚步。 一是终于可以松一口气了，二是实在累得受不了了。

这时，王伟国瞅准机会，将手中的汽油瓶都打开，用力地挥洒到缠绕在两根圆柱子上的藤蔓上。 挥洒完毕，王伟国大喊："陈警官！ 赶紧点火！ 大家离远点！快！"

陈锋迅速地从兜里掏出打火机，将紧紧缠绕在两根圆柱子上的藤蔓点燃了。火沾上汽油后，"呼"一下着了。此时的食人藤像是发了疯一样，使劲地想挣脱。可是，由于缠绕得太紧太多，等脱离圆柱子的时候，食人藤的藤蔓已经被烧得所剩无几了。

这边，陈锋等人趁着食人藤被烧的工夫，转进了另一条墓道。

当确定远离了食人藤后，大家伙都散了架似的一屁股坐在了地上。王伟国发现个别的手电光亮已经不如当初时，便对其他人说："大家关掉两个手电吧，留着三只光亮便足够了。一旦手电都没电了，那么再出现一个像食人藤的怪物，我们就只能坐以待毙了。"

陈锋觉得还是王伟国想得周到，点头同意道："王教授想得确实周到，我和二棒的手电关掉吧。"

二棒有些不同意，但是忍了忍，还是把手电关了。

陈锋忽然想起杜炎适才解救自己和陆秀萌的事儿，冲着杜炎微笑着感激道："炎叔，刚才太谢谢你了。要是没有你，我和陆小姐恐怕就要进那食人藤的肚子了。"

杜炎有些不好意思地笑了一下，摆了摆手，说："不客气、不客气，这很正常。要是我被那食人藤缠住了，你俩能不救吗？"

"那还是要谢谢你！"陈锋仍旧感激道。

陆秀萌喝了点水，感觉好多了，看了眼陈锋和杜炎，感激地说："真要感谢陈警官和杜先生，要不是你俩，我早就进了那怪物的肚子了。等出去了，我一定要请两位吃饭。"

杜炎浅笑了一下，说："吃饭就不必了，准备一瓶海伦白和一包花生米就成了。"

众人大笑。

王伟国钦佩道："没想到杜先生如此年岁，身手还是十分敏捷啊！佩服！"

杜炎斜睨了一眼王伟国，笑眯眯地说："不行啊！我们是盗墓的，终究是贼，哪能和你们考古队比？"

　　王伟国听了觉得耳朵火辣辣的，看了眼陈锋，忍了忍。

　　"刚才那株食人藤是什么物种？ 怎么会出现这里呢？ 这个物种以前中国本身就有呢，还是外来的？"陈锋皱着眉不解。

　　王伟国思忖片刻，缓缓说道："地球上确实有食肉的植物，常见的是捕蝇草、瓶子草和猪卷草。 这些都是小型食肉植物，我以前看过一些资料，印度尼西亚爪哇岛上有一种巨型的食肉植物，竟然可以食人！"

　　"这种植物叫什么名字？"陈锋问道。

　　"叫莫柏。"王伟国继续说，"由于中国的地理史籍中并没有提及大型的食人植物，我觉得很有可能是外来物种。 我怀疑刚才那株食人藤就是莫柏，在地底下这么多年，发生变异了也说不定。 当年辽国贸易繁荣，引进新鲜物种并不是没有可能。"

　　陈锋等人继续向前走，由于关闭了两只手电，所以光线比之前暗了不少。不过，手电光束所至，前方的路况也能尽收眼底。 陈锋等人穿过一条长长的墓道，拐进了另一条略微有些窄的墓道中。 刚进入这一条墓道，却见杜炎突然停下了脚步，目光敏锐地投向了墓道中某一个角落。

　　其他人见杜炎停下了脚步，也都停了下来，莫名地看着他。 杜炎的目光依旧停留在墓道的一角，眼睛睁得原来越大，表情也逐渐显露出一丝丝的喜悦。

　　"炎叔，你发现什么了？"陈锋一脸莫名和略带一丝警觉地问道。

　　杜炎抬了一下手，示意别说话，目光依旧看着墓道的一角。 良久，杜炎小心翼翼地朝墓道一角走去，其余人也都跟了上去。

　　杜炎来到墓道一角，眼前有一个土堆，土堆中露出一块布条。 杜炎用手轻轻扒开土堆，缓缓拉动布条儿。 在场的所有人都聚精会神地看着杜炎这莫名其妙的举动。

　　"杜先生，你看见什么了？"王伟国也是一头雾水地问道。

　　杜炎"嘘"了一声，语气有些不善地说："不要说话，别惊动了财神！"

　　杜炎一点点地拨开土堆，轻轻拉动那布条儿。 突然，在手电光束下，一个发亮的东西从土堆中露出了一角。 杜炎露出了更加欣喜和兴奋的神色，说："果然没错！财神爷来过了！"杜炎一点一点将那发亮的东西抠出。 最后，那东西被杜炎全部抠出来了。 发亮的东西不是别的，而是一块婴儿拳头般大小的金子！怪不得在手电的照射下能发出光亮。

"金子！是金子！"二棒一下就认出了是金子，不禁兴奋地脱口而出。

杜炎将那布条用力一拽，布条被拽断了，杜炎只好用手用力地扒土。 一分多钟后，杜炎竟然从土堆中扒出来一个残破的布兜子，已经腐蚀得很严重了。 尤其令人惊喜的是，布兜包裹着十多块金子和少许珠宝。

所有人这才明白杜炎如此怪异举动的原因。

杜炎用力擦掉金子上面的灰尘，然后将金子珠宝一个个放进背包中。 杜炎的脸上绽放了如花般的喜悦，脸上的皱纹一下子更多了。

杜炎装好财宝，镇定了一会儿，继而装作若无其事的样子对其他人说："我们继续走吧。"

王伟国看着那堆土，说："这些金子可能是其他盗墓的留下来的。"

"哦？"陈锋表情带有疑问地看了眼王伟国。

王伟国解释道："在正常的贵族墓中可能把金银财宝这么随意地就放在墓道的一角吗？ 再说，就算是真的放在了墓道一角，那么贵族们怎么可能用布兜来装财宝呢？ 所以说，这就很明了了，这些财宝肯定是以前的盗墓的盗取出财宝后落下的。 随着时间的推移，这个布兜逐渐被灰尘掩埋和腐烂。"

二棒见师父得了那么多财宝，兴奋与高兴都写在了脸上。 杜炎像是什么都没有发生过一样，继续前行。 杜炎刚刚走出十几步，就又突然停下了，并且喊道："大家快来看！"

其他人大步走上前去，只见前方出现了一个巨大的深洞。 地洞的直径大概有五米左右，下面黑漆漆的，非常恐怖，时不时还有一股股阴风吹出。

"这里怎么会出现这么大的一个地洞呢？"陆秀萌好奇道。

陈锋猛然想到了些什么，打开手中的手电，向前方照了照。 陈锋淡淡地说了一句，"大家小心点，这洞可埋了很多人……"

王伟国把目光移向陈锋，说："陈警官，你怎么知道？"

"我太爷爷的笔记中提到过这么一个大地洞，当年有十多个伪军兵痞落入了洞中。 大家用手电照一下前方，是不是有一面墙？"陈锋说道。

其他人均将手电照向前方，"真的有一面墙啊！"

王伟国皱着眉头思忖片刻，说："我知道了，这面墙叫'回死墙'。对不对，陈警官？你太爷爷的笔记中是不是也提到了？"

陈锋暗自佩服王伟国的见多识广、知识渊博。陈锋点了点头说："是的，确实叫'回死墙'。"

王伟国看着眼前这个幽深的地洞，不禁心生寒意："这个地洞有一股股的阴风，好像是与外界相通似的。如果不与外界相通，空气不流通，哪来的风？真是神秘啊！"

二棒在黑洞周围走着，忽然脚下踩到了硬邦邦的东西。二棒低头，用手扒了扒上面的土，竟然露出了一把步枪！二棒兴奋地叫喊道："这有一把枪！"

其他人听闻后，都走到二棒跟前，果然见到二棒手中握着一把表面有些锈迹的三八大盖步枪。

陈锋眼珠转了转说："这把步枪一定是当年那些兵痞留下的！如果我没猜错的话，这黑洞的周围肯定还有他们惊慌失措时掉落的枪支！大家快找一找！"

经陈锋这么一说，其他人都开始在地洞的周围寻找。几分钟工夫，陈锋等人一共找到了六把步枪。虽然表面有些锈迹，陈锋拉了拉枪栓，还算灵活。

陈锋看了看枪膛，发现里面还有满膛的子弹。随后拉开枪栓，对准地洞，"砰"一声枪响。

他们一共五个人，一人手中拿着一把步枪，陈锋肩上还多背了一把。陈锋看了每一把枪的枪膛，里面的子弹几乎都是全满的。

王伟国紧握着手中的步枪，笑着说："咱们应该感谢那些兵痞啊。"

"王教授，您会开枪吗？"陈锋笑问道。

"怎么说我也是当过兵的人，当然摸过枪！虽然有几十年没有碰了，但还应该会用。"

杜炎此时肩上背了不少财宝，勒得肩膀有些痛，就用手动了动背包的肩带。二棒看见了，忙上前帮忙解开背包的肩带，说："师父，我来背吧！这多沉啊！"

杜炎斜了一眼二棒，微怒地挪开了二棒的手，说："没事儿，你只管背着那些生活用具就行！难道这么点宝贝我就觉得沉了？再多上一倍，老子也能背走！"

王伟国偷笑着摇了摇头，觉得杜炎真是个不可救药的财迷。

突然，从来时路上传来了"哗啦哗啦"的声音，越来越近，也越来越响。仿佛草原之上万马齐喑，百牛奔腾。

"快看！那是什么！我的天啊！"只听王伟国表情极度夸张地愕然说道。

那声音越来越近，陈锋等人终于看清了那声音的来源。手电的强光所至，只见前面不远处的墓道中出现了一大片透明如冰般的虫子！这些虫子虽然只有普通甲虫那么大，但是头部生有的钳状口器却闪着摄魄的寒光！

陈锋看见了，倒吸了一口冷气，急忙说道："大家伙还愣着干什么？赶紧抄起家伙打啊！"说着，陈锋便端起了步枪。王伟国一把按下陈锋端起的步枪："这么多虫子，怎么能用枪呢？我们的子弹是有限的，没几下就会把子弹用完，用完了子弹我们还用什么？"

"王教授，那怎么办？"陈锋焦急问道。

王伟国从腰间拔出匕首，说："用这个！或是用枪托打！最好是使用面积大一些的武器！"

正说话间，那些看似透明的虫子已经离大家更近了！大家也都更清晰地看出这些透明虫子的头部有些发黑，它们的后背仿佛背着一个厚厚的冰壳。由于很多，它们极度拥挤着，相互碰撞着，如百万大军浩浩荡荡而来。

"乌头冰虫！是乌头冰虫！"杜炎失声叫道。

"炎叔，你认识？"陈锋问道。

杜炎表情惊恐："我没见过，但是我听我师父说过它们的样子！我师父描述的和眼前这些东西一模一样！错不了！错不了！"

"乌头冰虫？这是什么东西，我怎么从来都没有听说过？"陈锋皱眉道。

"反正我师父就叫它乌头冰虫，学名到底叫啥，我哪儿知道啊！"杜炎神色超级紧张。

"杜先生，那你有什么对付它们的办法吗？"陆秀萌焦急地问道。

杜炎刚要开口，一大群冰虫便将大家围住了，开始朝每个人的身上爬。陈锋等人只得用力拍打着，用脚使劲踩踏着。这些冰虫虽然看起来非常可怕，但是虫如其名，身体如薄冰一样脆。不一会儿，地面上就出现了大片冰虫的尸体。无奈，虫子实在太多了，多数虫子都已经爬上了每个人的身上，张开它们那锋利的口器，一口口咬噬着大家的皮肉。瞬间，每个人都已经被咬得遍体鳞伤，血液渗出了衣服裤子。

陈锋万万没想到，这么小的虫子竟然有这么大的杀伤力。在忙乱的拍打中，陈锋焦急地朝杜炎喊道："炎叔！你既然听说过这些东西，你就一定有办法解决！快说啊！再不想办法，那咱们就……啊！"陈锋的话还没说完，一只冰虫竟然钻进了陈锋的口腔，咬住了陈锋的舌头。陈锋急忙将手伸进口腔，捏碎了那只冰虫，将其用力吐出。忽然，他感觉口中像是吃了冰块一样凉爽，舌尖隐隐有些疼痛。

杜炎边拍打边说："陈警官！这东西像冰一样，我估计也是怕火！大家赶紧把背包中的衣服拿出来点火，阻止它们过来！"

"好主意！"陈锋高喊道，"大家赶紧把背包中的衣服拿出来，快！"

王伟国此时也高声道："正好我的瓶子中还留了一些汽油，淋在衣服上，助燃一下！"

"好！好！"陈锋兴奋地说。

大家将背包中的衣物都拿了出来，横在了墓道中。王伟国忍着疼痛将汽油瓶打开，在衣物上淋了一些，对陈锋说："陈警官，把打火机扔过来！"

陈锋踉踉跄跄地跑过去，半路上却被一块石头绊倒了，打火机脱手而出，掉到了地上。只见几只冰虫咬住打火机，几下就咬碎了。陈锋气得狠狠跺了一下地，几乎不会骂人的他竟然也脱口而出："他妈的！该死的虫子！"

眼睁睁着打火机被冰虫弄坏，大家的心一下子就凉了半截。

正在万分焦急的情况下，王伟国忽然眼睛一亮，将目光停留在了地上的某一点。王伟国欣喜地惊呼道："陈锋，把刚才绊倒你的那块石头捡起来，扔向我！"

陈锋一愣，没有多想什么，捡起适才绊倒自己的那块石头，用力扔向王伟国。王伟国捡起石头，甩开爬在自己手上的虫子，艰难地将石头摔碎，然后靠近衣物使劲地将两块石头相互撞击。当王伟国做出这一举动的时候，其他人都明白了。原来，刚才绊倒陈锋的竟是一块火石。

两块火石"啪啪"撞击着，不断闪着微小的火星。 火星虽小，但正所谓星星之火可以燎原，横在墓道中的衣物"呼"一下子燃烧了起来。 借着汽油，火苗顺势将一串的衣物点燃了。 燃烧的衣物犹如一面火墙，阻挡了冰虫的进攻。

"大家赶紧消灭掉身上和附近的冰虫！ 趁着还有点时间想想办法！"陈锋慌乱地拍打着身上的冰虫，扯着嗓子高声道。

大家将身上和脚下的冰虫消灭后，面面相觑，不知该如何是好，前方是一大批被火墙隔离在外的冰虫，回头又是那深不见底的地洞。 此时，他们不知道是进是退，只能茫然四顾。

"现在我们是前有冰虫，后有黑洞，已经无法进退。"杜炎忧虑道。

"师父，看来咱们这些财宝都白弄了，本来以为有了钱就能回老家盖个大房子娶个老婆的，这下是没指望了，小命都快没有了，早知道我就不和你来了！"二棒哭丧着脸对杜炎说道。

杜炎阴着脸，冲二棒骂道："你个狗杂种！ 总是这样！ 你要是怕了赶紧走！"

"我往哪儿走啊？ 跳进地洞吗？"二棒哭丧着脸。

王伟国听了二棒的话，忽然眼睛一亮，说："我刚才说了，这个地洞有风，肯定是和外界相通的。 并且，大家发现没有，这地洞中的风夹带的潮气要比这墓道中的多很多。 我估计，下面肯定有活路！"

"可是，当年那些兵痞就是掉进这里面死的！"陈锋觉得有些不妥。

"虽然是这样，但是我觉得当年的兵痞是因为突然掉下而被下面什么尖利的暗器刺死的。 要是我们能慢慢下降，估计没什么危险。"王伟国说道。

燃烧着的火墙此时已经不像刚才那么旺了，冰虫离火墙的距离又近了不少。

"就算真的如你王教授说的那样，那么我们该如何下去？ 难道要一个个纵身跃下？"杜炎看都没看王伟国，表情冷淡。

王伟国先没有回答，而是将背包从背上拿下，打开拉链，将一把弩一样的东西掏了出来。 这件东西形状和弩一样，上面是个尖锐的铁钎子，铁钎子尾端连接着一根很长的绳索。 这种像弩一样的东西叫抓钩枪。 王伟国将抓钩枪拿在手中，朝地洞上方的墓道顶瞄了瞄。

"王教授，你还有这东西啊！"陈锋喜出望外。

王伟国说："这东西是我儿子的，我儿子喜欢登山。来时我觉得这东西可能有点用处，就带上了。"

陆秀萌看了看王伟国手中的抓钩枪，笑了一下，说："我知道王教授要做什么了！"

王伟国没有回应，只是将抓钩枪递给了陈锋。

"王教授想利用这抓钩枪的力量，将上面的铁钎子狠狠嵌入地洞上方的墓道顶中，然后将绳子顺下入地洞，人顺着绳子就会缓缓下落地洞底了。"陆秀萌继续说道。

"既然是这样，就别说废话了，赶紧吧！"杜炎看了眼蠢蠢欲动的冰虫大军，摸了摸身后背包中的财宝，着急道。

王伟国朝陈锋轻轻地点了点头。

陈锋会意，端起抓钩枪来，挂上弦，单眼闭上，对准墓道的顶端。几秒钟后，"砰"的一声，弩上的铁钎子飞速射向预定地点，死死嵌入岩石之中。陈锋用力地拽了拽绳子，意识到铁钎子嵌入得很结实的时候，将绳子甩进了黑洞中，长长的绳索在幽深的地洞中晃动着。

"大家赶紧下去吧！这是唯一的选择了！"陈锋说道。

"要是那些虫子也下来怎么办啊？"陆秀萌担心道。

杜炎说："放心吧，我师父说过，这种虫子只要你离开它的领地，就不会再攻击你了！"

"真的？"陆秀萌半信半疑。

"真的！"杜炎说道，"你这丫头，爱信不信！"

"那大家就赶紧顺着绳子往下滑吧！"陆秀萌微微点了点头，大声说道。

"谁先下啊？"二棒胆怯地扫视了一圈。

要知道，第一个下去的人是非常危险的，下面到底有什么还不清楚。

陈锋自告奋勇说："大家都是跟着我来的，我第一个下！"说罢，他紧紧地握住绳索，缓缓向下移动。

接着，王伟国、陆秀萌、杜炎和二棒也都陆续下去了。随着大家下得越来越深，寒意也越来越重，最后冷得陆秀萌直哆嗦。

快要落地时，在手电光束的映照下，陈锋看见地上有很多锋利的钢铁尖刺。在尖刺的间隙中，散落着不少白白的尸骨和一些半腐蚀的步枪。陈锋意识到眼前的这些白骨，八成就是太爷爷当年引来的兵痞。陈锋小心翼翼地着地，脚踩在尖刺的间隙，小心地挪动。

"大家要小心啊，别让那些尖刺伤到！"陈锋对身后的其他人喊道。

在手电光束的映照下，大家都走出了尖刺丛。陈锋还不忘顺了几把尖刺丛中的步枪，将枪膛中的子弹悉数倒出，装在包中。

终于，又一道坎儿迈过去了，但自己还在这漆黑的无极冥洞中，前方又还有些什么呢？大伙儿都沉默了，一时不知说些什么。

陈锋打探了下四周，打破了寂静："这里不像是墓道，倒像是一个大广场。我们是来找'寒潭悬棺'的，可关键是我们现在都不清楚'寒潭悬棺'的位置。"

"我们只能走着瞧了，虽然契丹人和汉人一样都时兴厚葬，但是没想到一个契丹贵族会修建这么大的一个墓，实属罕见！"王伟国感叹道。

"看来这位契丹贵族的身份地位不一般啊！"陈锋说道。

大家只能凭直觉朝一个方向走，也不知道走了多久，大家都觉得累极了。在王伟国的建议下，众人决定休息一下。杜炎歪坐在一边，带着圆墨镜，不知道是睡还是醒。二棒四仰八叉地躺在地上，呼呼大睡。陆秀萌和陈锋背靠着背，闭着双眼却不敢睡死过去。陆秀萌感受着陈锋背上传来的温度，心头暖暖的。现在虽身处险境，她却格外安心。王伟国有些睡不着，在周围闲走。

王伟国走着走着，忽然发现了一块很大的石碑，石碑的左边是一个灯柱，砌着一个狼头形状的灯座。王伟国将手电的光束照向石碑的正面，只见上面写了四个契丹小字。这几个小字王伟国认得："镔铁寒潭"。

镔铁寒潭？王伟国猛地一惊，难道那寒潭悬棺就在附近？

王伟国又将一旁的狼头灯座取下，仔细地端详了一番。他越看越高兴，喃喃道："这狼头灯座可不是一般的东西啊！要是将它带回考古所，别人定会对我另眼相看。"想到这，王伟国的心里更美了。

王伟国又转到石碑的背面，只见背面刻满了密密麻麻的契丹小字。王伟国紧蹙眉头，解读起来。良久，王伟国吁了口气，自语道："原来是这个人的陵墓啊！我说怎么会有这么大的规模。"

也不知多久后，陈锋叫醒了大家。只有二棒依旧如死猪一样四仰八叉地躺在地上鼾声如雷。杜炎斜睨了他一眼，上前踢了一脚，骂道："狗杂种！快起来！"

二棒被杜炎踢醒，睡眼惺忪地站了起来。

兴奋的王伟国将大家领到了他发现的大石碑前。

陈锋见石碑正面的文字与半截石碑上的十分相似，侧首问王伟国："王教授，石碑上的字应该是契丹小字吧？上面写的是什么？"

王伟国很认真地说："上面写的是'镔铁寒潭'四个字。"

"镔铁寒潭？"陈锋眼睛一亮，有些兴奋地说，"会不会和寒潭悬棺有什么联系呢？要是真有联系的话，那么寒潭悬棺估计就离这里不远了。"

"我也是这么怀疑的。看来，我们很快就要到达目的地了。"王伟国点头说道。

"看这石碑后面，好像也是契丹小字。"陆秀萌说道。

王伟国回答道："这些契丹小字记载了墓主人的生平，也可以叫墓志。这上面的小字大概意思是这样的：这墓主人是一个契丹大臣，叫萧思温。他辅佐过四代皇帝，身居显要职位，权倾一时。"

"我还以为是个契丹贵族的陵墓呢，没想到一个大臣也会修建如此庞大的陵墓。"

"知道这萧思温是谁吗？"王伟国继续说道，"大家可能不熟悉这个人，但是提到他的女儿，定不会陌生。他的女儿就是历史上赫赫有名的萧绰，史称萧太后。如果说是萧太后给父亲修建这么一个大坟墓，那就不足为奇了。"

"原来是萧太后父亲的陵墓。"陆秀萌恍然大悟。

"越是大的陵墓，越是逃脱不了被盗的厄运。"王伟国感叹道。

杜炎听着王伟国的话有些刺耳，冷声说道："王教授真是学识渊博啊，总爱冷嘲热讽。"

王伟国意识到在杜炎面前说这番话有些欠妥，微笑了一下，说："杜先生，别多想啊。"

杜炎只得白了王伟国一眼，不再与其对话。

此时，陈锋似乎想起了什么，说道："在我太爷爷的笔记中，还讲述了一个契丹小伙和汉族姑娘相爱之后被迫分开的故事，也不知道是真有其事还是杜撰的。那个铁盒子据说就是出自那个汉族姑娘的墓。如果真能在这里找到那把钥匙的话，那么那个契丹小伙说不定就是萧思温了！那个铁盒子就是萧思温当初送给汉族姑娘的首饰盒。"

"这还真是一个美丽的传说。"王伟国笑着说道，"这里有很多汉文化的痕迹。看来这萧思温非常喜欢汉文化，至于有没有这么个故事，还得好好研究，不过即使有，现有多半也都不可考了。"他若有所思，决定回去好好研究研究这萧思温。

陈锋听了王伟国的话，略有些失望。他无意识地偷看了眼陆秀萌，心却飘到古代去了。

"同志们，我感觉那个寒潭悬棺就离这里不远了。大家赶紧赶路啊！"王伟国话锋一转。

手电的光束在混沌的漆黑之中晃动，像一双双眼睛在探视着前方。

行走了数十步后，在人们的视线中出现了一个很小的庙宇类的建筑。四角是用圆木支撑的，四周是半截的墙，墙上彩绘着精美的壁画，壁画的内容多是征战的场面。尤其特别的是，在这个建筑的中间伫立着一个石雕的人头像。头像雕刻得栩栩如生，眉宇间透着一股英气。

当大家继续行走了十多分钟后，感受到潮气越来越大，就像对面有一个人在拿着水壶喷雾一样。王伟国用手抹了一下，眉头微皱道："大家有没有觉得现在的潮气越来越大了，夸张一些就像下毛毛雨一样。"

陈锋点了点头，说："确实是，我感觉对面有一个瀑布，飞溅的水雾落在了我的脸上。"

陆秀萌拿着手电在四周扫射，突然她大喊道："看！前方是什么！"

众人将手电的光束一起汇聚到陆秀萌所指的方向。前方的情景，让大家都目瞪口呆。

在光线有限的范围内，大家都看到了一个很大的地下湖，墨绿色的湖水上面漂着一口长方形的暗红色棺材，棺材的四边很明显是金色的。 陈锋惊喜道："这个棺材一定是寒潭悬棺了。"

王伟国也是一脸惊叹，作为考古学家，他又有些不解："确实是令人惊叹！但契丹人一般来说是不实行棺椁入葬的，都是做一个尸台，将尸体放在尸台之上。 眼前的这个明显有悖于契丹的风俗，这一点让我捉摸不透。"

"我感觉这口棺材有一股邪气。"杜炎皱着眉头说道。

二棒看了眼杜炎，声音有些发颤："师父，你不是在说笑吧？"

杜炎面无表情地看着那口悬棺，说："一会儿你就知道了。"

陈锋一脸疑惑："我太爷爷当年也是从水路走的，为什么没有发现这悬棺呢？"

杜炎表达了自己的看法："这件事情我也知道，当年我师父、你太爷爷和他舅舅马瞎子一起来的时候走的也是水路。 至于为什么没有发现这悬棺，我觉得应该是这片水域太大，当时的光照设备不好，所以没有看见。"

陈锋有些认同地点了点头，说："可能是吧。"

王伟国指着水中央的悬棺说："我们现在应该想办法将悬棺弄过来，或是我们过去。 这里要是有条船就好了。"

"是啊，这地下湖的水一定很深。"陆秀萌点头说。

"不过，我猜测当初修建陵墓的时候，这个人造湖泊没现在大，但是后来被盗墓的破坏了，遇到雨季，雨水通过墓道倒灌进来，所以才达到今天这个规模。"王伟国观察着四周，一边做着推测。

"先不要说这水泡子的大小了，赶紧想法子把那棺材弄过来呀！"杜炎一听王伟国说盗墓的，就非常不爽。

"要不我们游过去？"二棒脑子一根筋，说了个一根筋的办法。

杜炎一听，骂道："狗杂种，你倒是游过去试试？"

二棒捡起一块石头，使劲儿往水中央扔去。 只听"咚"的一声响，石头沉进了湖水中。

"听这石头落水的声音，湖水一定很深。 那、那就再想想别的办法吧。"二棒有时候并不傻，盗墓的行道摸得清清爽爽。

王伟国说："水深是一方面，另一方面是怕这水下会有些什么东西。"

二棒看了看王伟国手中的抓钩枪说："我有一个办法！"

杜炎用手拍了一下二棒的脑壳，骂道："狗杂种，你能有什么好法子！还是别说的好。"

"让他说说看。"王伟国倒是开明。

二棒胆怯地看了眼杜炎，小声说道："我们用这抓钩枪，把带绳子的铁钎子射到棺材上，咱们再用力把棺材拉过来。大家看行不行？"

"王教授，这抓钩枪你没留在那地洞口吧？"陈锋问道。

"当然没留在洞口，这可是我儿子的。我的背包中还有一个备用的铁钎子和绳子。"王伟国扬了扬抓钩枪，说道。

"我觉得这法子挺好的。"二棒说道。

"你就跟人学吧！人家用那玩意儿，你也学着用！"杜炎又拍了一下二棒的脑壳，一副恨铁不成钢的样子。

王伟国皱了皱眉，说："这大棺材下面十有八九已经被固定住了，用这个方法，估计是白费力气。我们还是用什么办法到水中央去吧。"

这时，陆秀萌欣喜地说："我倒有一个好主意。"

"快说快说。"陈锋有些迫不及待。

"还记得刚才我们看到的那个雕像吗？我留意了一下，支撑那个雕像的是四根圆木。"陆秀萌说。

陈锋明白了陆秀萌的用意，说："你的意思是想用这四根圆木浮过去？"

陆秀萌点了点头。

王伟国表情又略有犹豫："这里的确是一潭死水，死水的密度基本比活水密度大一些，浮力也自然大。虽然如此，但是还是怕浮不起来那些圆木。"

"不试试怎么知道？"陈锋说道，"王教授，要不我们还是试试吧，也许行呢？咱们现在也没别的办法，这个算是最靠谱的一个了。"

"好吧。"王伟国点了点头，"咱们试试看。作为一个考古工作者，亲手将一个文物破坏掉，着实不忍下手。"

一听王伟国这话，杜炎就来气："王教授，这都是什么时候了？是生死重要，还是文物重要？"

"是啊，王教授，这也是我们唯一的办法了。"陈锋表情认真地看着王伟国。

"好吧……"王伟国多少还有些无奈。

大家着手拆雕像底座，王伟国十分惋惜地说："真是作孽啊。"

杜炎鄙夷地看了眼王伟国，对陈锋说："陈警官，那我们抓紧时间动手吧。我们可不讲究什么文物不文物的。"

正在观察大圆木的王伟国忽然眼神闪亮，兴奋地说道："大家不用担心这些圆木浮不起来了！"

"你说这些圆木能浮在水上？"陈锋还有些担忧。

"是的。"王伟国点了点头，"如果我没有看错的话，这些圆木是黄肠木。"

"黄肠木？什么是黄肠木？"陈锋好奇地问道。

"说白了，黄肠木就是柏树木。由于柏树的木质软硬适中，有香气，还有很强的抗腐蚀性，因此一般的墓中木材都是使用的柏木。这柏木的木质适中，再加上死水的密度大，浮起来估计没有什么问题！"

陈锋看了眼王伟国，叹了口气，说："动手吧！"

大家先将那尊人头雕像抬了出来，放到一边担心误伤。二十多分钟的工夫，大家已经将四根圆木拆卸了下来。忙活了半天，累得大家满头大汗。休息了片刻，大家又将这四根圆木拖到了湖边。到了湖边，五个人顿时像是散了架似的，躺在了地上。

片刻，陆秀萌猛地坐了起来，说："如果将这四根柱子捆成木排，是不是就能承载更大的重量了？"

陈锋也坐了起来，说："没错！王教授，您背包中不是还有绳子吗？"

"有是有，但是不知道够不够用。"王伟国从背包中拿出一些绳子，递给陈锋，说："陈警官，你看看这些够不够。"

陈锋接过绳索，将几个圆木并拢，大致量了一下，露出欣喜的神色说："还好，应该够用。"

"那咱们就开工吧！"杜炎上前说道。

五个人相互合作，不一会儿，一个简易的大木筏就做成了。五个人用力将大木筏推进了水中。

王伟国望着浮在水面上的木筏，如释重负："终于大功告成了！"

"我先上去。"陈锋说完，第一个踏上了木筏。

王伟国毫不犹豫地第二个踏上木筏，陆秀萌紧接着。二棒和杜炎对视了一眼，也走了上去。五个人上去，木筏沉下去不少，缝隙间渗出不少水，所有人的裤都脚湿了。五个人以双手为桨，奋力朝那口悬棺划去。

当划到一半的时候，湖水忽然"咕嘟咕嘟"地冒泡，像是一锅水沸腾了。木筏上的所有人都慌了，干盯着突然异常的水面。

"王教授，这是怎么回事？"陈锋额头上渗出了冷汗。

王伟国的心"怦怦"狂跳，说："不清楚啊！看来这水底下有东西！"

"难道是什么水怪？"杜炎睁大双眼，愕然说道。

杜炎刚说完水怪两个字，只见木筏周围水域的水泡冒得更加厉害了。木筏上的五个人神色变得更加紧张，不知道水下什么时候会冒出什么东西来。忽然，只听"啾"的一声，硕大的木筏被什么大东西顶了起来，一只人手模样的黑爪子死死抠住了木筏的圆木。那黑爪忽地一用力，木筏就倾斜了大半。

"是水鬼！是水鬼！"杜炎惊叫。

一听见杜炎说是水鬼，所有人都更加惊慌了。陈锋急忙举起步枪，朝黑爪方向连开数枪。那紧扣在木筏边的爪子，灵敏地缩回了水中。其他人见陈锋开枪，也纷纷向湖水中放枪。水面停止了冒泡，恢复了平静。

可是，越是平静就越不安稳。

"它不见了！是不是被咱们打死了？"二棒惊魂未定。

王伟国警觉地观察着木筏周围异常平静的水面，说："刚才那东西的力气着实不小，能将这么大的一个木筏撼动。我觉得它不像是被吓跑了，好像随时都能跳出来！"

"王、王教授，你别说了，说不准真的会应着你的话呢！"二棒神色异常紧张。

话刚说完，水面又开始冒泡，由小及大，越来越剧烈。所有人又开始高度紧张了，纷纷举起步枪，瞄向冒泡的水面。

水面依旧冒着泡，但没有任何东西出现。

"怎么还没有出来！一直都在冒泡！"二棒吓得有些腿软。

"千万别放松警惕，一只手拿枪，另一只手继续划！"陈锋并没有比二棒淡定到哪里去，但是在这时，他已是最好的一个。

当木筏离悬棺越来越近的时候，一只黑手突然从水中伸出，一把拽住二棒划水的胳膊。二棒"啊"的一声惊叫，被拽进了湖水里。

"二棒！"杜炎的脸色骤然惨白，惊呼道。

"大家不要开枪，以免误伤了二棒！"王伟国喊道。

"那怎么办？"杜炎对王伟国怒目相视。

杜炎虽然平时对二棒恶语相向，但是毕竟是师徒，相依为命这么多年，感情其实已无比深厚。

二棒用力挣扎扑腾，那黑色生物也在使劲将二棒往水里拽。二棒艰难地和黑色物体相持着。二棒最终不敌怪物，被它拽进了水里。

"陈警官！拿着！用抓钩枪射那怪物！"只见王伟国将那把带有绳索的抓钩枪扔给了陈锋。

陈锋接过抓钩枪，拉开弦，"砰"的一下，对准水中冒泡的地方射去。

所有人都停止了划水，神色复杂地看着水面。

几秒钟后，伴随着一声惨叫，一个巨大的怪物从水中蹿出，铁钎子狠狠地扎进了它的身体。当怪物蹿出来的那一刹那，所有人都震惊了——眼前这个怪物竟然上半身是人身，下半身是鱼尾——传说中的人鱼！最恐怖的是，那男人模样的人头面目狰狞，阴森可怖。

愣了半天的王伟国失声道："这回算是没白来，竟然是一条人鱼！一条雄性的人鱼！"

"人鱼？记得童话故事中的人鱼都很好看很温顺，这个怎么这么凶猛！"陈锋一脸愕然道。

"先别说话了！大家伙用力拉绳子啊！"杜炎高声喊道。

于是，四个人用力拉住绳索，那人鱼面目更加狰狞了，声音凄厉地号叫着，听得人浑身发冷。

"快！快！开枪！朝那家伙开枪！抓紧时间！"王伟国高声喊道。

王伟国话音刚落，只听"砰砰"数声枪响，数颗子弹纷纷命中那条人鱼！

人鱼的身上瞬间血液喷涌，鲜红的血液染红了周边的湖水。 二棒惊慌失措地爬上大木筏，脸色惨白如纸。

"嗖"的一声，人鱼挣断了绳索，缓缓潜入了湖底，只有残留的那条绳索安静地浮在水面上。

所有人都吁了口气。

五个人用力划动湖水，木筏漂到了悬棺的跟前。 这口悬棺的外表雕满了华丽的图案，有初升的太阳，有凶禽和猛兽，还有征战的场面，甚为精美。 在悬棺的四边，镶嵌着一条条的金丝线。 手电的光束一照，耀眼夺目。

二棒不时地回头张望那片染红的湖面，心有余悸地说："那个怪物不会再冒出来了吧？"

"闭上你这张乌鸦嘴！"杜炎厉声呵斥。

王伟国说："应该不会了，它伤得不轻。 那条人鱼很有可能是修建陵寝的人放到这湖水中防止盗墓的，不知道它到底是什么物种。 还有，刚才我从水面上看到几支烧过的利箭。 陈警官，当年你太爷爷的他们是不是被火箭袭击过？"

"没错！我太爷爷的笔记中确实提到了火箭。"陈锋点头道。

"咱们这次没有遇上火箭，估计是因为上次你太爷爷来时，火箭都射光了。"王伟国分析道。

"咱们还是先把这棺材打开吧！再不着急点，说不上又会……"杜炎说到一半，忌讳地没有再说下去。

杜炎把二棒的背包卸下，打开背包，从里面拿出一些盗墓用的工具。 杜炎将一根撬棍递给二棒，二棒接过来，用力地撬棺材盖，陈锋也上去帮忙。 不一会儿，棺材的一角被撬开了。 二棒和陈锋相视一眼，欣喜异常。

其他人见了，都开始变得兴奋起来。

等棺材的四角都撬开了，大家又一起用力推动棺材盖，棺材盖一角被推开了。

随着"唧唧"几声怪叫，棺材中飞出了几只黑色的大眼蝙蝠。 这些蝙蝠面目狰狞，嘴巴里长满了锋利的牙齿，幸好没伤到人。

数声枪响，几只蝙蝠惨叫着落入了水中，其他的蝙蝠受了惊吓，朝更黑暗的区域飞去。

"该死的蝙蝠！"二棒骂了一句。

王伟国吁了口气，说："这是修陵人的最后一道防线。"

"这些蝙蝠太好对付了。"陆秀萌有些得意。

王伟国有些忧虑："别得意太早，这些蝙蝠飞走了，可能会召唤更多的蝙蝠。看见那些蝙蝠朝哪儿飞了吗？"

"那边！"陆秀萌用手指了指。

"那边很有可能会与外界相通。"王伟国望着茫茫的黑暗之处说道。

陈锋拿着手电筒朝棺材里面照去。只见棺材内放有一件金属网状的衣服，衣服下面，是一具白骨。白骨的周围，放着很多随葬品，金银珠宝，各色书籍。最引人注意的是，白骨的面部，罩着一个金色面具。大家看到眼前这些，顿时都呆住了。

"天啊！"二棒第一个发出了感叹。

杜炎像是傻了一样，睁大双眼，直直地看着棺材内的金银珠宝。

陆秀萌和陈锋互视一眼，表示自己无法表达出现在的心情。

王伟国眼睛盯着尸体身边的器皿和书籍，激动地道："简直让人难以置信！这么多有考古价值的文物。"

"师父，咱们发了！咱们以后再也不用干这危险的事儿了！"二棒欣喜若狂地侧头对杜炎说。

杜炎没有说话，只是眼神呆滞地点了点头，目光还是停留在金银珠宝上，一寸未移。

杜炎缓过神来，赶紧打开背包，将里面一些生活用品掏出来扔掉，将手伸进了棺材中，目标自然是那些闪光的金银珠宝。一把，两把，三把，越抓越兴奋。

王伟国担心地低声喊道："小心点，别弄坏了'银丝网络'和那些器皿、书籍！"

"银丝网络？"陈锋问道。

王伟国指着尸体身上网状的金属衣服说道："这白骨身上穿的就叫'银丝网络'。这'银丝网络'是契丹墓所独有的，相当于汉代的'金缕玉衣'。契丹墓中的网络衣在其他地方也有出土，但是大多数都是铜质的，像这样银丝的十分罕见。"

"银子现在不值钱，好像才七块钱一克，再说这衣服都是银丝的，肯定很轻，也卖不了几个鸟钱！"杜炎一边抓金银珠宝一边说。 杜炎这人胆子特小，做的生意大多都是等价交换，太贵重的文物他反而不敢碰。 所以，他宁愿要金子，不要那文物价值很高的东西。

王伟国也不理会杜炎说什么，将目光移向白骨所戴的金色面具上，说道："你们看这金色面具，是黄金面具！"

"黄金面具？"一听是黄金，杜炎立刻来了精神，"纯金的？"说着，就要伸手来摘这黄金面具。

这时，被王伟国拦下，喝道："住手！这黄金面具别碰！"

杜炎微微一怔，歪着脑袋怒问："这是你家的吗？ 凭啥不让我碰！"

陈锋从王伟国的神态，看出了这黄金面具的重要性，转了转眼珠，对杜炎说："炎叔，这黄金面具你就别抢了，你说你都拿了那么多珠宝了，还差这个？"

杜炎寻思几秒，微微点了点头，说道："说的也是。"说完，又继续装金银珠宝。

陈锋看了看黄金面具，对王伟国说："这契丹人难道都带黄金面具吗？"

王伟国摇了摇头，说："怎么可能都带，能带黄金面具的都是契丹贵族。"

"契丹贵族为什么要戴黄金面具呢？"陈锋非常好奇。

没等王伟国说，陆秀萌插了一句："以我猜测啊，戴黄金面具是为了显示贵族的身份，或是有什么驱邪的作用！"

"不完全对，你说的不是主要原因。 小萌，你的专业知识要加强啊……"王伟国说道。

陆秀萌不好意思地笑了笑。

王伟国双眼盯着黄金面具说道："以前在其他契丹贵族墓中也出土过黄金面具，学者们提出过黄金面具的用处。 有的人说是受佛教的影响，取佛穿金装之意。 有的人也说过有驱邪之用，但是仔细研究后觉得不太可能。 最后，一个著名的考古学者经过研究，最终确定了黄金面具的用途。”

“什么用途？”陈锋和陆秀萌不禁异口同声问道。

“是为了遮丑！”

“遮丑？”

“是的。”王伟国戴上随身携带的一副橡胶手套，慢慢将尸体脸上的黄金面具取下，露出了一个白色的骷髅头骨，“因为一般来说，契丹贵族死后，并不是马上就入葬的，而是需要在外停放半年，有的甚至长达好几年，然后才将尸体转移到早已准备好的墓穴的尸床上。可想而知，停放了好几年的尸体，能不腐烂吗？估计早已经腐烂得面目全非，十分丑陋了。为了美观，同时也不失贵族的威仪，就戴上一个面具，显得十分体面。”

听王伟国讲完，陈锋和陆秀萌恍然，不住点头。

“所以，千万不要说契丹是一个野蛮的民族，他们是一个充满文明的民族！”王伟国感叹道。

“王教授，这是什么？”

王伟国取过一看，说道：“这叫鸡冠壶，是辽代特有的一种容器。它又叫皮囊壶或是马镫壶，是仿照契丹族皮囊容器而烧制的瓷器。你看这壶，整体有些发扁，壶身下腹部肥大，壶的上腹部有向上垂直的短流。其他边缘地方是扁平的云头形，与上腹部的短流连接起来很像一个公鸡的鸡冠。因为是辽代特有，所以非常有考古价值！”

这时，王伟国小心翼翼地去取那些器皿，拿在手里后递给陆秀萌，陆秀萌一件一件轻轻擦拭。王伟国看见了几本书籍，只见封面上用汉文书写着“论语”、“吕氏春秋”和“史记”等字。可是，当王伟国用手碰触那些书籍的时候，那些书籍却变成了灰尘。王伟国先是一阵愕然，进而十分惋惜：“可惜啊……”

陈锋此时不在意文物，也不在意珠宝，他在焦急地寻觅一样他要找的东西，那就是那把开启契丹铁盒子的钥匙。当所有人拿光了棺材中的珠宝和文物后，陈锋也没有发现那枚钥匙。陈锋的表情变得有些焦躁了，紧紧地攥着拳头，手心中全是汗。

陆秀萌看出了陈锋的心思：“陈警官，我帮你一起找钥匙。”

陈锋感激地点了点头。

王伟国诧然："陈警官，你没有找到那枚钥匙？ 难道那枚钥匙不在这儿？难道我们的解读有误？ 不会啊！"

杜炎鄙视地看了眼王伟国，说："我看你们这些专家干啥都不专业，就吃饭喝酒专业。"

王伟国有些生气："杜先生，说话不要太过分！"

杜炎冷哼了一声，说："我分析这个可比你专业。"

"陈警官，你看他的嘴巴！ 好像有一把钥匙！"突然，陆秀萌指着白骨的头颅说道。

陈锋马上将目光移到白骨的嘴巴部位，果然发现了一个长长的有些锈迹的东西！ 陈锋欣喜万分，忙伸手去拿，果然是一把钥匙。 陈锋把钥匙拿在手中，放在眼前，不知是哭是笑地看了半天，说："终于找到你了……"

"现在大家的任务都已经完成了，咱们也该走了。 大家把棺材盖盖上，要对死者尊敬些。"王伟国说，"大家现在跳上木筏，朝那边划！"王伟国朝黑暗中的一个方向指了指。

陈锋等人盖好棺材盖，纷纷跳上木筏，向王伟国所指的方向划去。

正当大木筏快要到达岸边的时候，那只凶猛的人鱼突然又从水中蹿出，将木筏顶翻了，所有人都落入水中。 人鱼像是发疯了似的袭击他们。

"娘的！ 这怪物怎么又活了！"杜炎急眼了，骂道。

"大家赶紧往岸边划！"王伟国高声喊道。

由于大家身上背负的东西太重，行动起来非常吃力。 陈锋高声喊道："大家把身上的东西都卸下来！ 要不然会被人鱼拉下水！ 命要紧！"

杜炎是个财迷，是个不要命的财迷，他宁死不舍背包中的金银珠宝，说道："不放！ 不放！ 我不甘心！ 我要与它们共存亡！"

王伟国其实也不舍这些文物，但是被陆秀萌将背包拽下，减去了重负。由于背包太重了，杜炎一会儿沉下去，一会儿浮上来。 二棒害怕师父，也不敢将其背包卸下。 陈锋看了半天，游了过去，一把将杜炎的背包拽了下来。

最后，陈锋等人终于陆续上了岸。 所幸那只人鱼刚才受了伤，攻击力大不如以前。 见大家已经上了岸，人鱼只能浮出半个脑袋"望人兴叹"。 突然

"砰"一声枪响，一颗子弹正中人鱼的脑袋。 王伟国侧头看了眼陈锋，只见陈锋手拿着步枪，枪口还隐隐冒着白烟。

王伟国看着逐渐沉下去的人鱼，长长地叹了口气："我怀疑这条人鱼就是我们常说的鲛人。"

"鲛人？"陈锋好奇道。

"是的，应该就是鲛人！"王伟国又肯定地说道，"鲛人原产于东海，喜欢发出悦耳的声音来吸引过往的商船。 如果被鲛人抓到，一般都会被吃得连骨头都不剩下。 但是，鲛人也有好处，它的油膏燃点非常低，可以制成长生烛。 因此，一般的皇家陵寝喜欢用鲛人的油膏来做万年灯。"

"那现在还有鲛人吗？"陈锋问道。

"当然没有了，我们今天遇到的可能就是世界上最后一个鲛人了。"王伟国说道，"现在世界多地都已经发现鲛人的尸骨。"

杜炎并没有听王伟国在说些什么，只是盯着水面，有气无力地哀嚎："我的宝贝啊……"

陈锋轻轻拍了一下杜炎的肩膀，安慰道："炎叔，钱财乃身外之物，只要人在，还会回来的。"

这时，二棒用手抠了抠两只耳朵，然后将两颗珍珠递给了杜炎，说："师父，别上火，我这还有。"

杜炎见二棒从耳朵眼中抠出了两颗珍珠，不禁有些诧然，呆呆地接了过来。 杜炎看着这两颗有些发黑的珍珠，表情有些失落："这两颗小玩意儿，黑了吧唧的，能值多少钱啊……"

"我来看一下，是不是上等的珍珠。"王伟国从杜炎手中取了过来。

杜炎微微一怔，问道："你懂这个？"

王伟国仔细地看着珍珠，面无表情道："算不上懂，只能说略知一二。"

杜炎眼睛直勾勾地盯着王伟国，期盼着他将那珍珠辨个优劣。

王伟国端详了半天，缓缓说道："这珍珠绝对值钱，是珍珠中的上等货！"

"我可别哄我，你凭啥说这珍珠值钱？"杜炎有些不信。

"珍珠的价值，在于品质的优劣。 而其品质的判断依据主要是颜色、光泽、形体和光滑度。 首先是颜色，最好的珍珠的颜色是黑色的，并且带有紫色的晕彩，或是金色的，带有玫瑰色的晕彩。 次之是银色、白色的。 所以，单从颜色上看，是属于上等品。"

"我单以为珍珠越白越好呢。"陆秀萌有些讶然。

王伟国将手电照射着手中的珍珠，说："其次，从珍珠的光泽来看，在光的照射下，光泽越好的珍珠越上品。 珍珠光泽的强弱主要决定于珍珠的层质，在光的照射下转动珍珠，能反映出银色光泽的属于上品。 我手中的这珍珠，发出的光泽确实是带有银色的。"

"那从形体上看呢？ 是不是越大越圆的珍珠越好？"陆秀萌问道。

"不错，越大越圆的珍珠越值钱。 人们常说的'珠圆玉润'，就是这个道理。"王伟国继续说道，"至于光滑度，珍珠的表层越光滑越细腻越值钱。 我手中的这两颗珍珠，无论从哪一方面，都可以堪称珍珠中的上品！既然是上品，就很值钱。"

"很值钱？"杜炎的心一下就活了，"那能值多少钱呢？"

王伟国笑而不答。

杜炎上前一把夺回那两颗珍珠，冲二棒笑了笑。

二棒以为杜炎要夸赞一番自己，没想到杜炎目光一下犀利起来，骂道："狗杂种，你竟然学会藏私房钱了！"

二棒一脸冤枉："师父，那两颗珍珠是我落水后唯一还捏着的，当时没地方藏，就直接塞到耳朵眼里了。 我本来想出了这鬼地方再给您的，我看您的宝贝都没了，就提前给您了。"

杜炎将两颗大珍珠揣了起来，用手干比划了几下二棒，想要再骂几句，却没再开口。

"看，那边有一丝光亮！"陆秀萌用手指了指一个方向，说道。

大家将目光都投向陆秀萌所指的方向，果然看见了一丝光亮。 陈锋兴奋地说："那是阳光！ 那是阳光！"

陈锋等人朝着那一丝希望的光亮大步走去。 光亮越来越大，最终发现了一个洞口，阳光显得有些刺眼。 众人走出了洞口，如获新生般来到了外面的世界。

王伟国深深地吸了一口空气，说："这是早上的空气，新鲜的空气！"

陆秀萌欢呼雀跃："哇哦！我重获新生啦！"

杜炎坐在一块岩石上，不言不语，圆墨镜后面是一双忧郁的眼睛。

二棒站在杜炎的身边，面无表情，耷拉着脑袋。

陈锋目向远方，手中死死攥着那把钥匙，心中暗道："盒子的秘密终于要解开了！"

第十章
解密之匙

陈锋一行人下了山，找到了停车的那家旅馆。 不幸的是，王教授的私家车被偷了。 王教授气愤地去找旅店老板娘理论。

"老板娘，我的车停在你家旅店门口不见了，你们应该负责吧！"

旅店老板娘生得像一个煤气罐，叉着腰，吐沫横飞："我说你这人真是有毛病，你把车停在我的旅馆门前，我没收你停车费就算了，你的车丢了还来找我要？ 快点走，别耽误我做生意！车丢了可以找警察，找我干什么！难道我比警察还好用？"

王伟国被说得哑口无言，只好打电话报了警。 警察来做了调查之后，告诉他已经备案，等待消息。

"完了，这下完了！ 车没了，钱也没了，只能走回去了！"二棒一脸失落。

陈锋忽然将目光移向杜炎，说："炎叔，你不是有两颗大珍珠吗？ 咱们找家当铺给当了吧。"

杜炎一听要当自己的东西，一百个不愿意。 本来在无极冥洞中经过九死一生，却只弄到两颗珍珠，心中已极度不平衡。 杜炎直接拒绝道："别考虑我的那两颗珍珠，我在那鬼地方就弄到了两颗珍珠，我容易吗？ 陈警官，你还真忍心打我珍珠的主意。"

"杜先生，我们也是没办法，你就当一颗珍珠吧，路上花的钱我回来还给你。 怎么样？"王伟国对杜炎说道。

杜炎摇了摇头，说："不行，就算走回去，我也不能把这两颗珍珠给当了。"

就这样，几个人僵持住了。

忽然，二棒张开嘴巴，将手伸进嘴里。 几秒钟后，二棒手里多了一粒金子："你们看这个能换多少钱？"

杜炎一见二棒又拿出了一粒金子，吹胡子瞪眼地扬起手臂就要打二棒，一边还骂道："你个狗杂种，还真敢和我藏钱啊！ 看我今天不打死你！"

二棒这下子真害怕了，因为这粒金子确实是他藏的。 二棒觉得藏在衣服中很容易被发现或丢掉，就将金子塞进了牙齿的虫洞里。

在众人劝说下，杜炎才停下手来，气呼呼地直瞪着二棒。

众人找到了小镇上唯一的一家当铺，黑心的老板只给了两千块钱。 无奈之下，陈锋等人只能同意。 陈锋等人坐上发往北安的大巴车，踏上了返程。

在大巴车路过一片原野的时候，陈锋忽然想起了一件事，那就是太爷爷的笔记中记载的那离奇消失的破庙。 陈锋侧头看了一眼其他人，只见杜炎和二棒因为极度疲劳已经睡着了，陆秀萌望着窗外的风景，王伟国摆弄着手中的狼头灯座。

"什么时候拿出来的？"陈锋看着王伟国手中的狼头灯座，浅笑了一下，问道。

王伟国说："如果一无所获，用现在年轻人的话来说，那多悲催啊。"

"黄金面具呢？"陈锋轻声问道。

王伟国没有说话，只是微微笑了一下，用手轻轻拍了拍胸口。

陈锋会意一笑，然后表情严肃地说："王教授，我想请教您一个事儿。"

"你说，陈警官。"

陈锋将太爷爷笔记中破庙消失这离奇事情讲给了王伟国听，然后问道："王教授，您认为这件事情怎么解释才能合理呢？"

王伟国深深吸了口气，皱着眉头，思忖片刻："会不会是海市蜃楼呢？"

陈锋摇了摇头："不太可能，海市蜃楼是虚境，可是我太爷爷他们曾经进去过那座破庙，这没法用海市蜃楼解释啊。"

王伟国有些犯难了，说："这个……确实很诡异。"

"是啊，确实十分诡异。"陈锋叹道，将目光投向窗外。

就在这时，陈锋的视线内出现了一座破庙，竟然和太爷爷笔记中描述的一模一样！陈锋兴奋地指着窗外的那座破庙说："王教授，快看！那座破庙！我太爷爷书中提到过！"

王伟国顺着陈锋手指的方向望去。

"小伙子，你是外地人吧！那座破庙已经有三百年的历史了，现在是这里的神庙，传说里面住着一位高僧。"邻座的一位年长的乘客说道。

陈锋来了兴趣，对年长的乘客说："大叔，我记得这座破庙已经消失了啊，怎么还存在呢？"

"消失了！不可能啊，一直都在的啊！哦……我知道怎么回事了。"

陈锋睁大眼睛期待着年长乘客的下文。

"年轻人，你可能不熟悉这里的地形。距离这里三四公里，有一个和这里地貌相同的地方，甚至生长的庄稼都一模一样，能种大豆的地只能种大豆，能种水稻的只能种水稻，非常不可思议。这两个相同的地方，当地人管它叫'双生地'，就像大自然生的一对双胞胎。听说古时候人们为了区别这两块地方，就在这里修建了一座庙宇。由于经历了兵荒马乱的年代，这座庙历尽沧桑，成了一座破庙。由于村子穷，没钱修缮，就一直还是这个样子。当年的老主持死了，没有和尚愿意来这里，这座破庙就空了。后来，村民为了纪念那位高僧，简单地雕刻了一座高僧塑像。这逢年过节的啊，香火可不断呢。"

听了年长乘客的讲述，陈锋犹如拨云见日，豁然开朗，一把握住年长乘客的手说："谢谢你，大叔，太谢谢你了！"

陈锋一脸欣喜，心中暗暗喜道："原来太爷爷他们当年是走错了地方。"

王伟国看到陈锋露出了如孩童般灿烂的笑容，欣慰地笑了。

陈锋等人在坐了一个多小时的客车后，来到了北安市。在北安市的火车站内，大伙就要分别了。此时是暑期，正值客运高峰，火车站内人头攒动，脚尖吻脚跟。

陈锋环视了一下其他人，不免有些伤感："大家共同经历了九死一生，现在却要分道扬镳了，真的有些不舍。"

王伟国叹了口气，说："我和小萌要回省研究所了，你们呢？"

陈锋看了眼陆秀萌，说："我要回海伦市，一切谜题终要解开了。"

"我们俩很简单，四海为家。"杜炎看了眼二棒，然后又把目光转向陈锋，"陈警官，你有什么发财的宝地别忘了告诉我。"

陈锋微笑着点了点头，说："嗯，一定。"

五个人就此分别，买了去不同地方的火车票。陈锋将那枚钥匙深藏在衣服中，时不时用手摸一下，生怕掉了、被人偷了。现在钥匙已经找到，大老陈毕生想要解开的谜团，终于可以见天日了……

经过三个小时的行驶，火车到达了海伦市。陈锋连家都没有回，就直接去了自己的出租屋。陈锋手抖着将房门打开，把卫生间的坐便器卸下，从坐便器的下面取出用塑料纸重重包裹着的铁盒子。

陈锋心怦怦直跳，拿出那枚钥匙，深深吸了口气，仪式一般地把钥匙插进了铁盒子的锁孔中。接着，他手微抖地慢慢扭转钥匙。钥匙扭动了，陈锋兴奋得心都快从嗓子眼跳出来了。只听"啪"的一声轻响，铁盒子打开了。

打开盒子，一股清莲花香扑鼻而来，里面除了一张有些发黄的羊皮纸，一些不知道是什么的粉尘外，什么都没有。陈锋将盒子里的那张羊皮纸拿了出来，缓缓地展开。意外的是，这张羊皮纸上什么都没有，只在羊皮纸的右下方有一些小字，陈锋只认得是契丹小字。

发了半天呆的陈锋猛地从椅子上站了起来，他的脑海中出现了陆秀萌的画面，他知道，自己还得去省城的研究所走一趟。

"咔嚓"一声，外门有动静！陈锋迅速收起羊皮纸和那只空空的铁盒子，警觉地打开门看个究竟。可是，楼道内什么都没有。当陈锋转身要锁门的时候，猛然发现门铃上贴了一张显眼的冥纸！陈锋愣了一下，愤怒从心底轰然涌出，冲着楼道声嘶力竭地大喊："这个王八蛋！你快出来！缩头乌龟！"

陈锋大口喘着粗气，觉得晕，干吃了两片药，扶住楼梯站了好一会儿。

陈锋好了一些之后，将羊皮纸装在铁盒子中，坐上了去往省城的客车。到了省城，陈锋直奔考古研究所。陈锋来到第一研究室，找到了王伟国。站在王伟国身边的陆秀萌见陈锋来了，高兴地打了个招呼："陈警官，你怎么来了？"

王伟国看见陈锋，也很高兴："快坐！ 快坐！"

陆秀萌给陈锋和王伟国各沏了一杯茶水，之后转身整理材料去了。

"陈警官，盒子打开了？"王伟国微笑着说。

陈锋不好意思地笑了一下，点了点头，然后将铁盒子放到桌子上，拿出羊皮纸展开在桌面上，说："王教授，这张羊皮纸就是我从那个铁盒子中拿出来的。 可是羊皮纸上什么都没有，右下角倒有一些字。 我不认得，所以又麻烦您来了。"

"好香！"连距离更远些的陆秀萌都闻到了香味。

"对啊！ 刚打开的时候更浓呢，好像是莲花的香味。"陈锋说道。

王伟国没有接他们的话，而是径直拿起桌子上的羊皮纸，戴上厚厚的黑边眼镜，认认真真看了起来。

过了一会儿，陈锋见王伟国还没有任何反应，着急问道："王教授，上面写的是什么？"

王伟国没有回应陈锋，翻阅着各种资料、笔记，对照着羊皮纸上的小字解读着。

陈锋见王伟国全神贯注的样子，尽量让自己保持安静。

良久，王伟国抬起头，对陈锋说："解读出来了！"

陈锋凑上前去，忙问："那上面写的是什么？"

王伟国用手指着羊皮纸右下方的契丹小字，说道："这些契丹小字的大概意思是，这是一幅藏宝图，要想让图上显露出地图，就必须找到一种叫'东君神液'的东西涂抹在上面。"

"东君神液？"陈锋皱着眉头。

"对，是叫东君神液。"王伟国点点头。

陈锋思索良久，不得其法，只得叹了口气："我本以为打开了太爷爷留下的铁盒子后，太爷爷的遗愿就完成了，我的一桩心事也就了了。 可是，没想到打开了盒子，又出现了一个更大的谜团。 我到底是继续追寻下去，还是就此罢手呢？ 我现在感到很困惑。"

王伟国的目光从羊皮纸移到了陈锋的脸上，说："我觉得，你应该继续追寻下去，要不然你会有遗憾的。我想，你的内心深处也是这么想的。不是吗？"

陈锋点了点头："是的，我有继续追寻下去的想法。我看书的时候，开始总计划读完这一章就得了，可是悬念总让我不得不继续读下去。"

"好奇心作祟啊。"王伟国笑着点了点头，随即很认真地说，"那你准备怎么去寻找东君神液？"

陈锋情绪失落地摇了摇头，说："没有想好。不过，我准备先将杀死明叔、韩泽和李男的凶手找到！"

陈锋一直到下午才离开考古研究所，准备回海伦市找贾一山了解案情。

"陈警官！"陈锋刚走出去，马上就要走出楼了，忽然听见了陆秀萌甜美的声音。

陈锋适才阴郁的心情瞬间迎来了一缕阳光的照耀，猛地回头，只见陆秀萌满头是汗地一路小跑追了过来。

陈锋停住脚步，陆秀萌喘着粗气跑到陈锋跟前，笑着埋怨："陈警官，你干吗走得那么快啊！我的高跟鞋都快跑掉了。"

陈锋有些尴尬："没、没有啊，正常步速呢。"

"好啦，这次就不和你斤斤计较了。"陆秀萌甩了一下长发，可爱地笑了笑，"今晚必须要回海伦吗？"

陈锋愣了一下，问："陆小姐，有什么事儿吗？"

"你要是没空就算了。"

"说说什么事儿，也许就有空了呢。"

陆秀萌低下头片刻，猛地抬起头颇为羞涩："我想请你吃饭。"

"请我吃饭？呵呵，总要有个理由吧。"陈锋心中兴奋不已，但装得很淡定。

"呃……"陆秀萌寻思了几秒，"在无极冥洞中你对我很照顾，我要对你表示感谢。"

"只是感谢？"

陆秀萌怔了一下，轻瞪了一眼陈锋，便不再说话了。

"你电话号码多少？ 可以告诉我吗？"调戏完了，陈锋正经问道。

陆秀萌转了转眼珠，欣喜间迅速报出了自己的号码。

陈锋掏出手机输入陆秀萌的电话号码，拨了出去。

陆秀萌的手机刚响了一声，她马上掏出来，其实她老早就存下了陈锋的手机号码，便装模作样地装出存号码的动作。

"我出去一下，等会儿你下班了，给我打电话。"

"为什么你不给我打？"

"因为我的卡漫游，哈哈。"陈锋做了个鬼脸。

"切，小气鬼！"陆秀萌笑骂了一句，然后一本正经地嘱咐道，"记得手机设置成响铃加震动，容易听见。"

"谨遵陆小姐圣旨。"陈锋搞怪道。

陆秀萌掩嘴"咯咯"笑了起来。

陈锋到了省城的老街，找了一条长椅坐下，拿着一张刚买的报纸，一手紧紧握着手机。 马路上的车辆越来越多，下班时间到了。 半个小时过去，陈锋将手机的键盘解锁，想要拨打某个号码，但是犹豫了半天，没有按下去。

就在这时，手机突然响了，陈锋急忙按下接听键："喂，陆小姐吗？"

"是我啊，你现在在哪儿呢？"

"我在省城老街呢，你过来啊？"

"我在三万里烤肉，你过来吧。 这里离老街不远，你打车就行。"

"好，我马上来。"陈锋挂断电话，顺手拦下了一辆出租车，告诉司机去三万里烤肉。

很快，陈锋来到了三万里烤肉，在靠窗边的一个雅间找到了陆秀萌。 只见陆秀萌上身穿着一件很短的黑色背心，十分性感，下身穿着一短裙，短裙上缀着一点暗色的花点。 陈锋之前看到的要么是职业装、要么是运动装的陆秀萌，今天看到这样打扮的她，觉得格外妩媚动人。

陆秀萌见陈锋愣在那儿，眨了眨眼睛，密如羽毛的睫毛扇了两下，说："陈警官，你怎么了？"

陈锋马上缓过神来，有些手足无措地摇了摇头："没、没事儿。"自然地走到陆秀萌的对面坐了下来。

陈锋低着头，有些不敢看陆秀萌。

"我很丑吗？ 为什么不敢看我啊？ 总低着头，跟认错似的。"

陈锋抬起头，面色绯红："没有啊，你很好看！"

"我没听说过因为很好看，而不敢看的。 这个理由我才不信呢！"陆秀萌笑道。

陈锋有些尴尬，岔开话题，微笑着说："我们开始点菜吧。"

陆秀萌看了眼陈锋尴尬的样子，"扑哧"一下笑开了："好，我们点菜。"

"那好，我去叫服务员点菜。"说着，陈锋就要起身去叫服务员。

"不用叫服务员，这里是自助烤肉，到那边自己拿着盘子随便拿就行。"陆秀萌笑得更欢了。

陈锋木讷地点了点头："哦，那我去拿。"

"我和你一起去。"说着，陆秀萌站起来，走到陈锋身边。

几分钟后，陈锋和陆秀萌端着好几个大盘子回到了雅间，服务员也点好了烤炉。

"你觉得咱们能把这么多的东西吃完吗？"陆秀萌看了眼一桌子的菜和肉。

"应该没有问题吧，我饭量还不错。"

陆秀萌有些难以置信地看了眼陈锋："真的？"

陈锋用力地点了点头。

陆秀萌将能烤的东西放到了烤炉上："怪不得你身体那么壮，原来是吃出来的。"

陈锋用手挠了挠后脑勺，说："对，是吃出来的，哈哈。"

过了一会儿，烤炉上的食物熟了，陈锋有些犹豫地给陆秀萌夹了两片猪五花肉，说："看你瘦得，要多吃肉才对。"

陆秀萌见陈锋给自己夹菜，心中倍感温暖，连说："谢谢、谢谢。"

"女生虽然都喜欢苗条，但是也不能太瘦了。 对吧？"

"嗯，说得对。"陆秀萌笑了笑，然后端起可乐喝了一口，"陈警官，我可以直呼你的名字吗？"

"我并没有对你说非得称呼我陈警官啊？ 再说，我现在正处于留职查看阶段，称不称呼警官都无所谓了。"

"留职查看？"陆秀萌有些诧异，"为什么会留职查看呢？"

"一言难尽啊。"陈锋叹了口气。

"一言难尽那就说两言。"陆秀萌玩笑道。

"好吧……"陈锋就一五一十地将自己为何被留职查看的原因说给了陆秀萌听。

陆秀萌听罢，有些为陈锋抱不平："那个在背后捅你刀子的混蛋真可恨。你们局长也真够昏的，听信小人谗言。"

陈锋喝了一口哈尔滨啤酒："别说这个了，说起来多郁闷。"

"好，不说这个。"陆秀萌举起可乐，满面笑容，"来，陈锋，我敬你一杯！"

陈锋微微怔了一下，也端起啤酒杯："怎么，有内容？"

陆秀萌很郑重地说："感谢你在无极冥洞中对我的关心和照顾，感激不尽！"

"没什么好感谢的，患难见真情嘛。"说完这句，陈锋就后悔了，他也不知道这句话是怎么从嘴中溜出去的。顿时，脸红了一片，很是尴尬。

"真情？"陆秀萌一听陈锋这话，脸也红了，一直红到了脖子根。

陈锋此时有些慌乱了，感觉手脚无处安放，微微结巴："其实，我……"

忽然，听见窗户上"啪"一声响，很快闪过去一个人影，着实让陈锋和陆秀萌吓了一跳。二人的目光同时投向窗户，只见窗户上竟然贴了一张冥纸！

看见窗户上的冥纸，陈锋心中顿时"咯噔"一下，面色凝重地说："陆小姐，你等我一下！"

说完，陈锋便一下子跑了出去，疯狂地搜寻刚才往窗户上贴冥纸的神秘人，却看不见任何可疑踪影。陈锋气急败坏，大声喊道："你到底是谁！快点出来！我想和你单独谈谈！"喊了半天，无人回应，只招来了路人异样的目光。

陈锋干脆蹲在地上低声哽咽，用手抱着自己的头，表情极其痛苦。

这时，陆秀萌跑了出来，忙扶起陈锋，关切地问道："陈锋，你怎么了？"

陈锋站了起来，双手把住陆秀萌的肩膀，犹如神经错乱似的，说："我有罪！我有罪啊！好几个人都因我而死了！我心痛，我自责，我苦恼，我没用！

我本来要去最黑暗的地方找那个混蛋，但是忽然我感觉自己束手无策！我希望从今天开始，你要与我保持一定距离，我害怕你也……"

陆秀萌心疼地扶着陈锋，用手轻轻地抚摸着他的头发："陈锋，你想多了，别给自己太大压力，我们要相信恶人早晚会有恶报的。我知道你担心我，难道你忘记了吗，我可是大学里的武林高手哦！"

陈锋苦笑了一下："谢谢你，陆小姐。"

"我们走吧，陈锋。"陆秀萌轻轻地拍了拍陈锋的肩膀。

"去哪儿？"陈锋此刻意识似乎有些清醒了，"回饭店？"

"不回去了。"

"可是，我们的饭还没有吃完。"

"不吃了，我觉得此刻你最需要休息。"陆秀萌眼眶中已经噙着泪花，她看着陈锋这个样子感到心疼。

陈锋深呼吸了几口，努力平静一下自己的情绪："陆小姐，我送你回家吧。对不起，本来是挺好的一个晚餐，弄成现在这样。"

陆秀萌微笑着说："没事，我想我们以后还会有更多的机会的。你觉得呢？"

"但愿是吧。"陈锋听出了陆秀萌的暗示。

陈锋打了一辆出租车，亲自送陆秀萌到家口。她打开门锁，看了眼陈锋，双目中充满了浓浓的情绪。

陈锋低着头，说："陆小姐，你已经到家，我也放心了，我该走了。"

陈锋刚要转身，被陆秀萌一把拉住了。陈锋转过头来，两双含情脉脉的眼神碰撞在了一起，持续了好几秒。

陆秀萌有些不好意思："陈锋，这么晚了，就在我家住一晚吧。"

陈锋有些尴尬："这、这有些不合适吧！你一个单身女孩的家，让我一大老爷们来住，确实不好。"

就在这时，外面闪了一道大闪电，接着听到隐隐的雷声。很快，天空下起了大雨。

陈锋下意识看了看天空，皱了下眉头。

陆秀萌倒是很开心："外面下雨了，还不小，说不准什么时候才能停下来。 再说了，我一个女生都不怕，你怕什么啊？ 我早和你说过，我可是我们大学的武林高手！"

陈锋为难地看了看窗外滂沱的大雨，轻叹了口气，进了陆秀萌的家。

陆秀萌脱掉外套，走进了洗澡间，不久响起了"哗哗"的水声。

陈锋坐在客厅的沙发上，环视了一下屋子，深深吸了口气，感觉好香。 十多分钟后，陆秀萌裹着浴巾出来了，修长的美腿暴露在外。 陈锋看了一眼，没敢再多看。

陆秀萌坐在陈锋身边，边擦头发边说："陈锋，你不去洗洗？"

陈锋本来想不洗的，但是一想要用人家的床和被褥，不洗多不礼貌。 于是，点点头，同意了。

"洗漱柜里有浴巾。"

三分钟后，陈锋并没有裹着浴巾，而是怎么进去的就怎么出来了。

陆秀萌看到陈锋这个样子，"扑哧"一下笑了："你是洗澡了，还是洗头？"

"当然是洗澡。"陈锋表情很是认真。

陆秀萌上下打量了一番陈锋，忍俊不禁："那你怎么不裹浴巾，倒是把衣服都穿上了？"

"这不是觉得不方便嘛。"陈锋傻笑了一下。

"你还真是个正人君子。"陆秀萌指着沙发说，"陈锋，我这是一室一厅，没有多余的床，你就睡沙发将就一晚吧，我一会儿给你拿条毯子，行不？"

"行，我睡哪儿都一样。"

陆秀萌回到自己的卧室，不一会儿她穿着一身很性感的睡衣，并且抱着一条毯子出来了。 陆秀萌将毯子放到了沙发上，说："好了，睡觉吧。"

陆秀萌说完，便冲陈锋微笑了一下，回到了自己的卧室。 陈锋也关上客厅的灯，衣服也没脱就躺在了沙发上。

此时可刻，两人隔墙而睡，无限遐想。

寂静的卧室内，陆秀萌睁着眼睛听着陈锋呼吸的声音，有些羞涩的暗忖："我是不是真的喜欢上这个傻小子了？ 他，坚毅、执著和冷静，正是我中意的类型。 我要不要对他说呢？ 他就在隔壁，我……"

　　而客厅内的陈锋觉得今天的夏夜比往日的夏夜都要闷热得厉害，可其实今天的气温都还没有昨天的高。 至于原因，陈锋不是不知道，只是他不敢多想，陈锋的心早已飞到了墙的那边。 心中极度烦乱之时，陈锋干脆用毯子把自己整个人都裹了起来。

　　是的，这一夜什么也没有发生……

　　当陈锋睁开眼睛的时候，天已经亮了，只见陆秀萌正在厨房做早餐。 此刻，陈锋感受到了一丝丝温暖和家的感觉。 他走到陆秀萌跟前，微笑着说："陆小姐，怎么起得这么早啊！"

　　陆秀萌甜美地笑了一下："做一个女人应该做的。"

　　"你将来肯定是一个好媳妇，谁要是娶了你肯定很幸福。"

　　陆秀萌脸上挂着浅笑，转了转眼珠，偷看了一眼陈锋，说："哎呀，我的真命天子还不知道在哪儿呢！"

　　陈锋洗漱过后，陆秀萌已经做好了早餐。 他俩面对面坐着一起吃，活像一对小两口。 他俩各自安静地吃着早餐，对彼此的感情，颇有些心照不宣。

　　正吃饭，陈锋的手机响了。 陈锋看了眼陆秀萌，说："我接个电话。"

　　"连顿早餐都吃不安稳！"陆秀萌嗔道。

　　来电话的是王伟国。 陈锋接听了一分钟后，点点头挂了电话，有些着急地对她说："王教授打来电话，说有一个外地研究契丹文化的专家要来考古所，让我先不要回海伦，赶紧回研究所。"

　　陆秀萌嘴一撅："外地的契丹文化专家？ 不会又是来蹭吃蹭喝的吧！"

　　陈锋思忖片刻，很是认真："我知道王教授的用意了。 看来，我暂时还真的不能回海伦了。"

第十一章
本人部落

陈锋和陆秀萌吃完早餐，一起来到了考古研究所，见到了早已到了的王伟国。 王伟国朝他们打了个招呼，有些诧异："这么巧，你俩怎么一块儿来了？"

陈锋有些尴尬，没有回复。

陆秀萌低着头，有些羞涩："昨天我和陈警官出去吃饭，喝多了，在我家住的……"

王伟国听后笑了一下，说："怪我多嘴。 瞧瞧我，年轻人的事儿，我瞎问什么啊。"

经王伟国这么一说，陈锋和陆秀萌的脸更是红得厉害了。

王伟国笑过之后，表情郑重地说："我知道你们俩昨儿一起吃饭了，门卫老王告诉我的。 今天有个外地专家来咱们研究所，这个专家以前是中国社科院考古研究所的，对于契丹文化很有研究。"

上午九点多，全研究所的人都出来迎接这位中国社科院考古研究所的研究员。 他叫萧乾坤，今年已七十多岁高龄。 省城考古所将萧乾坤恭恭敬敬地请到了考古所唯一一间用来接待贵宾的房间。

省城考古所三个研究室的人都来到了接待室，在聊了一些考古界的相关话题之后，坐在萧乾坤身边的王伟国微笑着说："萧先生，我有一件事情想请教您一下。"

萧乾坤心情很好："王教授，请说。"

王伟国表现得恭恭敬敬："大家都知道，您是研究契丹文化的老专家，在圈内是很有权威的。"

"不敢当，不敢当。"萧乾坤笑道。

王伟国继续说："您知道契丹族中的东君神液吗？"

听到"东君神液"这四个字时，萧乾坤充满褶皱的脸上顿时严肃了，问道："王教授，你从那儿知道的东君神液？"

王伟国看了眼陈锋，陈锋会意，拿出套在密封袋中的羊皮纸，递给了王伟国。王伟国接过羊皮纸，又放到了萧乾坤的手上，说："萧先生，您打开看一下。"

萧乾坤展开羊皮纸，其余的研究员都把眼睛睁得极大。

"这张羊皮纸是在契丹古墓中发现的。"王伟国边说边从衣服兜里掏出一放大镜递给萧乾坤，"萧先生，您仔细看一下这张羊皮纸的右下方。"

萧乾坤看了半天，面露惊诧地将视线转向王伟国，声音有些颤抖地说："这是一个天大的事情啊！这应该得到考古部门的高度重视！"

王伟国看了眼陈锋，陈锋冲其微微点了点头。陈锋此刻突然觉得，这张羊皮纸非同一般，凭借自己的能力恐怕难以探究出它所蕴含的秘密。所以，他适才冲王伟国点头，同意考古所介入。

王伟国对萧乾坤说："萧先生，您看了那些契丹小字了吧？"

萧乾坤表情凝重："确实提到了东君神液这种酒。"

听完萧乾坤的最后一个字，令王伟国和陈锋大为愕然。王伟国一脸错愕："萧先生，您说什么？东君神液是一种酒？"

萧乾坤轻咳了几声，说："是的，东君神液是契丹人酿造的一种酒。传说这种酒非常辣，是契丹人祭祀的专用酒。不过，现在好像已经失传了。我也从来没有见过这种酒，只是见一些契丹杂史和野史中提及只言片语。我一直以为东君神液是野史的杜撰，没想到在出土的文物中提到了，让我这个研究契丹文化几十年的人大为震惊。"

陈锋听后情绪有些失落："如果这种酒真的失传了，那么这羊皮纸上的秘密就无法解开了。"

王伟国此刻也感到忧虑，侧首对萧乾坤说道："萧先生，我一直想请教您一个问题。"

"王教授，我们都是老朋友了，有什么问题请讲。"萧乾坤微笑道。

"大家都知道，契丹这个民族已经不存在了。那么，契丹人去哪儿了？如果说契丹灭种了，那么又是什么力量能导致这么庞大的民族无故消失呢？"

所有在座的考古界人士都极有兴趣地期待着萧乾坤老先生的回答。

萧乾坤缓缓地说道："契丹是一个非常古老的民族，生于东胡，长于鲜卑，起初分为八个部落。草原上有两条河流，一条叫西拉木伦河，人们把它当作黄河在远方的女儿；另一条河叫老哈河，草原文明就在这里繁衍生息。契丹族有个传说，有一位驾着青牛车从西拉木伦河来的仙女，与一位从老哈河骑着白马来的仙人，在两河的交汇处相遇，两人相恋，结为夫妻，他们便是契丹族的始祖。他们联姻繁衍，生下的八个儿子，就发展成了后来的契丹八部。后来，耶律阿保机建国，辽帝国的疆域最远可到达漠北，雄霸于中国北方。后来，金国灭掉了逐渐腐朽的辽国。但是，曾经强大不可一世的契丹族，到底哪去了？我们也经过分析，认为有三种可能性。"

萧乾坤浅饮了口水，继续说道："第一种可能，居住在契丹祖地的契丹人逐渐忘记了自己的族源，融合到了别的民族之中；第二种可能，在西辽灭亡之后，大部分的契丹人西迁到了西亚，完全融入了伊斯兰世界，被伊斯兰化；第三种可能，蒙古和金国爆发战争的时候，很多有骨气的契丹人加入了蒙古军队，跟随蒙古军队南征北战，扩散到了各地。"

陈锋仍有疑惑未解："萧先生，难道契丹族真的就这么像一滴血液滴进水中一样逐渐被稀释了？"

萧乾坤将目光移向陈锋，说道："其实在现代，有一个民族很引研究契丹文化的专家注意，这个民族就是达斡尔族。早在清朝的时候，就有达斡尔人源于契丹人的说法。现代有很多学者也坚定地认为，达斡尔人传承了契丹人的很多习俗。"

　　一听说达斡尔人和契丹人有关系，陈锋的内心就有些激动起来了。 如果达斡尔人和契丹人有关系的话，东君神液这种酒很有可能达斡尔人也会酿造。 于是，陈锋有些兴奋地对萧乾坤说："萧先生，既然达斡尔人很有可能是契丹人的后裔，那么东君神液这种酒达斡尔人会不会酿造呢？"

　　"达斡尔，是一个我们比较熟悉的北方少数民族，尤其是东北人。 至于达斡尔人会不会酿造东君神液，我从来都没有听说过。 我曾经在一个达斡尔村子住了一个多月，也对传说中的东君神液的真实性和存在性做了调查，可是一无所获。"

　　立刻，陈锋像是泄了气的皮球一样，神情大为失落："看来这羊皮纸上的秘密只能是秘密了。"

　　王伟国安慰道："陈警官，一切都会有希望的！"

　　省城考古所的人中午安排了萧乾坤的饭局，陈锋也有幸参与。

　　吃过午饭在后，陈锋找到王伟国，说："王教授，我要走了。"

　　"回海伦？"王伟国问道。

　　陈锋点了点头，说："是的。 我已经没有必要留在这里了。 今天，萧先生已经说得很明确了，找到东君神液不是一件容易的事儿。 至少，现在还毫无头绪。"

　　"毕竟，我也是做契丹文化研究的。 今天萧先生说的一些关于契丹文化的研究，我也是略知一二的。 其实，还有一件事情是萧先生不知道的。"

　　"什么事情？"陈锋好奇地问道。

　　王伟国朝陈锋走近了两步，低声说："刚才在饭局上，我和一个云南籍的考古研究员聊了一会儿。 在聊的过程中，得知了一个秘密。"

　　"秘密？"

　　"是的。 他告诉我，云南考古研究所在做一项研究和论证，说云南的一个自称'本人'的部落与契丹人有渊源。"王伟国说道。

　　"有渊源？"陈锋有些疑惑，"云南和契丹祖地离得十万八千里，怎么可能会有联系呢？ 要说达斡尔人和契丹人有联系，我还是相信的。"

　　王伟国眉头紧锁："我还是觉得有一些可信度的。 因为，我听他提到那个'本人'部落擅长酿造一种叫做'太阳酒'的白酒。"

"王教授，莫非你怀疑那个部落的太阳酒，就是咱们要找的东君神液？"

王伟国点点头："是的。其实，之前我就有所怀疑，屈原的《楚辞·九歌》中有'东君'一章，'暾将出兮东方，照吾槛兮扶桑'，歌颂的就是太阳。古文学家认为，'东君'就是指太阳。你再仔细分析，契丹人特别崇拜太阳，喜欢面东而居。至于神液的解释，显而易见了。"

听到这，陈锋像是中了邪似的，面目表情猛地来了个乾坤大挪移，兴奋无比："王教授，他和你说的那个本人部落在云南哪儿？"

王伟国面色凝重地寻思片刻："好像他提到了一个叫施甸的地方。"

"施甸？"陈锋念叨着。

王伟国看出了陈锋的心思，说："陈锋，你不会是想去施甸吧？"

陈锋怔了一下："是，您怎么知道？"

"和你相处有一些日子了，也算是逐渐了解你了。如果你真要去施甸，我觉得没必要专门去。"

"没必要专门去？"陈锋不解。

"没错。我建议你和小萌以旅游的名义去。"

陈锋的脸有些红了："我和陆小姐？"

"谁在说我呢？"就在这时，陆秀萌不知从哪儿走了过来。

陈锋见陆秀萌来了，脸更红了："还真准，说曹操，曹操就到。"

陆秀萌将视线投向王伟国："王教授，刚才说我什么了？"

"小萌，你明天和陈警官去云南旅游吧，我可以帮你向研究所申请假期。"

"为什么突然要我去旅游呢？还是和陈锋。"陆秀萌一脸困惑。

王伟国低声道："那个东君神液有点眉目了，如果没错，就在云南。所以，我想让你和陈警官以旅游的名义去更安全些。"

陆秀萌知道原因后，心中乐开了花，能和陈警官一起出去旅游自然是一件很高兴的事。陆秀萌装作惊讶的样子，说："嗯，明天？飞机票买了吗？"

王伟国说："这就不用你操心了。"

陈锋觉得王伟国这么帮自己，有些想不通，连忙问道："王教授，真的很感谢您。不过，有件事我确实感到很困惑，不得不问。"

王伟国像是能看透陈锋的内心似的："你想不通的是不是我怎么这么支持你去云南？"

陈锋没有言语，点了点头。

王伟国拍了拍陈锋的肩膀："陈警官，我希望你能将你在施甸的见闻讲给我听，这就是对我最大的益处。"

王伟国一心想着更深入地做契丹文化的研究。上次从无极冥洞拿出来的狼头灯座已经被作为镇所之宝，摆放在陈列室中。这可满足了王伟国不小的虚荣心。

陈锋点了点头："王教授，您放心吧。"

就这样，陈锋和陆秀萌坐上了次日早上的航班。临登机前，前来送别的王伟国关切地嘱咐道："你们俩到那边一定要多加小心，注意安全，有什么需要尽管给我打电话，我的电话会为你们二十四小时开机的。"

陈锋握住王伟国的手，感动万分："谢谢您，王教授，我们会注意的，您放心。还有，我一定会照顾好陆小姐的。"

陆秀萌微笑道："王教授，谢谢您，一切尽在不言中。"这"一切尽在不言中"，其实是在感激王伟国给予自己这次机会，能和陈锋单独出行。

陈锋和陆秀萌登上了飞机，飞机顺着跑道逐渐起飞了，最终消失在了远方的云层中。

王伟国目视着苍茫的天空，心念道："美女英雄，确是绝配。希望你们能够安全回来……"

飞机穿过云层，平稳地飞行着。机舱内，陆秀萌内心喜悦地望着窗外，陈锋此时坐在陆秀萌身边，心情不错。但他的心底仍旧被那张羊皮纸纠缠着。

陈锋和陆秀萌就像一对情侣一样，虽然表情无异，但是各自内心甜如蜜。

突然，机身剧烈晃动起来，广播中传出了一个令人惊恐的消息："飞机发生了意外故障，请不要惊慌。"这个消息一经发出，机舱中的所有乘客都陷入恐慌，一个个哭爹骂娘。

好不容易发现太爷爷的遗物，结果却让两个好兄弟命丧黄泉。好不容易看上个合意的姑娘，好不容易两人世界了，结果居然遇到了生死攸关的事情。陈锋都开始怀疑自己的人生到底是不是一个错误了。

"飞机五分钟之后就要紧急迫降，请乘客们系好安全带。"乘务员广播的声音明显慌乱。

乘务员刚广播完毕，舱内的所有人乱成一团，飞机剧烈地抖动着，马上就碰到了大面积的树木。接着，大片的树枝划过机身，出现频繁的"哗啦"声。没有机场，没有停机坪，只有一片浩瀚的丛林。

几分钟后，乘客们都突然感觉身子一沉，身体暂时性失重。接着，只听"轰"的一声巨响，震痛耳膜，滚滚浓烟从飞机的中部和尾部窜出……

在混沌中，陈锋感知到了一丝光亮。陈锋用力地睁开眼睛，只见眼前有几个满脸血迹的乘客正看着自己，其中就有陆秀萌。他们最靠近飞机安全出口，几个人赶紧爬出机舱。只见那架民航飞机迫降在了湖边。机身上，还挂着一些迫降前所刮到的树枝。机头在岸边，把岸上的沙地撞出一道深坑，冒着滚滚的黑烟，机长副机长无一幸免。机尾在湖水，机舱玻璃不知何时被击碎。空气中充满了刺鼻的血腥味。

"陈锋，你没事吧？"陆秀萌十分关切地问道。

陈锋摇了摇头。

"……没事就好。"陆秀萌见陈锋还活着，迅速抹干净脸上的泪水。

陈锋看了一眼眼前的人，一共七个人。

"那他们，难道都……"陈锋表情沉痛地望着残破的飞机。

其中一个男人说："就我们几个了……"

这时，一个又高又瘦的年轻人骂道："真他妈的倒霉！碰上这样的事！"

"我怎么这么命苦啊！呜呜呜……"一个中年女人蹲在地上撕心裂肺地哭喊道。这女人个子不高，身材很臃肿，俨如煤气罐成精一般。

"不要再哭啦，你这个样子是无济于事的，你能活下来就已经是上帝对你的眷顾了！现在，我们首先要知道自己在哪儿，然后走出这片森林才对！"一个长相斯文、一口广东腔的中年男子说道。

其他几个乘客纷纷点头。

"他们怎么办？"陆秀萌指了指地上死去的人。

陈锋心情复杂地仰天叹了口气，说道："我们顾不了那么多了。"说完，他捡起一块石头，在岸边的沙地上画了一个很大的"SOS"字样。

广东腔男子说:"我看没有用,不会有人来这的。 这里没有信号,连紧急电话都打不通,恐怕只能自救了!"

陈锋走到人群中,朗声说道:"大家不要慌乱! 虽然我们现在无法和外界联系,但是我们还有一双眼睛。 只要多注意、多观察,肯定会有解决的办法!"

乘客开始议论纷纷,商讨着解决办法。 经过相互的自我介绍,大家算是相识了。 "广东腔"的中年人是个软件公司的总监,名字叫司马杰;身材臃肿的女人是一家珠宝店的老板娘,名字叫张如花;学生模样的少年是正准备上大学的高中毕业生,名字叫韩金城;还有一位年轻些的是美容院的美容师,名字叫阮小妹;一位看起来大约三十余岁的是某地高级中学的老师,名字叫宋芳玲;她旁边站的是某地级市环保局的科长,名字叫田思源。

现在他们所处的是一片热带原始森林,生长着茂密的森林灌木,湿热的空气紧裹这每一个人的身躯。 大家正在想办法找到行走的方向,好能走出这片林子。 林子中各种恐怖的鸟兽的怪叫,感觉每一个灌木的背后都有一双捕猎者的眼睛在凝视。

陈锋看了看头上的太阳和周围的一些树木,思忖片刻,说:"大家看见头顶的太阳和周围的树木有什么特点没有? 根据太阳现在所在的方位,完全可以判断出方向。 还有,周围的这些树木枝叶茂盛的一面肯定是南,枝叶相对稀疏的定是北方。 如果现在是晚上,根据北极星就更容易辨别了。 大家现在肯定不能往南走了,一旦走出国境就麻烦了。 现在最好是往北,肯定能走出这一大片林子!"

大家听了陈锋的分析后,纷纷点头赞同。 于是,在陈锋的带领下,大家开始朝着正北的方位行走。

热带丛林内几乎没有路,只能披荆棘,斩灌木,自己开出一条路来。 林子中总会有一些奇怪的动物窜过,时不时地把大家吓一跳。 由于热带丛林中闷热异常,没走多久,大家便大汗淋漓了。

一行人穿过高深的灌木丛,避开茂密的树枝,十分警惕地观察着丛林中的任何风吹草动。

"啊——"忽然,张如花发出了一声尖叫。

其他人赶紧凑过去看是怎么回事，陈锋也大步走了过去。 当大家看见眼前的那一幕时，几乎都立刻将身子转了过去，面露恐惧之色，甚至有几个人忍不住有了呕吐的反应。 是的，草丛中躺着一具男尸，一具血肉模糊、残缺不全的男尸！

男尸的脸部满是划痕，已经看不清本来的面目。 胸膛被利器剖开，五脏六腑显露在外，里面爬满了正在蠕动的蛆虫。 陈锋仔细看了一下，男尸的手筋和脚筋都已经被人挑断。 在男尸的旁边，陈锋发现了一个包裹，里面露出一些已经变质的饼干和香肠。 半空中，一群苍蝇围着男尸盘旋，不断发出刺耳的"嗡嗡"响声。

张如花背过脸去，用手捂着嘴，狂干呕。

陈锋皱着眉头注视这草丛中的男尸，说："从尸体的腐烂程度上看，时间也就一个多月。 潮湿的高温也会加快尸体的腐烂。 凶手的手段极其残忍，下手异常狠毒！如果不是有什么深仇大恨，我想也不会这样。 从尸体旁边的包裹中的食物来看，很有可能是一位迷路的驴友。"在学校期间，陈锋对法医学兴趣很足，所以也学过一些皮毛。

陆秀萌惑然问道："是谁杀了他？"

陈锋不假思索地说："很有可能是他的同伴！"

司马杰怜悯地叹了口气，说："这家伙真倒霉！"

"我们别管这家伙是谁杀的了，跟我们有什么关系！我们赶快走吧！看着吓人！"张如花蹲在人群外，捂着嘴巴说道。

前方是一条并不宽的小河，清澈的河水从眼前流过，如一条玉带镶嵌在了碧绿色的毛毡上。 陈锋等人欢喜地来到河边，用各种容器装了些水，纷纷喝了起来。 河水清冽，入口甘甜。 喝过水解渴之后，陈锋等人开始下水，准备趟过小河。

他们刚下水，不知哪来了众多的灰褐色大蚂蟥，吸附在了每一个人的腿上，贪婪地吸吮着血液。 陈锋见状，高声喊道："大家赶快走，跳上对岸！"

众人慌乱地踏上了对岸，开始用手清除腿上的蚂蟥。 陈锋忽然想到了什么，大声说道："大家先别动！千万别用手生拉硬扯这些蚂蟥，要是将蚂蟥扯断，会导致伤口发炎的！"

"那怎么办？ 难道就让它在腿上吸着？ 虽然不痛不痒，但是把血放没了，人就死了！"张如花说。

"大家不用担心！我们可以轻轻地拍打蚂蟥，让它自己松口掉下来。"陈锋一边说，一边轻轻拍打自己的腿，蚂蟥自然地掉落了。

众人也都照办，腿上的蚂蟥都顺利地落在了草地上。

"这些蚂蟥要比一般的蚂蟥大，叫宽蚂蟥。 所以大家涉水的时候，一定要小心！"陈锋看着众人，叮嘱道。

韩金城从地上捡起还活着的蚂蟥，一个一个地放到装有水的塑料瓶中。

陆秀萌见了，不解地问："小兄弟，你把这些蚂蟥装起来干什么？"

韩金城说："我大学报考的是生物系，要研究研究它们。"

张如花白了一眼韩金城，低声骂了一句："都什么节骨眼儿了，还有心思搞研究。"

众人在这原始森林中走了不知有多久，高深的灌木一点都没有减少。 大家走得有些累了，就坐在一棵大树下暂时歇息。 这时，树上不时的有一些液体滴落在众人的身上。 由于长时间在灌木丛中行走，手上和腿上，甚至脸上都有不同程度的划伤，树上滴下来的液体淌在了小伤口之上，有一丝的疼痛。 这些，大家并没有在意。 几分钟过后，众人身上的伤口处都不同程度地变成了黑色，并且在慢慢扩散。

此时此刻，宋芳玲脸色骤变，恐惧地说道："我们是不是中毒了？"

陈锋看到众人皮肤的伤口处发黑，也立刻意识到了中毒，说："大家快离开这棵大树，这树有毒！"

韩金城抬头看了眼大树，表情愕然："这树我知道，它叫见血封喉！这种树的液体有剧毒，如果由伤口进入人体，人就会发生不同程度的中毒反应！这种树奇毒无比，见血就要命，所以叫见血封喉！如果不能及时将毒液排出，人将会在二十分钟到两个小时以内死亡！"

大家听韩金城这么一说，顿时像是掉进了冰窖，心都凉了！

就在此时，很多人都出现了头晕恶心的症状，甚至阮小妹和宋芳玲感到了呼吸困难。 其中阮小妹脸色黑得吓人，大口大口地喘着粗气，发生了抽搐的症状。 其他人见了抽搐的阮小妹，都面色惨白，不知如何是好。 此时，陈锋腿上的伤口也开始出现变黑的症状，额头上渗出了大片的汗液。状况稍好的陆秀萌见状，急得眼泪直流。

张如花见自己的腿开始发黑，伤口处也开始刺痒，疯了似的乱叫："我不想死啊！我不想死啊！"

宋芳玲、阮小妹和田思源开始倒下了，身体猛烈地抽搐着，双眼翻白，面部极度扭曲，口中还吐出一些白沫。死神仿佛就在眼前。

陆秀萌猛然想起了韩金城收集的大蚂蟥，喊道："小兄弟……赶紧……赶紧把你瓶子中的蚂蟥倒出来，分给大家！"

韩金城先是愣了一下，马上明白了她的意思，急忙将瓶子中的蚂蟥倒出来，一人分了几只。

"赶紧把蚂蟥放在伤口上，把伤口上的毒血吸出来！快！"陆秀萌睁大眼睛大声喊道，同时抓起一只帮陈锋放上。

众人手臂颤抖地拿起蚂蟥放在了各自的腿上。蚂蟥见到皮肤，闻到了血腥味，便张开吸盘，紧紧地吸附在了每个人的皮肤上。蚂蟥在皮肤上缓缓地蠕动着，贪婪地吮吸着从伤口流出的血液。

时间一秒一秒地过去。宋芳玲、阮小妹和田思源三人由于中毒太深，被剧毒攻心而死。几分钟过后，余下的人脸色开始慢慢好转。就当大家身体恢复的时候，每个人身上的蚂蟥突然直直地从皮肤上脱落了，在草地上缓缓抽动几下，渐渐不动了。

陈锋用手捡起地上的一个蚂蟥，长长地吁了口气，说："这植物的毒性真大，蚂蟥都被毒死了。"

司马杰望着那三个死去的同伴，内心十分愧疚地说："要不是这些蚂蟥，被毒死的就应该是我们了！"

陆秀萌走到韩金城跟前，说："小兄弟，非常感谢你的蚂蟥！要不是你将小河里的蚂蟥装在瓶子中，我们就死在这里了！"

其他人也纷纷向韩金城表示感谢。

陈锋看了眼地上死去的三个同伴，表情沉痛地说："把他们安葬了吧！"

众人找来一些长满树叶的枝条将三个同伴的尸体覆盖上了。一切都做好之后，五个人站在坟堆前，沉痛哀悼了一番。

虽然失去了三个同伴，但是剩下的路依旧还得走。

天空中下起了蒙蒙细雨，本来酷热的天气凉爽了不少。 热带丛林中的植物遇到雨水，似乎生长得更有诱惑力了，枝叶都在隐隐颤动。 因为雨小，他们并没有做任何遮雨的举动，仍旧目视前方，大步地行走。

司马杰情绪有些烦躁："这该死的丛林，不知道还会有什么未知的危险！"

"要是遇上什么猛兽就麻烦了……"韩金城小声嘀咕了一句。

韩金城虽是小声嘀咕，却被一旁一脸疲惫的张如花听见了，她厌恶地斜睨了韩金城一眼，微怒道："闭上你的乌鸦嘴！"

忽然，前方的草丛中一阵猛烈的抖动，陈锋等人骤然睁大眼睛，注视着那片灌木丛。 一秒，两秒，三秒……突然，右侧的树林中窜出一个服饰奇怪的青年男人。

青年男人大步走到陈锋等人跟前，用比较生硬的汉语说："你们是不是迷路了？"

陈锋说："是的，我们乘坐的飞机失事了，掉落到了这片丛林中。 请问，这里是什么地方？"

青年男人扫了一眼陈锋等人，说："这里是云南施甸南部的热带丛林，我们的村落就在不远处。"

"施甸？"陈锋惊喜地说。

"是的，是施甸。 怎么了？"青年男人问道。

"没，没怎么。"陈锋有些激动，"请问怎么称呼？"

青年男人微笑了一下，说："我叫蒋兆来，叫我阿来就行了。"

陈锋问道："你好，从这到施甸县城有多远？"

蒋兆来用手指了指一个方向，说："一直往北走，用不了多远就到施甸县城了。 这样，你们先到我们的村子，我用我们家的拖拉机带你们去县城。"

"真是太感谢你了，小兄弟！"张如花一改凶神恶煞的模样，一脸感恩戴德地说。

司马杰翻了翻眼珠子，说："我们怎么才能相信你能把我们带出这林子，万一你是人贩子，把我们带到缅甸怎么办？"

蒋兆来有些不高兴地哼了一句："既然这么说，那好吧，我走了！"说着便转头要走。

张如花迅速地拦下了蒋兆来，笑嘻嘻地说："小兄弟，别听他的，这人有毛病。我们都这般境地了，咋还能信不过你呢？一看你就像个好人，老实人！现在就领我们去你们村子吧。"

蒋兆来斜睨了一眼司马杰，看了看其他人，说："你们跟我走吧。"

一行人跟在蒋兆来的身后，进入了一片林子。他们被蒋兆来带回了村子，暂时住在了蒋兆来的家中。蒋兆来给他们准备了一些食物，大家狼吞虎咽地吃了起来。吃完，蒋兆来带他们到村委会的空置房间里休息。

休息了一夜之后，村委会组织车辆将大家送到施甸县城中。陈锋和陆秀萌没有上车。

他俩望着车辆远去的影子，手紧紧地握在了一起。

刚刚忙活完的村长见陈锋和陆秀萌并没有上车，错愕地说："哎呀，你俩怎么没上车呢？我去找个摩托让人载着你俩去县城吧。"

陈锋微笑着说："不用了，村长。"

"不用了？那你们……"村长一头雾水地看着陈锋和陆秀萌。

陈锋微笑着说："村长，不瞒您说，我们就是来寻找本人部落的。"

"本人？"村长的眼睛骤然睁大，"我们村子里有很多人自称本人的！你们到底是什么人？"

陈锋微笑着说："村长，您放心，我们不是坏人。我是一个普通刑警，她是考古研究所的教授助理。我们来这儿的目的很简单，就是想探询契丹的历史。"

"契丹的历史？"村长打量了一下陈锋和陆秀萌二人，沉默了片刻后说，"跟我进屋吧，坐下说。"

陈锋和陆秀萌跟着村长进了村委会的村长办公室，村长给二人各倒了一杯水。然后，各自就座。村长掏出一盒烟，抽出一支递给了陈锋，然后自己也叼上一支。相互点燃后，缭绕的烟雾顷刻便弥漫了不大的屋子。

村长吸了口烟，表情凝重地说："村子里之前来过几个人，做了一番调查，好像说这里的本人和契丹人有关。我也不太明白到底是怎么回事，那天他们去了蒋家，也就是蒋兆来家的墓地。"

"蒋家的墓地？"陈锋诧然。

"是的。"村长说道。

"村长，您是本人么？"陆秀萌露出甜美的微笑，问道。

村长微微摇了摇头，说："我不是本人，但是在这个村子里自称本人的家族占了一半以上。 有的是汉族，有的是彝族，还有的是布朗族的。 当然了，语言上都会有点差异。 有的本人说的话，我也听不太明白。"

"那你怎么和他们交流呢？"陈锋好奇地问。

"他们都会说一些汉语的，尤其是年轻人。 一般来说，他们只有在自己的家中才会用自己的语言。"村长说道。

陈锋迫不及待地说："村长，您刚才说到蒋家的墓地，那咱们现在就去那看看吧！"

村长吸了最后一口烟，将很短的烟蒂摁灭在了烟灰缸中，说："好吧。 要去蒋家的墓地，我们要先去蒋家。"

村长领着陈锋和陆秀萌进了蒋兆来的家。 蒋兆来笑着起身迎了上来，说："村长来了啊，快屋里坐。"

"你阿爸呢？"村长环视着屋子。

蒋兆来指了指屋子，说："在后院收拾庄稼呢。"他目光移到了陈锋和陆秀萌的身上，惊讶地说："你们怎么没去县城呢？"

陈锋微笑道："有些事情，暂时不去县城了。"

"村长，找我阿爸有什么事么？"蒋兆来问道。

村长看了眼陈锋，淡淡地说："把你阿爸叫过来吧。"

蒋兆来顿了顿，走进了屋子。 不一会儿，只见一个个子不高，满脸沧桑的老人走了出来。

"村长，找我有事？"蒋父用手擦了擦头上的汗。

村长说："有两个远道而来的客人想看一下你家的祖墓。 别担心，他们一个是刑警，一个是做考古研究的。"

站在一旁的蒋兆来惊讶道："原来你们是……"

陈锋微笑着朝蒋兆来点了点头。

蒋父低头思忖了片刻，说："既然是村长领来的，那就去看看吧。"

　　蒋父出了院门，蒋兆来也跟了上去，陈锋、陆秀萌和村长在最后。 陈锋等人一路向南，走过一片绿油油的麦田，在一棵老树下停了下来。 这是一个家族墓群，众多的墓碑紧凑排列，从墓碑就可以看出年代远近。

　　蒋父将陈锋等人领到了一个大墓碑前，说："这是最远的一位祖宗的墓，看见墓碑上的字了么？ 上面有几个奇怪的字，没有人认得。"

　　陈锋看了眼墓碑上的几个奇怪文字，心中一凛，看了眼陆秀萌，说："是契丹小字！"

　　"契丹小字？"蒋兆来好奇地说，"你们认识？"

　　"这种文字叫契丹小字，我们见过。 契丹文字有两种，一种叫契丹大字，一种叫契丹小字。 我们虽然见过契丹小字，但是不认识。"陈锋说道。

　　蒋老大注视着墓碑，说道："这个墓碑已经有近千年的历史了，我听老一辈的讲，我们的祖先当初是跟随着蒙古的大军来到这里的。"

　　"跟随蒙古大军？"陆秀萌饶有兴趣地说。

　　"是的。 当年我的祖先加入了蒙古军队，和金人战争。 后来，金朝灭亡了，我们又随着军队攻打南宋和大理。 南宋和大理亡国之后，军队中的大部分契丹人就留在了云南各地。"蒋父说道。

　　"这么说，你们更有可能是契丹后裔了！"陆秀萌说道。

　　蒋老大走到墓碑的背面，说："墓碑的背面还有一些碑文，你们看看。"

　　陈锋等人走到墓碑的后面，上面是用汉字刻上的。 陈锋看了半天，没有说话。 因为，上面都是用繁体字书写的，个别的生僻字他不太认识。 陈锋给了陆秀萌一个眼色，陆秀萌马上会意，偷笑了一下，看着碑文念道："公原籍乃辽东人士，后遭逢变迁，保机后裔四散奔走，惶惶而迁。 余壮年随蒙古大军入滇，后居施甸而觅其食……"

　　陆秀萌读罢，陈锋表情凝重地说道："可以想象到当年迁徙时候的情景，定是异常的悲壮！"

　　蒋兆来说道："我们家还有一个祠堂，一会儿可以去看看。"

　　"那当然好！"陈锋喜道。

　　陈锋等人又回到了蒋兆来的家，来到后院，那里有一个不大的祠堂。 陈锋注意到，在祠堂的匾额上，用汉字篆刻着"耶律"二字。 在门的两边，有一副楹联，上面书写着："耶律庭前千株树，阿莽蒋氏一堂春。"

这个祠堂，历经五百多年，居然还能保存完整，实在太不容易了！祠堂是典型的明代建筑风格，大门设在东南角。正屋三间，东西厢房及倒座各为二间，正屋、两厢和倒座之间并无廊子联结。厅堂很大，门窗上的花纹雕刻得十分漂亮。在祠堂的屋顶四角，有四个雕刻得栩栩如生的瑞兽。

陆秀萌看了"耶律"二字后，说："耶律，不正是契丹的国姓么？"

"知道我们先祖为什么要在上面写这两个字么？"蒋父说道。

陈锋和陆秀萌的目光移向蒋父。陈锋猜测道："肯定是在纪念契丹皇帝。"

"纪念的不是契丹皇帝，而是我们的祖先阿苏鲁。"

"阿苏鲁？"陈锋不解地说。

"是的，是阿苏鲁。据说，阿苏鲁是濮国公忙古代的第三代孙。忙古代在辽国灭亡后参加了成吉思汗的军队，跟随大军征讨西南。阿苏鲁做过施甸县的长官，是我们的荣耀。"

"这些您是怎么知道的呢？"陈锋好奇地问道。

蒋父说道："这些都是我家族谱上写的。后来，我家着了一场大火，族谱被烧了。"

陈锋皱着眉头说："我有一个疑问，你们的祖先叫阿苏鲁，姓阿，为什么你们现在改为蒋姓了呢？"

蒋父用手指了指门上的一副楹联，说："族谱上是这样写的。当时由阿姓改为莽姓是为了和当地汉人搞好关系。后来又从莽姓改成蒋姓，我就不知道了，族谱上没写，我想估计也是为了搞好关系。"

听到这里，陆秀萌轻声对陈锋解释说："后来改蒋姓，估计是受汉人同化的结果。在世界文明史上，这种改姓、民族融合的现象非常多。"

陈锋驻足在祠堂门前，脑海中浮现了很多画面。良久，陈锋似乎想起了什么事情，说："蒋伯，我还有一件事情要问您。"

"你说吧。"蒋父点点头。

"请问，这个村子里是不是有一种酒叫太阳酒？"

当陈锋问到太阳酒的时候，蒋父、蒋兆来和村长的脸都变了颜色。

陈锋看了看三人异样的表情，奇怪地问："你们怎么了？"

村长表情沉痛地长长叹了口气，说："太阳酒是一种酿造技艺十分复杂的酒，会酿造的人非常少。"

"现在村子里有会酿造这种酒的人么？"陈锋急切地问。

村长不再说话了。蒋父淡淡地说了一句："村子里最后一个会酿造太阳酒的人已经在一个礼拜前去世了……"

"什么？"这个消息犹如一个晴天霹雳，击中了陈锋的脑袋。

"据我所知，没有人会酿这种酒了。"蒋父说道。

"那么，这种酒在哪儿能找得到呢？"陆秀萌问道。

"因为它的工艺十分复杂，所以每次酿造都不会超过一斤，十分稀缺，现在每个人家里都不可能有存货。"

陈锋此刻情绪极度地失落，他抱着极大的希望而来，却听到了这么一个惊天的噩耗。如果没有了太阳酒，就无法显露出羊皮纸上的内容。此刻，陈锋陷入了为难的泥沼之中。没有太阳酒，就没有了留下来的意义。要是离开呢？之前所做的一切，都将会前功尽弃。

本人部落的太阳酒真的随着最后一个酿酒师的死亡而绝迹了么？

第十二章
东君神液

随着本人中最后一个太阳酒的酿酒师的去世，这种契丹人独有的技艺便从此失传了。陈锋和陆秀萌在蒋兆来家暂居了几日，白天到处找当地人打探各种关于太阳酒的信息，可惜毫无进展。在蒋家居住的第四天的清早，陈锋忽然想到了些什么，连忙去找蒋兆来。

陈锋都还没有来得及洗脸："蒋兄弟，你现在有空吗？"

"有空，有什么事需要我做吗？尽管说。"

陈锋说："你知不知道最后一位太阳酒酿酒师的住处？我想去看看。"

蒋兆来点了点头："就在村子东边，离这里不是很远。"

"好，那咱们走吧！"

"等等我，我也去！"陆秀萌这时从后院跑了过来。

蒋兆来骑着摩托车，载着陈锋和陆秀萌驶向了村东边。五分钟后，摩托车在村子东边的一棵大杨树下停了下来。在大杨树的南边，有一座破旧的竹楼。

蒋兆来领着陈锋和陆秀萌进了竹楼。竹楼内，除了一些酿酒用具外，只有一张木床和一个大柜子，很是简陋。陈锋在竹楼内走了走，看了看几种酿酒工具，用鼻子凑近仔细闻了闻。只见他紧紧地闭上了眼睛，似乎很享受这种味道。

陆秀萌看到陈锋如此沉醉的模样，问道："陈锋，你闻到了什么味道？"

陈锋睁开眼睛，有些意犹未尽："此酒只应天上有，人间能得几回闻！"

陆秀萌很怀疑地拿起一个酿酒器具，放到鼻子下仔细地闻了闻，皱了皱眉，说："我感觉和别的酒没有什么区别啊！"

"因为你不会喝酒。"

"我喝过一次太阳酒，味道确实十分不同，入口甘醇，回味悠长，可谓是酒中极品。"蒋兆来感觉十分美好地说道。

"这么好喝的酒，要多少钱一斤啊？"陆秀萌问。

蒋兆来说："不应该问多少钱一斤，应该问多少钱一两。因为酿造工艺十分复杂，所以每次酿造的量都十分有限。平常人们并不买这种酒来喝，一般都是祭祀时用。要说这酒能卖到多少钱，我还真不清楚，我只知道我父亲拿着一百块钱买回来的酒只能够装一个小酒盅。"

"天啊，这酒也太贵了！"陆秀萌惊诧了。

"好东西哪有不贵的？说实话，我父亲以前也酿过酒，也曾经上门拜三伯为师，可是三伯就是不收。"蒋兆来叹了口气。

"三伯？"陈锋微微一怔，"你说的是不是蒋三伯？"

蒋兆来有些讶然地看着陈锋，说道："你怎么知道是蒋三伯？"

"我昨天经过打听知道的，都说这里有一个酿酒高手蒋三伯。"陈锋回答道。

"蒋三伯大名叫什么？"陆秀萌问道。

"说实话，我不知道，连我父亲也不知道，甚至全村子里的人都不知道他叫什么名字。只知道他姓蒋，在家中排行老三，村里人就叫他蒋三伯。"

"对了，你刚才说你父亲以前要拜三伯为师，为什么三伯没收呢？"陆秀萌又好奇地问道。

蒋兆来看着眼前的这些酿酒器具，说道："三伯的脾气非常古怪，忌讳的东西非常多。以前村子里也有不少人要拜三伯为师，不是品行不行，就是不是酿酒的料，都被三伯赶了出来。后来我父亲去拜师，三伯觉得我父亲各方面都不错。"

"这正是我要问的了，那为什么三伯没有收你父亲为徒呢？"陆秀萌再次问道。

蒋兆来微微苦笑了一下，说："当时我还小，不懂事。后来我也曾问过我父亲这个问题，我父亲很无奈地对我说，蒋三伯和我父亲的属相不合。蒋三伯是属鸡的，我父亲是属狗的，三伯说这叫鸡犬不宁。"

"这个三伯还真是古怪得厉害。"陆秀萌笑了一下，"那三伯后来收没收过徒弟呢？"

蒋兆来叹了口气，说："在我的印象中好像有一个，但是这个小伙子学会酿酒方法之后，他就无声无息离开了这里。后来直到三伯去世，这个小伙子也没有回来过。"

"那你知不知道这个小伙子的名字呢？"陈锋问道。

蒋兆来摇了摇头，说："不知道，没有人知道这个小伙子的名字，他就像是突然人间蒸发了一样。三伯已经去世多年了，如果这个小伙子没有死的话，差不多也有四十多岁了。"

陈锋用手摸了摸酿酒的工具，说："我在想，这太阳酒究竟和普通的酒有什么不同。到底是酿造时间不同，还是各种原料的比例不同呢？"

蒋兆来也拿起一个酿酒器具看了看，说道："我听我父亲说，太阳酒属于高粱酒，气味非常浓。我父亲也会酿造高粱酒，也就是我们常说的高粱烧。酿高粱烧，我也了解一些。除了主要原料高粱外，还需要大麦、小麦和豌豆等。由于大麦皮厚，便用来做曲。在经过润料、蒸煮、摊凉和入缸发酵，最后加热取酒。"

"天啊，酿酒需要这么多步骤，还真挺麻烦的。"陆秀萌感慨道。

"这还没完呢，还有两步非常关键。"蒋兆来说道。

"还有两步？"陈锋问道，"哪两步？"

"还需要老熟窖藏和勾兑调味。老熟窖藏和勾兑调味非常重要，窖藏是让酒醇香，勾兑是为了把酒区分成不同的品种。其中最难的一步就是勾兑调味，把不同的酒按照比例勾兑，才制作出不同档次的成品。"

"难道说，太阳酒的关键之处就在这勾兑调味上？"陈锋猜测着。

"我想是的。"蒋兆来叹了口气，"我父亲也是严格按照高粱烧的酿造方法在酿酒，可是就是酿不出太阳酒那个味。这其中哪儿都不差，我怀疑就是在勾兑调味上不同。"

"照这么说，如果我们找不到那个当年学艺的小伙子，就找不到太阳酒了喽。"陆秀萌有些失落。

陈锋摩挲着手中的酿酒工具，说道："要想找到那个学艺的小伙子，几乎不可能，这无异于大海捞针。看来，我们目前只能从三伯的这个老屋着手。"

蒋兆来环视了一下满是灰尘的屋子，叹了口气，说："三伯生前是一个非常爱干净的人，可惜他无儿无女，屋子脏到种地步了也没人收拾。"

陆秀萌眼珠子一转，说："要不我们把三伯的屋子好好收拾一下吧！"

"这里都不住人了，还收拾它干什么，没有这个必要了。"蒋兆来说道。

"虽然这里很久没有住人了，但是我始终感觉三伯的灵魂还在这儿。出于对三伯的敬重，我们还是把这里简单收拾一下吧。"

陈锋微微点了点头，说："说得没错，我们简单收拾一下吧。三伯没有子女来收拾屋子，那我们就来做他的子女。"

见陈锋也赞同，蒋兆来自然不再反对。三个人说干就干，陈锋找了个桶去竹楼外的小井提水，陆秀萌找来几块布开始擦玻璃，蒋兆来则找来一把破旧的笤帚开始扫地。三个人忙活了半个小时，累得满头大汗。由于竹楼不是很大，所以三个人很快就收拾完了。再看竹楼内，像是换了个地方似的。

陈锋看着干净的屋子，感慨地说："蒋三伯若是夜里回来，看见屋子收拾得这么干净，肯定非常高兴。"

"说得这么吓人！"陆秀萌白了陈锋一眼。

蒋兆来也开了句玩笑："说不准三伯还会托梦给你，告诉你太阳酒的酿造方法呢！"

这时，陈锋的目光移到了柜子上的一把锁上。陈锋走到柜子前，用手摸了摸这把铜锁，说："谁知道这柜子里面有什么呢？"

蒋兆来也是惑然："三伯虽说会酿酒，但是他身体不好，总生病，应该没有什么积蓄。为什么这个大柜子上了这么大一把铜锁呢？"

陈锋仔细地打量了一下眼前的这个大柜子，说："这个柜子应该有些年头了啊……"

陆秀萌仔细研究了一番，说道："如果我没看错的话，这应该是明代的。文物呢！"

"明代的文物？"蒋兆来微微一怔。

"是的。"陆秀萌点头道，"我在读研究生的时候，对明代的家具很有兴趣，所以也做过一些研究，写过论文。这个大柜子完全符合明代家具的特点。王世襄《锦灰堆》一书中有对明代家具的详细介绍。明代家具的风格，可以用造型简练、结构严谨、装饰适度和纹理优美这四句话来总结。"

陈锋皱了皱眉头，大学的时候他学的是理科专业，文科的东西还真不是很懂。听陆秀萌说得这么陶醉，他也只能硬着头皮继续听，脑子里却在想着怎么打开这个柜子。

"如果真是明代的东西，那还真是一个文物了。"蒋兆来倒听得津津有味。

陈锋盯着大柜子，说道："三伯既然把这个大柜子给锁上了，里面肯定有东西。会不会是三伯的酿酒方子？也很有可能是一坛子太阳酒！我们现在把它打开吧！"

"什么！你要打开这个柜子？"蒋兆来有些吃惊。

陈锋连忙问："难道有什么忌讳吗？"

"是的，在我们村子有个习俗，当人死后，死者的东西是不能动的。"蒋兆来说。

"动了会怎样？"陈锋问。

蒋兆来脸色有些难看地说："会遭到死者的报复！"

"真扯淡！"陈锋觉得蒋兆来的话非常可笑，"都二十一世纪了，还这么封建迷信啊。"

陆秀萌站在一旁听着，忽然觉得头皮有些发麻。

"陈警官，你真的要打开这个柜子？"蒋兆来问。

陈锋点了点头，说："我觉得有必要打开它。"

蒋兆来有些害怕地说："如果你真要动手的话，你自己来，我不会参与的。"

陈锋笑了一下，说："好的。"

陈锋鼓弄了一番铜锁，但是苦于没有钥匙，还是没有将锁打开。 陈锋皱着眉头，叹了口气，说道："唉，没有钥匙，这铜锁也打不开啊。"

陆秀萌也面露难色，说："如果这大柜子是一个普通的柜子，我们完全可以凭借外力将铜锁毁掉。 可是，这个柜子是明代的，是文物，如果用外力破锁的话，肯定会伤到柜子。 所以我们还是想办法找找这铜锁的钥匙吧。"

蒋兆来环视了一下四周，有些失落地说："那可就不好找了……"

陆秀萌皱眉沉思片刻，说："我觉得三伯既然能将大柜子锁上，就不可能把钥匙随便扔掉。 钥匙的去处，我觉得有两种可能。"

没等陆秀萌说完，陈锋截断了陆秀萌的话："我知道你说的是哪两种。 一种是，钥匙很有可能就在这屋子里。 另一种是，跟随三伯进了坟墓。 陆小姐，我说的对吗？"

陆秀萌微笑了一下，点点头。

陈锋将目光移向蒋兆来，问道："蒋兄弟，你知道三伯的坟在哪儿吗？"

蒋兆来面色有些发白，说道："你们怀疑三伯把这柜子的钥匙带到棺材里去了？"

陈锋没有说话，陆秀萌轻叹道："我们也只是怀疑。"

蒋兆来微微摇了摇头，说："三伯的坟我知道在哪儿，但是我敢断定，这柜子的钥匙肯定没有跟随三伯进入棺材。"

"你这么确定？"陈锋吃惊道。

"是的。 当年三伯去世的时候，他的寿衣都是大伙凑钱买的。 所以，三伯没有将钥匙带进棺材的机会。"

陈锋如释重负地吁了口气，说："我最希望得到的是这个结果。 如果真的被三伯带进棺材了，我们也根本不可能把三伯的棺材挖出来。"

"既然排除了钥匙被带进棺材的猜测，那这柜子的钥匙是在这屋子里了？"陆秀萌环视了一番屋子，"可是，钥匙会被三伯放到哪儿呢？"

陈锋和蒋兆来面面相觑，一时也不知道从哪儿找起。

三人沉默片刻，陆秀萌说道："大家都别闷着了，与其想不出办法，还不如现在胡乱找一找，说不定在哪儿就碰上了。"

陈锋觉得暂时也没有其他更好的办法，点了点头，说："好吧，我们先在屋子里翻一翻吧，但是，大家千万别破坏了三伯屋子里的东西。"

陆秀萌和蒋兆来纷纷点头。

一转眼，半个小时过去，三人几乎将蒋三伯的屋子翻了个底朝天，可还是没能找到打开柜子的钥匙。三人极度失落地站在屋子中，愁眉紧锁，一言不发。

陈锋双眼盯着柜子上的铜锁，忽然起身朝柜子走去。可是，刚起身，便将墙上挂着的一个拐杖碰掉了。

"那是三伯的拐杖，小心一点，别给摔断了。"蒋兆来忙上前捡起拐杖，准备重新挂起来。

这时，陈锋突然拦住蒋兆来要挂拐杖的手，蒋兆来微微一怔。

陆秀萌忙问道："陈锋，怎么了？"

陈锋从蒋兆来手中拿过拐杖，把耳朵贴近拐杖，用力地摇了摇拐杖，然后将目光移向陆秀萌和蒋兆来："你们听见什么了吗？拐杖里面有东西！"

陆秀萌睁大眼睛："你怀疑开柜子的钥匙在这拐杖里？"

陈锋点了点头，说："刚才蒋兄弟也说过，三伯是个体弱多病的老人。对于一个体弱多病的老人，拐杖肯定是他生活中非常重要的东西。"

蒋兆来叹了口气："据我父亲说，三伯的多病全都是因为他爱喝酒，经常喝得不省人事。时间长了，很多毛病都出来了。在最后的几年里，三伯这个拐杖是从不离身的。"

陈锋用手轻轻地敲了敲拐杖，不同的地方发出了不同的声音。陈锋最后将手指停在了拐杖的中间，说道："这里是空的！"

陆秀萌和蒋兆来凑了过来，专注地盯着这个拐杖。

陈锋将拐杖横在自己面前，发现拐杖中间有一条缝，好像被锋利的刀子深深地划开了一口子。陈锋用力想掰开拐杖，可是，无论他怎么用力，拐杖丝毫没有裂开。陈锋擦了擦头上的汗，皱着眉头，说道："真是奇怪了，难道是我猜错了？这条线明显是人用刀子割开的，可是为什么掰不开呢？"

陆秀萌从陈锋手中拿过拐杖，仔细端详起来，也用力地拉扯了几下，可是根本毫无作用。突然，陆秀萌来了灵感，双手握住拐杖细缝的两边，用力拧了起来。 令人惊喜的是，这拐杖竟然扭动开了！陆秀萌惊喜万分："快看！打开了！"

陈锋忙拿过拐杖，使劲地拧着拐杖。 一分钟后，拐杖被扭开了，两边竟然是用手工刻的螺旋纹！陈锋将一半拐杖朝手心里倒，一把钥匙落进了陈锋的手中。

陆秀萌和蒋兆来都兴奋不已。

陆秀萌做出了一个胜利的手势，欢喜道："终于找到了！三伯真是个聪明人，竟然将钥匙藏到了拐杖中，这个螺旋纹做得好精巧！"

蒋兆来也是一脸笑容："真是太巧了，要不是将三伯的拐杖碰掉，谁也不会想到这钥匙竟然会藏在拐杖里面。 现在想想，这个拐杖三伯始终不离身，三伯将开柜子的钥匙藏到拐杖里，也说得过去。"

最高兴的是陈锋，没有说话，而是直接拿着钥匙大步走到柜子跟前，将钥匙插进了铜锁中。 陈锋轻轻转动钥匙，铜锁开了！陈锋回头露出了大大的笑容，拿掉铜锁，缓缓打开了柜门。

借着外面透进来的耀眼阳光，可以清楚地看清柜子里面的东西。 陈锋看着眼前的柜子，心一下子就落空了。 因为，这个柜子是空的！陆秀萌和蒋兆来也异常愕然，一个空柜子用铜锁锁起来着实让人无法理解。

"真是奇怪，三伯为什么要把这个空柜子锁起来呢？"陆秀萌奇怪道。

蒋兆来用力地挠了挠头，说："三伯这个人平常确实是有些古怪，但是没想到会古怪到如此程度。"

陈锋皱着眉头，沉默了好一会儿。 不甘心，陈锋用手试探性地向柜子里面的四壁摸了摸。

"陈锋，你在干什么？"陆秀萌惑然道。

陈锋没有回答，不停地摸索着柜子里的四壁。

突然！陈锋的手停了下来，面色肃然："就是这里了！"他在柜子里东敲敲西敲敲，果然被他发现了一个暗格。 几分钟过后，陈锋从柜子的暗格里拿出了一个小本子。

"这、这是什么？"蒋兆来有些错愕。

陆秀萌猜测："好像是一个账本。"

陈锋打开小本子，原来上面记载着每一次酿酒的日期、斤数，贮藏地点。陈锋脸上露出了兴奋之色，转头冲陆秀萌说道："皇天不负有心人！不负有心人啊！"

"陈警官，你是怎么发现这个柜子里面有暗格的？"蒋兆来还沉浸在陈锋发现暗格的疑问中。

"一把铜锁锁着一个空柜子，这就让人奇怪了。要是这个柜子里面没有东西，谁会闲得没事用一把锁将它锁起来呢？你们仔细看这个柜子，木板是非常厚的，完全可以制作出一个夹层来。其实刚才我心理也没底，一点点试探，没想到真的被我猜中了！"

"陈警官，你可真聪明！"蒋兆来多少有些佩服。

"对了，蒋兄弟，你知不知道这个地方？"

蒋兆来看了下小本子，脱口而出："岩香渡……"

"你知道这个地方吗？"陈锋忙问道。

蒋兆来点了点头，说："知道，当然知道。就在村子南面的河边。"

"那么，在岩香渡的后面还有妃子笑三个字。妃子笑是什么意思？"陈锋将手指移到了"妃子笑"这三个字上面。

"一骑红尘妃子笑，无人知是荔枝来……会不会是和荔枝有关？你们这里有没有荔枝树？"陆秀萌说出了自己的猜测。

"有！"蒋兆来回答得很干脆。

"那我们现在就去岩香渡看看吧！"陈锋说道。

蒋兆来摸了摸自己"咕噜噜"乱响的肚子，说："一大早来就没吃饭，能不能先回家吃完饭再去？"

"蒋兄弟，咱们还是先去岩香渡吧。等回来后，我请你去下馆子！"陈锋可是急性子。

既然陈锋都把话说到这份上了，蒋兆来只得点点头，说："走，咱们去岩香渡！"

蒋兆来又骑着摩托车载着陈锋和陆秀萌来到了村南的岩香渡。岩香渡是在村南的一条小河边，河边有很多奇形怪状的石头，离石头不远处长有一大片野生荔枝树。荔枝树上挂满了诱人的红色荔枝果。陈锋等人下了摩托车，走到小河边上，河水清澈见底，鱼儿悠闲地游着。

"生态真好！完全无污染！中国现在没几个有这么好生态的地方了吧！"陆秀萌开心地说道。

陈锋环视了一下四周，说："这里的景色真美，美得像是画出来的！"

"这里的空气都是香的呢！"陆秀萌深呼吸一口，惬意地说道。

蒋兆来笑了一下，说："你们知道这里为什么叫'岩香渡'吗？"

陆秀萌环视了一下，思忖片刻，也笑了，说："我知道了。这里有岩石，有荔枝果的香气，又有河水流过，自然就叫岩香渡了。对吧？"

蒋兆来点了点头，说："是的。其实，这些荔枝树，也有故事呢！传说我们的祖宗阿苏鲁跟着成吉思汗打天下，打到了福建岭南，刚好遇上荔枝成熟，吃了两颗后非常喜欢，就偷偷地带上了种子。后来先祖定居到了这里，自然就把荔枝树给栽上了。"

"你们看，荔枝林在那边！"陆秀萌兴奋地指着不远处喊道。

陈锋按照陆秀萌所指的方向望去，果然看见了一片碧绿的荔枝林。

蒋兆来微微一笑，也将目光移向荔枝林的方向。

"这么说，我们要找的妃子笑，就在这片荔枝林中啦！"陆秀萌面带悦色。

"那我们赶紧过去看看！"

陈锋、陆秀萌和蒋兆来大步走到荔枝林边上，三人望着茂密的荔枝林，突然却难住了，不知从哪儿找起。

陆秀萌愁眉紧锁，望着眼前的大片荔枝林，叹道："这么一大片荔枝林，该怎么找啊？"

陈锋也觉得不太好找，双手叉腰，一脸茫然地望着荔枝林。

忽然，蒋兆来说道："如果这一片林子都是妃子笑的话，那么肯定是没法找的。但是，我们可以这样想，要是这片林子中只有一棵是妃子笑，那就好办了！"

听蒋兆来这么一说，陈锋思忖了片刻："蒋兄弟，就算是只有一棵妃子笑在这片荔枝林中，我们也没法找出来啊。毕竟，我们对荔枝都不太熟悉。"

蒋兆来微微一笑，没有说话。

陆秀萌马上反应了过来，惊喜地对蒋兆来说："难道说你了解？"

蒋兆来笑着点了点头，说："我从小就在这片荔枝林中玩，后来也去南山坡下种过荔枝，所以对荔枝还算了解一些。"

陆秀萌和陈锋高兴极了，陆秀萌都快要喊出来了。

蒋兆来继续说："我三叔就是种荔枝的行家，我也跟着学到了不少荔枝方面的知识。荔枝分很多种，最常见的就是糯米滋、白蜡、三月红、宋家香和妃子笑。"

"刚才说过，在这片荔枝林中极有可能只有一株妃子笑，所以现在关键就是如何将这株妃子笑从众多的荔枝树中分辨出来。"陆秀萌说道。

"蒋兄弟，赶紧告诉我们怎么才能将妃子笑区分出来呢？"陈锋兴奋不已。

蒋兆来顿了顿，说道："我刚才简单地看了几棵荔枝树，都是宋家香。宋家香和妃子笑的区别还是挺明显的。妃子笑的树尖儿有点发散，而且是朝上的。树皮是灰色的，叶子是椭圆形的。另外，花枝有些稀少，果子挺大。至于宋家香，树叶的边上离树叶尖儿大概三分之一的地方有很小的凹下去的痕迹。果子是椭圆形的，颜色比较红，非常好看。"

"天啊，真的太难区分了。"陆秀萌长长叹了口气。

正当陆秀萌叹气的时刻，陈锋已经开始一株一株观察起荔枝树了。三个人开始缓慢地穿行在荔枝林中，弓着身子，探着脑袋，活像三只大鸵鸟。夏日的阳光像是抹了毒液一般，暴晒着西南大地。大地上的植被均如中了毒似的，枝叶蔫头耷脑。太阳逐渐升高了，渐渐地临近了晌午。

突然，蒋兆来无比兴奋地叫喊道："找到了！找到了！快来啊！"

陈锋和陆秀萌听见了蒋兆来的叫喊声，心中像是一间多年的小黑屋瞬间照进了灿烂的阳光一般，忙向蒋兆来的方向跑去。

陈锋和陆秀萌到了跟前，只见蒋兆来一脸喜悦："找到了，这棵树就是妃子笑！肯定没错！"

陈锋仔细打量了一下眼前的这株大荔枝树，真的如蒋兆来所描述的一样。陈锋高兴地说："那还等什么啊，赶紧在这棵树的周围挖吧！"

蒋兆来从摩托车上拿来了事先准备好的一个短把镐头，开始试探性地刨了起来。 陈锋和陆秀萌睁大双眼看着地面的变化，生怕蒋兆来一用力，将装酒的器具弄碎。 三分钟过后，蒋兆来的镐头好像碰触到了什么坚硬的东西。

蒋兆来看了眼陈锋，陈锋点了点头，说："别用镐头了，用手来。"

三个人开始蹲下用手扒土，生怕一用力就弄坏了土下的东西。 陆秀萌更是拿出了考古发掘文物时才会有的细心劲儿。 不多时，便从土中挖出了一个黑色的小坛子，坛子口被封得严严实实。 陈锋兴奋地用手扒了扒坛子外壁上的一张红纸，上面写着几个模糊的契丹文字。 契丹文字陈锋不认识，但是这几个字他却怎么也认得——东君神液！

陈锋心中一震，没错，太阳酒就是东君神液！陆秀萌也认出了是东君神液几个字，不禁非常开心地看着陈锋。

蒋兆来说："这个就是三伯装太阳酒的瓶子，他每次都喜欢在红纸上画一些鬼画符贴在瓶子上。 我们问他是什么，他说是他的师父教给他的，每一瓶都要贴这么张纸。"

"这几个是契丹小字，是这酒的名字，叫东君神液，这东君神液就是太阳酒！"陈锋掩盖不住脸上的兴奋。

"原来是这样。"蒋兆来明白地点了点头，"你们准备拿太阳酒干什么？"

陆秀萌看了眼陈锋，陈锋笑了一下，说："秘密。"

蒋兆来骑着摩托车将陈锋和陆秀萌载回了自己家中。 一到家，蒋兆来就跑到厨房找饭吃。 陈锋走到厨房，一把拉起蒋兆来，笑着说："蒋兄弟，走！"

"还干什么去？"蒋兆来一怔，问道。

"下馆子去！"

"不去了，在家吃点得了。"

陈锋拉起蒋兆来就往外走，蒋兆来拗不过他，只得顺从。

陈锋、陆秀萌和蒋兆来三人去了村委会对面的一个小酒馆，陈锋点了四个菜，一人要了一瓶啤酒。 等菜上齐后，陈锋把每个人的杯中都倒满啤酒，然后举杯对蒋兆来说："蒋兄弟，十分感谢你的救命之恩，以及在寻找东君神液时所给予的帮助！这杯酒，我敬你的！"

蒋兆来受宠若惊，忙说："陈警官，你太客气了，警民合作是天经地义的事嘛。"

陆秀萌也微笑着端起酒杯，三人一饮而尽。

三人吃过饭后，陈锋带着那一小坛东君神液和陆秀萌要离开村子了。

蒋兆来有些不舍，说："陈警官，通过这些天和你们相处，我觉得你们非常好。你们这一走，也不知道什么时候能再见。"

陈锋一把握住蒋兆来的手，说："蒋兄弟，咱们肯定还会再见的，因为我们是有缘人。"

陆秀萌露出甜美的微笑说："我最喜欢岩香渡的那片荔枝林了，如果有一天我的婚纱照能在那里拍就好了！"

蒋兆来笑着说："等你们结婚的时候，来这里拍不就行了！我们这里还有很多美丽的景色，保准你们没见过，见过之后也保准喜欢！"

经蒋兆来这么一说，陈锋和陆秀萌的脸都红了。

陈锋有些尴尬："蒋兄弟，你误会了，我们不是。"

陆秀萌轻瞪了陈锋一眼，觉得陈锋的解释有些多余，将错就错多好。

"哦，不是啊，不好意思。"蒋兆来挠了挠头，"不过，我感觉你俩挺般配的！"

陆秀萌把目光移向一边，看着一旁的景物。陈锋斜视了一眼陆秀萌，对蒋兆来有些结巴地说："是、是吗……"

陆秀萌转过身来，对蒋兆来说："村子里有通往县城的客车吗？"

蒋兆来点了点头，说："有。但是，由于我们这里非常偏僻，并不是每天都有。"

"那几天会有一班呢？"陈锋问道。

蒋兆来在心中算了一下，说："三天一班。不过，最近一班是昨天过去的！"

"也就是说，我们要是想乘坐客车去县城，还要等上两天？"陆秀萌有些等不住了。

"是的。"蒋兆来说，"不过，我可以送你俩去县城。"

"去县城需要多长时间？"陈锋问道。

"开车的话要一个多小时，我们这儿的路太难走了。"蒋兆来说道。

陈锋思忖片刻，拍了下蒋兆来的肩膀，说："蒋兄弟，那就谢谢你了，载着我俩去施甸县城吧！"

"嗯，上车！"

蒋兆来骑着摩托车载着陈锋和陆秀萌开出了村子，顺着颠簸的乡路向施甸县城驶去。由于道路太颠簸了，陈锋和陆秀萌的五脏六腑都快被颠出来了。这时，老天爷也不争气，居然晴转阴，然后又下起了蒙蒙的细雨，这下使本来就不好走的道路更加雪上加霜。一个多小时的路程，陈锋等人花了三个小时才完成。到达施甸县城的时候，已经是下午三点多了。

蒋兆来将陈锋和陆秀萌载到了施甸县客运站的门口。

蒋兆来微笑着对陈锋和陆秀萌说："祝两位一路顺风啊！"

"谢谢。"陆秀萌点头微笑道。

这时，陈锋从兜里掏出了五百元钱，迅速塞进了蒋兆来的衣服兜里。蒋兆来并没有看见陈锋给自己兜里面塞的是什么，微微一愣，问道："陈警官，你给我什么了？"

陈锋没有正面回答，只是说："没啥，一点儿小意思。"

蒋兆来从兜里掏出来，发现是钱，马上塞回到陈锋的手中，说："陈警官，你这是什么意思？"

"这是我们在你家吃住和使用摩托车的钱，劳烦多日，表示一下谢意。"陈锋说道。

"你就拿着吧，你要是不拿着，我们心里会过意不去的。"陆秀萌帮腔道。

"我家虽不富裕，但是也并不缺这五百块钱。"蒋兆来骑上摩托车，一脚踹着了火，回头笑了一下，"注意安全，我走了！"

陈锋手里拿着那五百元钱，呆呆地站在原地。陆秀萌笑着挥舞着手臂，说："谢谢，你也要小心一些呀！"

等陈锋缓过神来，蒋兆来的摩托已经走远了。陈锋望着蒋兆来摩托车驶过的痕迹，喃喃道："蒋兄弟真是个非常朴实的人……"

陈锋和陆秀萌进了客车站，坐上了开往保山市的客车。当天夜里，两人到了保山市的飞机场。买了飞机票后，在飞机场附近的旅店住宿了一夜。第二天一早，两人便登上了回去的航班。

　　介于相关规定，陈锋将东君神液用饮料瓶子分装成两瓶，并且包裹得非常严实，办理了托运。

　　飞机起飞了，陈锋望着窗外的云层，长长地叹了口气，心中多少有些兴奋："羊皮纸上的图案即将出现……"

第十三章
草原遗种

当天夜里，飞机到达了省城机场，机场外闪烁的霓虹欢迎着两人的归来。陈锋和陆秀萌还没来得及吃饭，就直接打车来到了王伟国家。

王伟国见到陈锋和陆秀萌后，高兴地说道："赶紧进屋！你们回来了怎么也不先给我打个电话，我好去接你们啊！"

陈锋微笑着说："不想劳烦您嘛。"

王伟国给两人各倒了杯水，说："对了，东君神液找到了吗？"

陈锋和陆秀萌对视了一眼，陈锋表情骤然失落："唉，由于东君神液的酿造工序十分复杂，所以每次酿造的量很少。随着最后一个会酿造东君神液的师傅去世，已经没有人会酿造这种酒了。所以，我们这次是无功而返……"

王伟国听了陈锋的话，情绪也一下低落了："天意啊，人命难违。我们之前所做的，都要前功尽弃了！"

"是啊！"

这时，陆秀萌再也忍不住了，"噗嗤"一声乐了。

王伟国见陆秀萌乐了，微微一怔，说："小萌，你笑什么？"

这时，陈锋也忍不住了，大笑起来。

王伟国反应了过来："你们俩刚才糊弄我？"

陆秀萌的笑容收敛了一下，一本正经地说："王教授，我们找到东君神液了！陈锋在和您开玩笑呢！"

"你们这两个家伙啊！"王伟国哭笑不得，"真的找到了？没骗我吧？"

"没骗您！"陆秀萌点了点头，然后从背包中拿出了瓶子，里面装着透明的液体。陆秀萌将瓶子放在了桌子上，"这就是东君神液。"

王伟国心情有些激动，小心翼翼地拿起桌子上的瓶子，有些不敢相信："这就是东君神液？"

陈锋也收敛了笑容，说："是的，我们好不容易才找到的，这可能是世上最后一些东君神液了。"

王伟国将瓶子盖慢慢地拧开，把鼻子凑到瓶口嗅了嗅，贪婪地吸了一大口，无比陶醉地说："真是世间佳酿啊！"

陈锋说道："看来契丹人当时的酿造技术很高啊！"

王伟国顿了顿，说："契丹是一个非常爱酒的民族，正因为爱酒，所以在辽国民间有很多酒馆。不单单在民间流行，皇家更是有过之而无不及。契丹皇帝中，有很多都酗酒，其中辽世宗和辽穆宗还因为喝酒丢了性命。契丹人的酿酒技术很发达，据研究，契丹人酿酒分官酿和私酿之分。官酿就是专门提供给契丹皇室或是高级官吏喝的，私酿则是满足下级官吏和普通百姓饮用的。"

"既然契丹人的酿酒业这么发达，为什么当时我们汉人不去把这酿酒方法学来呢？哎呀，真是太可惜了。"陆秀萌有些遗憾地说。

王伟国看了看瓶中的东君神液，说道："并不是汉人不去学，而是契丹人的这种酿酒方法是不传给汉人的，尤其是官酿。记得有一部契丹野史，具体名字记不清了，里面就讲述了一个汉人偷学契丹人酿酒的故事。一个汉人混进了皇家的官酿酒肆，去偷学契丹人的官酿技术，后来被官酿师发现了，官酿师就偷偷改变了酿酒方子。后来这个汉人以为自己学到了真正的契丹官酿技术，就非常高兴，偷偷逃走了。后来，在中原流传着一种酒，味道和契丹的官酿很相似，人们称这种酒为'假官酿'，因为味道终究还是比契丹的官酿差远了。"

陈锋想起了临行前交给王伟国保管的羊皮纸，提醒道："王教授，那我们就开始吧！"

王伟国点了点头，起身进了书房。片刻后，王伟国拿着用密封袋装起的羊皮纸重新坐到了沙发上，他将羊皮纸从密封袋中小心地拿出来，展开在茶几上。羊皮纸的四角用四个杯子压住，中间没有一丝褶皱。

见证奇迹的时刻马上就要到了，坐在客厅里的三个人此时都屏住了呼吸。

就在王伟国要将东君神液涂抹在羊皮纸上的时候，他突然停下了动作，将东君神液放回了桌面上。

陆秀萌和陈锋一脸不解地看着王伟国。

"你们确定拿回来的就是东君神液吗？"

陈锋和陆秀萌面面相觑，然后都点了点头。

王伟国叹了口气，说："如果不是东君神液的话，那么这张羊皮纸就会有可能被完全毁坏！到时候，我们就算找到真的东君神液也没有用了。所以，我们一定要确定，这瓶子里的酒，是不是东君神液。"

经王伟国这么一说，陆秀萌和陈锋也不敢确认了。如果本人部落的太阳酒不是东君神液，而把整张羊皮纸毁掉，那可就惨了。

王伟国沉默了片刻，看了看不敢确定的陈锋和陆秀萌，叹了口气，说："如果真的不敢确定，那我们就只能一点一点试探了。不过一定要把握好，如果不是东君神液，涂抹多了，就完了。"

陈锋和陆秀萌无奈地点了点头。

王伟国打开瓶盖，将瓶中的酒十分谨慎地倒在一块纯棉布上，然后再用浸湿的纯棉布一点一点擦拭羊皮纸的边角。

此时，陈锋和陆秀萌俱睁大双眼看着，两人生怕这酒不是东君神液。如果真的不是东君神液，那么这次云南之行，就算白走一遭了。

逐渐地，羊皮纸上开始有了变化，空白的表面奇迹般地出现了一些图案。

这时，陈锋和陆秀萌兴奋了起来，陈锋喜道："看！露出图案了！"

"是东君神液！没错！"陆秀萌惊喜万分。

王伟国长长吁了口气，继续用湿棉布涂抹，羊皮纸上的图案愈来愈清晰。

"太神奇了！看上面画的是什么？"陆秀萌惊叹道。

陈锋惊叹地看着羊皮纸，不可思议："契丹人的智慧真是出乎我的意料，竟然会利用化学反应将隐形的字迹重现。"

羊皮纸的边上出现了好多字，等这些文字逐渐清晰后，王伟国惊叹道："真是没想到，这张藏宝图本身也有它的故事啊！"

陈锋和陆秀萌十分好奇，异口同声地问道："上面说了些什么？"

"这张羊皮纸主人的故事。 羊皮纸的主人本来是太阳金殿众多修建工匠之一。 金殿修建完工之后，众多工匠遭到了屠杀。 幸运的是，羊皮纸主人逃了出来。 然后他画了这幅藏宝图。"

"可是，这羊皮纸又怎么会出现在萧思温的坟墓中呢？"陈锋不解地问道。

陆秀萌思忖片刻："我们来推测一下，会不会是羊皮纸的主人在逃出金殿后，实际上仍没有幸免。 那么，追杀羊皮纸主人的官员是谁？"

"你的意思是——萧思温？"陈锋猜测道。

陆秀萌说道："这只是一个推测。"

王伟国点了点头，说："是极有可能的。"

陈锋说道："萧思温既然知道了羊皮纸的秘密，为什么没有去太阳金殿呢？ 还有，羊皮纸上的图案和文字，是一开始由羊皮纸主人隐去的，还是后来萧思温自己隐去的呢？"

王伟国寻思片刻，说道："让我们来一个大胆的推想。 萧思温当时是位权臣，除了皇上，没人能治得了他。 萧思温在得到羊皮纸后，为保险起见，在羊皮纸上做了文章。 萧思温怕有人发现羊皮纸的秘密，就把羊皮纸装进了铁盒中，葬进了那位汉族姑娘的坟墓中。 可以推测，萧思温当时是有预想的，极有可能想做皇帝，等待时机。 可是，上天和他开了个玩笑，萧思温被刺杀身亡了。"

陈锋点了点头，说："我觉得应该就是这样的。"

突然，王伟国像是想起了什么，迅速地拿过准备好的相机，"咔嚓咔嚓"对着羊皮纸猛拍了几张。 因为谁也不知道这羊皮纸上的图案和文字什么时候会消失，也不知道，这张存在了千年之久的羊皮纸什么时候就会灰飞烟灭。

"老天保佑！"王伟国叹了口气，放下手中的相机，仔细看了看图上其他地方的文字，说："这里好像是长白山。"

陈锋将视线移到羊皮纸的顶端，顶端有一行契丹小字。他转头问王伟国："王教授，最上面的那几个契丹小字写的是什么？"

由于上面的字略小，王伟国没有太注意。听陈锋这么一说，他朝上看了片刻，皱着眉头说："上面的契丹小字的意思是'太阳金殿水晶头骨路线图'。"

王伟国在羊皮纸上用手指了指，说："如果我没有猜错的话，这张图上所画的是长白山，在长白山的某个地方有一座契丹人修建的太阳金殿，在金殿中有一个水晶头骨。"

"水晶头骨？一定价值连城了。"陈锋有些兴奋地说。

"这不是价值连城的事，这是一个无价之宝，具有十分重大的考古价值！十九世纪，一个叫安娜的女人跟随探险队在中美洲玛雅遗址的金字塔中，发现了一个水晶头骨，在考古界引起不小的轰动。但是，后来那颗水晶头骨的真实性遭到了质疑，认为它根本不是阿兹特克人的杰作，而是后世的一个赝品。那颗水晶头骨，至今因为真伪而存在争议。如果我们这次能够找到羊皮纸上所说的水晶头骨，那么肯定能轰动整个考古界！"王伟国说得有些兴奋。他小心翼翼地擦干羊皮纸，收起放到密封袋里。接着，他把相机连接到了电脑上，没几分钟，打印出了几张彩色的相片。

"长白山地方太大了，我们又不熟悉，如何找得到呢？"陈锋有些犯难了。

"说的也是，长白山地势凶险，山顶常年积雪，如果没有一个好的向导，恐怕会半途而废。"王伟国忧虑地点了点头。

陆秀萌用手指挠了挠太阳穴，说："为什么总不顺畅呢？"

陈锋却笑了："要是无比顺畅的话，估计也轮不到咱们头上。"

"我有办法了！"王伟国表现得非常激动，把陈锋和陆秀萌吓了一跳。

王伟国兴奋地说："前一段内蒙古考古所的人来咱们省城，我和相关专家聊了一些关于契丹的事情。契丹族在东北有一个血缘很近的民族，这个民族叫达斡尔族。而在这些专家中，正好有一个叫做苏木齐的达斡尔人，是个走遍东北三省的活地图。如果我们能有他引路，那么我们找到太阳金殿的可能性就大了不少。"

"那我们怎么才能联系上那个苏木齐呢？打电话给内蒙古考古研究所？"陆秀萌说道。

陈锋摇了摇头，说："好像不太妥。"

王伟国点点头："是有些不妥。我听说，这个人有些古怪，打电话他可能会觉得诚意不够。"

"难道我们还要去内蒙古一趟？"陆秀萌问。

"我看还真的得去一趟。"王伟国说道。

"我的天啊，刚从云南回来，还要跑一趟内蒙古。"陆秀萌身子往沙发上一靠。

陈锋默不作声，好像在思考什么。

王伟国说："虽然麻烦些，但是我们也要做最周全的准备。"

陆秀萌坐在那里不出声，偷看着王伟国和陈锋如何决定。

陈锋沉默了片刻，说："我同意王教授的建议，去找那个活地图。"

王伟国说："那好，我明天一早就给内蒙古那边打电话，看看苏木齐在不在研究所。"

"好！"

王伟国目光移向陆秀萌，说："小萌，你有什么意见或建议？"

陆秀萌直起身子说："我听你们的。"她突然想起一事，"对了，王教授，这段时间在云南的实地调查资料，我这几天整理好给你。"

第二天早上，王伟国给内蒙古考古研究所的领导打了电话，询问一下苏木齐的事情。对方回答苏木齐已经回到呼伦贝尔老家了。陈锋、王伟国和陆秀萌三人吃过早饭，穿了一身干净的衣服，带上几张打印出的羊皮纸相片，打车去了省城火车站，踏上了开往呼伦贝尔的火车。

在火车上，陈锋目视窗外，心中始终想着太阳金殿和水晶头骨的事儿。神情呆滞地望着窗外很久后，他眉头微蹙地将视线转向王伟国，问："王教授，您对羊皮纸中的太阳金殿和水晶头骨怎么看？"

王伟国思索了一会儿，说："世界上很多民族和地域都有关于太阳金殿的传说，尤其以南美居多。记得看过一篇相关报道，在南美洲的某个地点，发现了一座太阳金殿。 当然了，金殿并不都是黄金造的，殿中的壁画上描绘着玛雅人对太阳的崇拜。 由此及彼，契丹人也是崇尚太阳的民族，因此羊皮纸上的太阳金殿和玛雅人的太阳金殿应该是大同小异的。"

"那么水晶头骨呢？"陆秀萌兴趣十足，"这个比较神秘啊！"

王伟国微微皱了皱眉，说："至于水晶头骨，传说这世界上有五十二个水晶头骨。 其中玛雅人有十三个，其他的分散在世界各地。 据说，水晶头骨有一种魔力，如果人盯着它时间长了，会被催眠。 水晶头骨一直是个谜，水晶是个非常坚硬的物质，钢铁是无法作为器具加工它的。 那么，在一千多年前，古人是如何将水晶雕刻成头骨的呢？ 如果这个世界上真有五十二个水晶头骨，那么羊皮纸中太阳金殿内的水晶头骨会不会就是其中之一呢？"

"水晶头骨能催眠？"陈锋问。

王伟国摇了摇头，说："之前我也没有研究过水晶头骨，很多也是道听途说的，不知道真假。"

"想不到还有教授不知道的事情。"陈锋笑道。

"难道你以为教授无所不知啊？"陆秀萌回嘴过去。

"如果这真是传说中的水晶头骨，那么这很有可能会是中国的第一个，也是唯一的一个。"王伟国没有理会这两人打情骂俏，思维似乎被水晶头骨催眠了。

"为什么这么说？"陈锋不解地问道。

王伟国思忖片刻，说："我有一个非常大胆的猜想。"

"什么猜想？"陆秀萌问道，"还很大胆的？"

王伟国继续说："现在的很多历史学者都怀疑玛雅人和蒙古人有渊源。我怀疑契丹人和玛雅人是不是也有一定的关系，这两种人有很多的共性。 比如说，两者都非常崇拜太阳，都是黄种人。 最值得注意的是，当年玛雅人的祖先是通过白令海峡从亚洲迁徙到美洲的。 契丹人的祖先起源于鲜卑，鲜卑起源于东胡。 另外，蒙古人的祖先是和契丹祖先同时从东胡分裂出来的，当时叫做'室韦'。 因此，契丹和玛雅之间很有可能有着某种联系。"

"如果能有充分的证据证明契丹人和玛雅人有渊源的话，那么这必将轰动整个世界！"陈锋有些兴奋地说道。

　　王伟国叹了口气："现在有太多的东西都需要足够的证明，要不然只能算作猜想。猜想是毫无界限的，甚至可以将人类的祖先猜想成马，只要你有足够的联想力。"

　　不知怎的，陈锋忽然想起了太爷爷笔记中提到的张二小和无极冥洞中那两个兵痞的死，然后问王伟国："王教授，您说什么样的手法能在很短的时间内将一个人剔成一堆骨头？"

　　陆秀萌听了陈锋这个问题，突然觉得毛骨悚然，有些反感："陈锋，你怎么突然问这么变态的问题？"

　　陈锋一本正经："我是在很认真地问。"

　　王伟国思考着，没有回答。

　　陈锋面色阴郁地说道："我太爷爷的笔记中就提到过这么一件离奇的事情。一个叫张二小的人被剔除了身上所有的肉，他的同伴也因此疯了，找不到人了。在无极冥洞中，有两个兵痞的死和张二小的死如出一辙。"

　　"我记起来了，你好像在无极冥洞中说过，我们还看到了那两个兵痞的白骨！"陆秀萌惊声叫道。

　　王伟国眉头稍稍舒缓，开口说道："我见过最好的屠夫屠宰一个牲口的时候，也需要一个小时的时间。并且，还不一定能够达到将肉剔除得很干净的程度。"

　　"会不会是鬼干的？"陆秀萌不知怎么就冒出了这么一句不靠谱的话。

　　王伟国看了一眼陆秀萌，说："你一个考古工作者也相信这种东西？"

　　陆秀萌吐了吐舌头。

　　火车在和铁轨经过几个小时的亲热后，停在了美丽的海拉尔火车站。王伟国根据内蒙古考古研究所提供的苏木齐的住址，又坐上了前往陈巴尔虎旗的客车。到了陈巴尔虎旗，陈锋等人看见了一望无际的呼伦贝尔大草原。水草丰美，牛羊成群，蓝天白云，这是世界上最美的草原。

　　王伟国望向远方，说："苏木齐居住的村子离这里估计不远了，咱们抓紧时间吧。"

　　陈锋等徒步行走在茫茫草原之上，大概行走了十多分钟，看见了不远处的一个小村落。一个个独具特色的介字形草房，院墙是红柳条编制的篱笆。在灿烂阳光的照耀下，宁静的村落显得格外古朴。在村子边上，陈锋等人发现了一个放羊的老汉。

三人走上前去，王伟国微笑着说："你好，老大哥，请问您这里是牛伯吐村吗？"

放羊老汉抖了抖脸上深刻的皱纹，说："是啊。你们来干啥啊？"

陈锋微笑着说："我们是考古研究所的，想向您打听个人。"

"打听谁啊？这个村子里，没有我不认识的。"

"有个叫苏木齐的人，您认识吗？"陆秀萌问道。

陆秀萌刚说完"苏木齐"三个字，那放羊老汉立刻来了精神，说："你是说苏木齐？认识，太认识了！他可是我们村子的名人啊！"

陈锋和王伟国相视一眼，王伟国说道："你知道苏木齐的家在哪儿吗？"

放羊老头回头用手指了指，说："就在这村子里，离这里不远。你们一进村子打听就知道了。"

"哦，那谢谢您啦。"陈锋微笑着道谢。

"不用客气。"放羊老头摆了摆手，转即问道，"你们找他有什么事吗？前几天他被内蒙古考古研究所找去了，好像因为点事情又回来了。"

"我们找他有私事，不方便透露。"王伟国很亲和地说。

放羊老汉露出慈祥的微笑，点了点头。

陈锋、王伟国和陆秀萌三人按照放羊老汉的指示进了村子。在一棵大柳树下，遇到了一群在此闲聊的老人。

"大爷，向您打听个人。"陈锋向其中一个戴着大边框茶色眼镜的瘦老头询问。

"打听谁？"

"您知道苏木齐的家在哪儿吗？"

瘦老头微微怔了一下，眼珠子转了转，然后摇了摇头，说："我不知道。"

王伟国、陈锋和陆秀萌三人相互对视了一下，然后王伟国皱着眉头环视了一下四周，想要问问别的老人。

就在这时，一个衣衫褴褛的人从拐角处的商店走了出来，笑道："苏木齐，人家找你，你怎么说不认识呢？你连你自己都不认识吗？"

　　瘦老头的表情有些不自然了，站起来指着傻笑的人骂道："你个龟儿子，怎么这么多嘴！赶紧滚蛋！"

　　陈锋、王伟国和陆秀萌三双眼睛齐刷刷盯着眼前这位瘦老头，原来他就是他们要找的"活地图"苏木齐。

　　陆秀萌仔细打量了一番苏木齐，发现他没有初看时那么苍老，估计也就五十出头的模样。可能是由于这里地理气候的影响，村子里的所有人都比外界的同龄人要显老一些。

　　"您就是苏木齐先生吧！"陈锋抑制住心中的兴奋。

　　苏木齐见抵赖不了，只得面无表情应道："你们是干什么的？"

　　王伟国是见过苏木齐的，但是由于今天苏木齐戴了一副很大的茶色眼镜，所以并没有认出来。可当苏木齐见到王伟国的时候，一眼就认出来了，所以才说不知道。王伟国有些兴奋地用手指了指自己，说："苏先生，您不记得我了？"

　　苏木齐淡淡地说："我见过的人太多了，难道能全都记得？再说，我们好像见面也不多。"

　　"您既然就是苏先生，那么刚才我们问，您怎么不承认呢？"陆秀萌问道。

　　苏木齐浅笑了一下，说："江湖险恶，不随便透露自己的身份，难道有错吗？"

　　陈锋轻瞪了陆秀萌一眼，示意让她别说话，然后一脸笑容地对苏木齐说道："没错没错，一点儿错都没有。"

　　苏木齐沉默了片刻，好像是在思考些什么，随后说道："跟我走吧。既然来了，总不能让客人站在外面，这样也不是待客之道。"说罢，苏木齐背着手，大步朝前走去。陈锋、王伟国和陆秀萌赶紧跟了上去。

　　苏木齐的家是达斡尔风格的介字形草房，房子坐北朝南，墙体是黄土混合稻草做成的土坯。格局为两边是卧室，中间是厨房。苏木齐将陈锋等三人领进了西屋。在达斡尔人的习俗中，西屋为贵。西屋一般来说是住长辈和客人，东屋住着儿子、儿媳和小孩。

　　陈锋、王伟国和陆秀萌坐在了"蔓子炕"上，炕面铺着一层苇席。苏木齐并没有给三人倒水，而是直截了当地问："说吧，你们找我干什么？"

王伟国和陈锋对视了一眼，开口说道："既然苏先生这么爽快，我们也就打开天窗说亮话了。 我们听说您是远近闻名的活地图，想请您给我们引一下路。"

苏木齐眉毛微微动了一下，说："去哪儿？"

"如果我没有猜错的话，应该是长白山。"此时，王伟国给陈锋使了个眼色。 陈锋会意，将东西递给了苏木齐。

苏木齐微微一怔，接过几张照片，看了几秒："没错，确实是长白山的地形。 你们要找的那个地方，我确实知道，但是非常危险！"

陈锋坚定地说："再危险也要去！"

"再危险也要去？ 如果没有我，你们根本就找不到那个地方。 还有，你们凭什么觉得我会答应你们去呢？ 如果我不答应你们，你们怎么办？"

陈锋笑着说："苏先生，我们也不能让您白白引路不是？"

苏木齐冷哼了一句："给多少钱？"

陈锋和王伟国相视一眼，王伟国暗暗给陈锋伸了五个手指头。 陈锋会意，微笑着说："苏先生，五千。 您看行吗？"

苏木齐并没有说行不行，而是话锋一转，说道："你知道我给别人引路，别人会给多少吗？"

王伟国、陈锋和陆秀萌的心忐忑不已，生怕苏木齐拒绝，都没有回应。

苏木齐用余光瞄了一下三人，嘴角浅笑了一下，露出些许得意的表情，说："一个数。"

一个数！ 陈锋等三人马上会意了，但觉得实在太多了。 陈锋说："什么？ 一万！"

苏木齐并没有理会陈锋，说道："很多吗？"

"不少。"陈锋也直截了当地回道。

"嫌钱多，那就请回吧！"苏木齐起身，点了一根烟吸了起来。

王伟国稍思片刻，对苏木齐说："苏先生，你不是要一万块吗？ 我们可以答应。"

苏木齐斜睨了一眼王伟国，面无表情，也不言语。

陈锋和陆秀萌相视一眼，觉得苏木齐有些莫名其妙。

苏木齐沉默着，良久才说道："你们去长白山干什么？"苏木齐虽然是契丹族的后裔，但是也看不懂契丹小字。所以，他并不知道羊皮纸上写的是什么内容。

陈锋很郑重地说道："苏先生，实话跟您说了吧，我们要按照这张羊皮纸上的路线，到长白山去寻找一座契丹人留下的太阳金殿。"

"太阳金殿？"

"是的。另外，太阳金殿中，有一个水晶头骨！"

苏木齐旋即转头对王伟国说道："王教授，这张羊皮纸真的是契丹人留下的？"

"不错，上面的文字正是契丹小字。"

"我们达斡尔人是契丹人的后裔，却不认识契丹文字，真是一件遗憾悲哀的事情。你们知道我们的民族为什么叫达斡尔吗？"

"根据我们研究，达斡尔好像是开拓者的意思。"

"是的，我们达斡尔族就是一个具有开拓精神的民族。"苏木齐说道，"我们这里流传着这样一个传说，当年辽国被金国灭国之后，契丹族的一支军队来到了黑龙江以北的精奇里江一带，开始了定居生活。这支军队的首领叫做萨吉尔迪汉，他就是我们达斡尔人的祖先。后来，我们又从黑龙江的北岸迁回南岸。由于我们达斡尔人没有自己的文字，这些事都是口口相传的。"

"按照你们达斡尔人的传说，莫非达斡尔族和云南的本人一样，是契丹族的后裔？"陆秀萌眉头微微蹙起，说道。

"虽然达斡尔人是契丹族的后裔的可能性很大，但是还需要不断去论证。"王伟国说道。

"说了这么多，苏先生，您还没答应和我们走呢。"陈锋轻叹了口气，说道。

苏木齐沉默了片刻，说："我答应。"

"真的啊，那太好了！"陈锋很是高兴。

王伟国和陆秀萌也很兴奋。

"我答应并不是因为你们。"苏木齐此时的脑海中出现了这样一幅画面：

华丽恢宏的太阳金殿，各色价值连城的文物。

王伟国、陈锋和陆秀萌相视一眼，都没有说话，因为，不管出于什么原因，至少他答应了。

突然，陈锋好像想到了什么，表情夸张地问道："苏先生，你答应我们了，但是你是不是还坚持要一万块呢？"

"不！我不要一万块了。"苏木齐摇了摇头。

三人有些意外，陈锋问道："那您准备要多少？涨价了？"

苏木齐做了一个"OK"的手势。

"变成三万了？"陆秀萌眼睛暴睁。

苏木齐摇了摇头，眯着眼在笑。

陆秀萌不敢再说了，陈锋也眉头紧锁着在琢磨。

王伟国突然笑了一下，说："苏先生，非常感谢您。我知道了，是三千。"

苏木齐继续摇了摇头。

这下子，王伟国、陈锋和陆秀萌真的不知道该猜多少了。陈锋有些急了，忙问道："苏先生，到底是多少啊？"

苏木齐看了众人一眼，笑着说："钱就不要了，能拿回一件宝贝，就可以了。"

苏木齐的话一出，让王伟国、陈锋和陆秀萌三人十分惊喜。

王伟国感谢道："真是太感谢您了，苏先生！"

"是啊是啊，十分感谢，太意外了！"陆秀萌欢喜地说道。

陈锋有些困惑地对苏木齐说："苏先生，您刚才那个手势不是露出三根手指头吗？"

苏木齐又重新摆了个"OK"的手势，说："你们只注意了三根手指头，但是却没有注意到拇指和食指组成的零。我是想告诉你们的是零，零费用。"

三人恍然大笑，陈锋用力地拍了拍自己的脑门。

"我听说您对长白山非常熟悉，您以前在那里一定生活过很长时间吧？"陆秀萌问道。

苏木齐将目光投向窗外，说道："我虽然是达斡尔人，我的家乡在草原上，但是，迫于生计，我很小的时候就跟着我的父亲去长白山一带采参了。 二十年后，我的父亲去世了，我母亲认为采参是一件太危险的行当，就坚决不让我去采参了。 东北各个山岭子的道我几乎都在心里面呢，都是自己一步一步走出来的。”

“读万卷书，不如行万里路，果然没错！”陈锋无比敬佩道。

苏木齐跟随陈锋等三人踏上了返回省城的火车。 在经过了充分的准备和商讨之后，陈锋去火车站购买了四张前往延边的火车票。 到了延边之后，再坐客车到达长白山主峰的北部起点安图县二道白河镇。

陈锋来到省城火车站，高兴地买好四张火车票，正当他低头准备将这四张车票放进钱包的时候，忽然被另外一双手很快夺了过去！ 陈锋大惊，猛地抬起头一看，站在他跟前的两个人，不是别人，正是杜炎和他的徒弟二棒。

“怎么是你们？”陈锋错愕道。

杜炎笑呵呵：“陈警官，是不是很意外？”

“确实很意外。”

杜炎拿着四张车票，放在眼前看了看，惊讶道：“要去长白山啊！ 还四个人。”

陈锋没有回答，只是伸手去抢车票。

杜炎闪过陈锋的抢夺，压低声线，故作神秘地说：“陈警官，是不是有什么大的发现啊？”

“没有。”陈锋摇了摇头。

“没有？”杜炎有些不信，“没有大发现，怎么会四个人一同去？”

杜炎曾经对陈锋说过，有什么大的发现要告诉他。 但是，陈锋觉得太阳金殿不应该有盗墓贼染指，所以根本就没有通知杜炎师徒俩。 陈锋看出了杜炎的怀疑，只得撒谎说：“真的没什么大发现，哪来那么多大发现啊！ 我和我三个朋友要去长白山旅游！”

杜炎嘴角露出一丝微笑：“原来是旅游啊，我还以为你又有什么大发现了呢。”

陈锋趁此机会，一把夺回杜炎手中的车票，随手塞进了裤兜里。

“陈警官，最近你都干什么去了？”二棒问道。

陈锋刻意回避去云南的事情，说道："我在调查一桩案子，都快忙死了。"

"调查案子，怎么还有时间旅游了呢？"杜炎问道。

"这不是刚刚结案嘛，所以出来放松一下。"陈锋说道，"对了，说说你们吧。自从上次从无极冥洞出来，你们去哪儿了？"

二棒刚要说话，杜炎马上拍了一下他的脑壳，然后面向陈锋，笑嘻嘻地说："哎呀，我们也没去别的地方，就围绕着哈尔滨转悠了。这不是寻思着你能有什么大发现，好给个发财的机会嘛。"

"很可惜啊，没什么大发现。"

"对了，你找到了那把钥匙，打开盒子后，里面有什么啊？"杜炎问道。

陈锋刚要想编一个谎言，却被杜炎打断了："你先别说，让我猜猜。"

陈锋叹了口气，点了点头。

杜炎思忖片刻，猜测道："是不是一块狗头金？"

陈锋摇了摇头，说："炎叔，你不用猜了，我告诉你吧，里面什么也没有！"

"不可能啊。"杜炎不信。

"炎叔，确实什么也没有。你不信，我也没办法。"陈锋无奈地说。

杜炎拍了拍陈锋地肩膀，郑重地说："陈警官，虽然里面什么都没有，但是完成了你太爷爷心中的遗愿，这无极冥洞没有白去。"

"你说的对，我的目标不是盒子内装的东西，而是完成我太爷爷的遗愿。这才是最重要的。"陈锋点头说，"还有……"

"还有什么？"杜炎问道。

陈锋努力掩饰痛苦的情绪，说："没什么。"

"好了，不和你说了，你赶紧忙你的吧！"杜炎说道。

"好的，炎叔。你们这是要去哪儿？"陈锋看了看两人身上的行李。

"我们是要……"二棒的话刚说到一半，就被杜炎瞪了一眼，吓得不敢再说了。

杜炎对陈锋说："我们俩前两天从牡丹江回来的，来省城办点事，今天这不是要去黑河了嘛。我们现在可是改邪归正了，不干那勾当了。"

"怎么，不盗墓了？"陈锋表情有些惊讶，低声问道。

"是啊，干那行风险太大，整天提心吊胆的，还得和你们警察玩躲猫猫，太累！"

"那现在你们干什么呢？"

杜炎神秘地笑了一声，说："算命先生。这个不违法吧？"

陈锋微微一笑，没有说话。

陈锋和杜炎、二棒挥手作别，转眼出了售票厅的大门。

杜炎见陈锋出了售票厅，瞪着眼睛指着二棒轻声骂道："你个狗杂种！口条不直溜，别乱说话！千万不要暴露咱俩的行踪。"

"嗯，知道了。"二棒点点头，然后指着售票窗口说，"师父，咱们赶紧去买到黑河的票吧，买晚了就没座位了。"

杜炎又狠狠拍了一下二棒的脑壳，怒道："买什么黑河的票啊！"

"您刚才不是说要去黑河吗？"二棒一脸冤枉。

"你个狗杂种，真是个笨蛋！我那是说给陈警官听呢。咱们这都多久没找到一个好墓了，再不干一票咱们就得散伙了！"

"师父，那你的意思是？"二棒憨笑道。

杜炎神秘地环视了一下四周，低声对二棒说："二棒，去那边的窗口，买两张明天去延边的车票！"

"师父，咱们也要去延边？"

杜炎的墨色圆眼镜片闪烁着光芒，说："我才不信陈警官的那些鬼话呢！去长白山旅游？纯属扯淡！我看啊，他肯定是有了什么大发现怕咱们知道！"

二棒总算反应过来了："师父，你是说他在骗咱们？他们不是去旅游，而是去寻宝？"

"二棒，你终于开窍了。"杜炎皮笑肉不笑地说道，"陈警官，就你这黄毛小子，还想骗我？咱们就长白山见喽……"

第十四章
长白岩洞

　　东方的太阳刚刚冒尖，陈锋等一行四人就都早早地起来收拾东西了。 一切准备就绪，四人来到了省城火车站，准时踏上了开往延边的列车。 列车飞奔在铁轨上，四人的目光都望向窗外。 从他们的目光中，可以看出一丝丝的憧憬和忧虑。

　　而在另一节车厢，杜炎和二棒谨慎地坐在一旁角落的座位上。 杜炎和二棒一改往日装扮，全身上下都换了一番。 杜炎换去长衫，穿着一套休闲服，墨色圆眼睛也换成了四方宽边的墨镜。 由于杜炎的脸盘子比较小，大四方宽边墨镜足足遮挡了半张脸。 二棒的服饰换得更夸张，偏斯文方向打扮。 一身笔挺的西装，锃亮的分头，一副白边眼睛架在鼻梁上。 二棒本来就是个五大三粗的人，换上了这副装扮，怎么看都有些滑稽。 两人这重新"装扮"，任何一个认识他们的人乍一眼看去，肯定是认不出来的。

　　二棒将目光移向师父杜炎，"噗嗤"一下乐了。

　　"你笑什么？"杜炎瞪着眼问道。

　　二棒憨声憨气地说："师父，您穿成这样，我都不敢认您了！"

　　杜炎低头看了眼自己的打扮，然后厉声斥道："还说我，你小子不也一样!"

"师父,咱们上回用那两颗珍珠都卖了好几万块钱呢,咋还去地摊买这样的……"二棒的话还没有说完,就被杜炎捂住了嘴巴。

"你小子少说话,没人把你当哑巴!你不说话谁知道咱们这身是从地摊上买的? 还有,虽然没想到上次那两颗珍珠卖了不少的钱,但是你要知道,咱们这不是打工做买卖,天天能进钱,要勤俭节约才对。 你说说,现在这社会,几万块钱算个什么啊?"杜炎渐渐松开捂住二棒嘴巴的手,"以后别瞎说话。"

"哦,知道了。"

杜炎回头看了眼另一节车厢,嘱咐道:"二棒,千万要跟住了陈警官他们。 要是跟不住,咱俩这两张火车票就算搭了。"

"师父,你放心吧,我盯得死死的呢!"二棒憨笑着,一脸自信。

火车经过一天的行驶,终于在晚上到达了延边。 由于天色已晚,陈锋等人只得在火车站附近的旅馆过夜。 到了第二天一大早,四人乘坐客车前往安图县南部的二道白河镇。 二道白河镇,因聚落在二道白河两岸而得名,素有"长白山第一镇"之称。

王伟国望着巍峨的长白山,不禁诗兴大发,吟道:"千年积雪万年松,直上人间第一峰。"

陈锋也满怀崇敬地望着山顶,说道:"这山,带着一种无与伦比的气魄!"

陆秀萌欢喜地指着山顶,说:"看,那山顶的积雪多美啊!在炎炎夏日能看见雪,实在是一件很幸福的事。"

苏木齐回答说:"要不然这长白山怎么会是一座神山呢!"

王伟国看了一眼陈锋和陆秀萌,说:"你们知道这长白山有什么寓意吗?"

苏木齐嘴角露出一丝微笑,但是没有开口。

陆秀萌好奇地问:"什么寓意?"

"长相守,到白头。"

陆秀萌转了转眼珠,看了眼陈锋。

苏木齐轻声咳了一下,说道:"好了,咱们说正事吧!"

王伟国拿出羊皮纸照片,然后用圆珠笔在照片的背面将契丹小字做了汉文注解，递给了苏木齐："苏先生，我已经将上面的契丹小字翻译成了汉文，下面就看您的了。"

苏木齐接过看了看，说道："图中所说的太阳金殿，是一个地下宫殿，首先得要找到这个地下宫殿的入口。图上显示，这个入口很有可能是在地下森林。"

"地下森林？"陆秀萌有些疑惑。

王伟国点了点头，说："地下森林又叫幽谷森林，那里古木参天，怪石嶙峋，是长白山最低的地方。如果太阳金殿的入口在那里，那就不足为奇了。"

陆秀萌做了一下深呼吸，手臂一挥，兴奋地喊道："准备出发！"

夏季正是长白山旅游的旺季，十几个旅游团都在长白山山脚下徘徊，准备坐大巴上山。

陈锋等人做好了充分准备，开始朝山上前进。与此同时，躲在一棵参天大树后面的杜炎和二棒师徒俩正瞄着陈锋等人，静待着。

"师父，他们上山了，赶紧跟上去吧！"二棒眼瞅着陈锋等人上山了，着急地说。

杜炎拍了一下二棒的脑壳，轻声骂道："着什么急！跟得太紧会让他们发现的！要是被他们发现了，就会想方设法摆脱咱们！"

"要是跟不紧，跟丢了怎么办啊？"二棒担心道。

杜炎斜了二棒一眼，说："你师父我自有分寸。"

二棒缩着脖子，眼睛直直地盯着准备登山的陈锋等人。

五分钟后，一辆大巴停在了路边，陈锋等人上了大巴。

杜炎此时拍了一下二棒的脑壳，骂道："狗杂种，他们上车了！咱们赶紧也上车！注意遮掩点儿，别让他们看出来就行！"

杜炎和二棒一路小跑登上了大巴。登上大巴的那一刻，二棒紧张极了，低着头行走，任何方向都不看，只瞧脚下。杜炎下意识地用手摸了摸眼镜，然后故作信心满满的样子行走在大巴内，特意寻了个离陈锋等人较远的座位坐下。

陆秀萌看见二棒和杜炎穿着打扮有些怪异，斜看了一眼，低声对陈锋说："那两个游客怎么穿得不伦不类的，真难看！"

陈锋也看了眼杜炎和二棒，但是由于座椅的遮挡，没有看见全脸，干笑了一声，说："现在社会这么开放，穿奇装异服太正常了。 这就叫个性！"

陆秀萌冷哼了一句："切，光膀子系领带，不是好得瑟！"

王伟国听着陈锋和陆秀萌之间的斗嘴，嘴角一咧，摇了摇头。

苏木齐一言不发，闭上眼睛，若有所思。

杜炎和二棒都猫着腰，尽量遮掩住自己的脸部，表情非常之滑稽。 不一会儿工夫，车上已经坐满了游客，有的带着统一的旅游团帽子。 车已经启动了，随时准备出发。

"师父，他们在嘀咕什么呢？ 是不是发现咱们了？"二棒用余光扫着陈锋等人，心跳加速，有些担心。

杜炎的眼睛也紧紧盯着陈锋等人，摇了摇头，故作镇静："别瞎说，不像是被他们发现了。 他们嘀咕他们的，咱们不用搭理就是。 注意自己的装扮，别露出破绽就行。 狗杂种，听见了吗？"

"嗯，听见了，师父。"二棒将头埋在前面的座椅靠背下面，连连点头。

"大家都坐好了，要开车了，本次大巴的目的地是幽谷森林。 如果有去其他景点的游客，不要坐错了车。"车上的女导游用甜美的声音说道。

紧接着，大巴开动了，顺着公路前行。 看着窗外的满眼苍翠、蓝天白云，游客们仿佛置身于一幅动人的画卷之中。

当车内的音乐停止的时候，导游小姐再次用她那甜美的声音说道："大家好，幽谷森林到了，请陆续下车。"

大巴车上下来的游客沿着略加整饰的原始森林中的小路，走入密林深处，踏着厚实的苔藓，翻过横在面前的倒木，穿过剑门，一眼便看到整个谷底森林。 激流在谷底欢快穿行，倒木横在乱石丛中，不时传来怪鸟的鸣叫……这里是一幅原始森林的画面。

"真是太美了啊！"陆秀萌情不自禁道。

"这才叫返璞归真，回归自然啊！"王伟国也感慨道。

"别再酸溜溜了，咱们是来旅游的吗？ 别忘了正事儿。"苏木齐斜了一眼陆秀萌和王伟国，冷声说道。

陈锋环视了一下整个谷底。 谷底生长着遮天蔽日的原始森林，而地表上松软厚实的苔藓，好像为远道而来的贵宾铺设的绿毯。 站在谷底森林的边缘，整个谷底森林可尽收眼底，耳畔有二道白河的潺潺水声，眼前就是绿涛滚滚的谷底林海，谷底古树参天，巨石错落，吸一口森林的清新空气，不禁令人心旷神怡。

苏木齐掏出羊皮纸照片，凝神看了片刻，然后指着其中的一个方向说："顺着前方的一条小路走，行走不远会有一条小河。"

陈锋等人按照苏木齐所说，沿着眼前的这条小路朝前行去。

躲在后面的杜炎和二棒师徒见陈锋等人进了森林深处，借着茂密的林木的遮掩，也贼头贼脑地跟了上去。

陈锋等人顺着小路走了能有十多分钟。 苏木齐突然停下了脚步，低头看了看手中的羊皮纸照片，少顷，说道："现在已经到达图上所标的第一个地点，下一个地点应该位于这里的右侧。"

陆秀萌看了眼右侧，并且抬头向上瞧去，说："右侧是峭壁啊。 天呀，这峭壁估计要有五六十米高。"

陈锋感叹道："大自然的鬼斧神工！"

王伟国看着峭壁上爬满的藤蔓，说："我怀疑太阳金殿的入口就在附近的崖壁上。"

苏木齐摇了摇头，说："感觉没那么简单，契丹人不会将太阳金殿的入口留在这么显眼的位置。 如果真是如你所说，那么太阳金殿估计早已遭受盗墓贼的破坏了。"

忽然，王伟国用手指了指右侧崖壁，说："看，那边有一个岩洞！"

就在这时，天空骤然乌云密布，不知哪儿飘来的一大片黑云覆盖住了整个谷底森林。 几秒钟后，豆大的雨点疯狂地从天而降。

陈锋等人很自然地进入到了右侧崖壁的岩洞躲雨。 其他游客看见陈锋等人躲进了岩洞，也都小跑着跟了过来。 同时，杜炎和二棒就混在了这些游客之中。 岩洞外的雨越下越大，本来低洼的地方已经积水成泡。 岩洞内此时躲着足足有十五六个人，其余的游客跑到别的地方避雨了，其中大多数跑回了大巴车内。

陈锋望着外面的瓢泼大雨，纳罕道："无缘无故怎么突然下起大雨了呢？"

"是啊，刚才还是晴朗的天呢！"陆秀萌皱眉道。

王伟国叹了口气，说："这就叫天有不测风云啊……"

苏木齐没有说什么，只是从包中拿出手电，打开后朝岩洞的深处照去。只见岩洞深处景观奇异，尤其是钟乳石，巧夺天工。

"这里真是太漂亮了！"一个满脸雀斑的女人不禁惊叹道。

其他游客都纷纷点头表示惊叹。

游客们见苏木齐手拿电筒，凡是携带手电筒的也都拿了出来，朝洞的深处照射。不知不觉，这些游客缓缓地朝岩洞的里面移动。游客们开始在洞内拍照，快门的声音和滴水的声音混杂在一起，十分动听。

杜炎和二棒鬼鬼祟祟的，也跟随着人群缓缓往里走，两人的眼珠子始终紧盯着陈锋等人，生怕什么时候给跟丢了。

游客们越走越深，完全被洞中的美景所吸引住了，流连忘返。

苏木齐看了看手中的羊皮纸照片，眉头微蹙："图上并没有标明是哪一个，只是说，左三右四。按照这么说，一共就有八个岩洞。如果知道我们现在所在的岩洞是第几个就好办了。"

"等一会儿雨停了，我们出去仔细找一下这面岩壁上到底有多少个岩洞。"陈锋说道。

王伟国轻叹了口气，说："听外面的雨声，全然没有停下或是小下来的意思。"

"那我们就暂时不要往里面走了。"陆秀萌建议道。

陈锋等人遂停下了脚步。

忽然，整个大地开始剧烈摇晃起来，人们的第一反应就是地震了。

"地震了，快跑！"游客们顿时惊慌，纷纷高喊道。

陈锋等人也开始往外跑。

就在游客们往出口跑时，岩洞中的地表裂出一条地缝，大部分游客都掉进了地缝中。只听见游客们哭喊声四起，撕心裂肺，悲惨欲绝。

也不知过了多久，可能才几十秒，大地恢复了平静，在岩洞中的地表，出现了一条宽大并且深不见底的裂缝。裂缝的宽度不一，最宽的地方有三米多，最窄的地方也有一米。 地缝从岩洞中一个最大的钟乳石下，一直延伸出洞口一米多。

混沌中，陈锋感觉全身被疼痛包裹着，犹如有无数刀子在身上轻划。 陈锋试图睁开眼睛，但是一时无法睁开。 一种身临地狱的感觉从陈锋的心底发出，沿着神经直达大脑。 几分钟后，陈锋感觉有人在呼唤自己，他用力地睁开眼睛。 是的，他看见了一束强光，这束强光是手电发出来的。 这下陈锋意识清醒了，确定自己还没有死。

借着手电的光束，陈锋环视了一下四周，发现王伟国正站在自己的跟前，此外还有几个游客站在周围。 同时，他意识到下身有些冰凉。 低头一看，自己和其他人都身在水中，水深过膝。

"陈警官，你没事吧？"王伟国担心地问道。

陈锋摸了摸胳膊上的伤口，摇了摇头，说："没事，刚才掉下来的时候被石头划了一下。"

陆秀萌见陈锋没事，本来已经哽咽的她慢慢平复了。

"刚才是怎么回事？ 是不是地震了？"游客甲仰头看了看头顶上的大裂缝，十分恐惧地问道。

"肯定是地震了，要不然怎么会突然就晃动起来，还出现了这么一个大裂缝！ 我的天呀，这简直就是一场噩梦！"游客乙也是惊魂未定。

其他游客都面带惶恐和绝望的神色，两眼茫然地看着黑洞洞的四周。

王伟国此时眉头微蹙，说道："刚才那一阵晃动非常奇怪！"

"奇怪？"陈锋目光移向王伟国。

"是的，很奇怪。 岩洞内剧烈晃动的时候，我透过洞口看到了外面，外面竟然没有地震的迹象！ 如果说是突发地震，那么，洞外为什么没有地震呢？"王伟国困惑地说道。

王伟国提出这样一个疑问，谁也回答不上来，因为这太不可思议了。

良久，王伟国双眼露出一道精光，说道："难道说这条大裂缝是人为的？ 会不会是谁触动了什么机关，导致了岩洞内这剧烈震动？"

经王伟国这么一说，众人都面面相觑。 如果真的是人为触动了什么机关，那到底是谁呢？

这时，游客甲逐渐睁大眼睛，表情惊愕失声喊道："难道是那、那块钟乳石？"

"钟乳石？钟乳石怎么了？"陈锋急忙追问。

游客甲声音有些颤抖地说："在一个角落里，我发现了一块非常漂亮的钟乳石。并且，还是活动的。我当时出于好奇，就旋了一下……"

游客甲话音刚落，其他游客便将所有的怨恨都抛向了游客甲。有的横眉冷对，有的破口大骂，甚至还有的要动手打游客甲。

"好了，都消停一点！既然事情已经发生，现在怪谁还有什么用！现在我们唯一要做的，就是如何从这里出去！"王伟国突然喝了一声。

众人这才静了下来，觉得王伟国说的还是有道理的。

这时，苏木齐用手电筒朝四周照了照，大声喊道："那边好像有岸！"

苏木齐的话音一落，游客们的内心像是有一束阳光射入地狱一般，充满了希望，都开始朝有岸的地方行去。混在游客中的杜炎和二棒师徒也奋力行走，下面的冷水寒意刺入骨髓。

十米……五米……两米……终于到了！水中的所有人都登上了岸。此时此刻，所有人的大脑中都充满了这样一个疑问，这里是哪儿？

游客们开始惊恐地七嘴八舌议论开来，大家都很惶恐，生怕自己的宝贵生命断送在此。

王伟国用强光手电照了一下四周，他发现了一条狭长的通道，大声地说："那儿有一条狭长的通道，我们一直顺着通道走，还有希望。"

游客们看了看不远处上方的大裂缝，只投下来很微弱的光线。大家此时觉得，要想从头顶的大裂缝出去，希望是十分渺茫的。

游客甲说道："要不这样吧，我们还是留在这里，上面的人一定会来救我们的！这里虽然有条通道，但是通道的尽头有没有危险尚未知。我希望大家不要冒险。"

有的游客听了游客甲的话，也点头表示同意。

王伟国也将目光投向大裂缝："裂缝口这么高，救援是有一定困难的。"

苏木齐展开羊皮纸照片，看了片刻，说："现在咱们已经不知道在什么位置了，图上也完全找不到。刚才我在水中抬头看了一眼，上方还能看见裂缝，但是太高了，我们根本上不去，呼喊的话也无济于事。"

雀斑女此刻哭天抢地："我还没结婚呢！要是我这辈子就完蛋在这里了，我该怎么办啊！呜呜呜……"

"好了！不要哭了！"苏木齐见雀斑女哭得如此夸张，非常厌恶地呵斥道，"哭就能解决问题了吗？省省力气！你要是哭没气了，就一点希望都没有了！"

经苏木齐这么一呵斥，雀斑女顿时停止了哭泣，变成了不断地啜泣，略带恐惧地看着苏木齐。

游客甲对王伟国说："我们凭什么听你的，如果这条通道是一条死路，怎么办？现在我们还不如谨慎一些，在这里等待救援的队伍。"

"是啊是啊。"其他个别游客也随声附和。

王伟国环视了一下众游客，心平气和地说："我了解大家此时的心态。建议大家先不要恐慌，我们需要一点点想出办法。如今我们身处地下，只有团结才是首要的。现在摆在我们面前的只有一条路，别无选择。既然这里有路，就会有几分希望。所以，我建议大伙先走这条通道。我实话和大家说，我是一名考古教授，眼前的这条通道，很有可能就是通往太阳金殿的通道。"

"太阳金殿？"经王伟国这么一说，所有游客都来了精神。

"是的，我们来这里的真实目的就是来寻找契丹人的太阳金殿的。根据我们对手中地图的观察，这条通道和我们掌握的关于契丹太阳金殿的相关信息十分吻合。"王伟国说道，"我身边的这位苏先生，就是我们的向导。所以，请大家平静下来，相信我们！"

游客们面面相觑，经过一番强烈的思想斗争，最终真的别无他选，均纷纷点了点头。

此时，二棒低声贴在杜炎耳边，惊喜地说："师父，太阳金殿，契丹人的！肯定有老多宝贝了！这次咱们要发了！"

杜炎压住心中的欢喜，斜了一眼二棒，轻声呵斥道："小点声！"

当王伟国表明身份和意图后，游客们跟着进入了通道。通道两边之间的距离只有一米多点，所以并排两个人行走都是一件比较吃力的事。

此刻，从裂缝口处，有一股股的冷风自上而下吹来，吹得众人的皮肤上骤然起了鸡皮疙瘩。

王伟国将手电筒照了照墙壁，说："这条通道好像不是天然形成的，有人工开凿的痕迹。"

苏木齐也用手电照了照，赞同地点了点头："没错，像是人工开凿的。"

"人工开凿？"陈锋一脸惊诧，"如果真是这样的话，这工程可真不小。那么，这条通道是谁开凿的，开凿出来干什么用呢？"

"确实有些奇怪。既然是人工开凿的，那么这条通道的另一头到底通向什么地方呢？"王伟国目视着手电光束能照射到的最远处，"咱们也只能继续往前走了。"

众人继续在通道中行走，大概走了十多分钟，苏木齐突然停下了脚步，像是发现了什么。

"怎么了？苏先生。"陈锋也停下脚步。

苏木齐缓缓抬起手臂，用手指了指墙壁，并没有说话。

其他人将目光移向墙壁，发现墙壁上画了一些壁画。令人惊叹的是，壁画的表面并没有遭受破坏，宛如昨天画就。壁画上满是怪异的人物，装束奇特。有的骑马射箭，有的穿着短衣吹乐器，有的鞠躬作揖。在壁画的右上角，还有一些文字清晰可见。

王伟国看了看壁画，失声道："这壁画是契丹壁画！"

"契丹壁画？"有些游客惊讶道。

王伟国点了点头："右上角的那些文字就是契丹文字！既然是契丹壁画，也就是说，羊皮纸上的标注离这里也不会太远。"

陈锋看着壁画，问道："王教授，壁画上画的是什么？对了，这上面的文字是契丹小字吧？是什么意思？"

王伟国仔细看了半天，缓缓说道："这面壁画描写的是契丹的官制，上面的文字是说明。辽国在官制上，设有南面官和北面官。北面官主要是统治契丹本族，南面官主要是统治汉族。这就是中国最早的一国两制。"

"一国两制？这个伟大的构想我一直以为是邓公的首创，没想到契丹人在千年前就创造出这种行政方法。契丹人真是了不起！"陈锋赞叹道。

苏木齐朝通道的深处望了望，说："我们继续往前走吧，说不准还能到达我们想要去的地方。"

有些游客一路抱怨，骂天骂地。现在通道中一共有十五个人，这其中，当然还包括混在游客中的杜炎和二棒师徒俩。

众人大约行走了数十米，只见前方出现了两块巨大的灰色石碑，上面分别刻画着"青牛"和"白马"两种图案。图像刻画得栩栩如生，仿佛要从那石碑中走出来一般。

陈锋看着这两块石碑，忽然想到了什么："青牛、白马，这不是契丹传说中的动物吗？"

王伟国点头说道："不错，这两块碑上刻画的这两个图腾就源自青牛、白马的传说。"

"契丹人的图腾是青牛、白马？"一位游客一脸吃惊。

"我记得金庸小说《天龙八部》中说，萧峰的胸口刺着一个狼头，我原以为契丹的图腾应该是狼呢。"一个戴着眼镜的男子表情微微失落，"骁勇善战的契丹人的图腾，没想到竟然会是青牛、白马，真是长见识了。"

王伟国凝视着石碑上的图腾，说："的确，草原上的人多是以凶禽猛兽为图腾的。但是，契丹族是个例外。"

"苏先生，你们的图腾是不是也是青牛、白马？"陈锋忽然想到达斡尔人疑为契丹人的后裔这件事，转头问苏木齐。在陈锋的意识中，既然达斡尔是契丹的后裔，那么图腾也很有可能一样。

苏木齐摇了摇头，说："我们的图腾是一只鹰，一只向往自由、犀利矫健的雄鹰。"

"我觉得正如苏先生所说，这条通道充满了契丹文化，定是契丹人修建。那么，很有可能通道的另一头是一个无法预知的契丹世界。"王伟国缓缓说道。

"通道的尽头难道会是……"陆秀萌骤然睁大眼睛，"太阳金殿"几个字刻意没说。

王伟国目视陆秀萌，缓缓地点了点头。

二棒此刻用手挠了挠下巴，低声对杜炎说："师父，他们说通道的尽头是什么啊？"

杜炎皱了皱正八字眉，说："不知道啊，不过肯定是个大发现。 说不准，等咱们顺利返回的时候，会有极大的收获，到时候就可以安心养老了。"

二棒咧嘴一笑："我也能娶媳妇成家了。"

"出息！"杜炎白了一眼二棒，眼睛继续盯着陈锋等人。

众人走过图腾石碑，行走了十多分钟，发现有滴水，滴答滴答。 突然，通道一下子变得宽阔起来，在宽阔的地面上，豁然出现了一个很大的圆坑。 在圆坑里面，传来了隐隐的"嚓嚓"的声音，这声音听起来让人十分不舒服。

众人好奇地上前观看，手电筒的光束移动到圆坑内，所看见的东西不禁令人瞠目结舌！ 只见在大圆坑内，有很多肉麻的软体虫子在爬动，像是一团团的蛆虫，但是个头要比蛆虫大，而且脑袋是红褐色的，口部也生有利齿。

"天啊，这些是什么？"一个女游客捂着嘴巴惊恐地喊道，吓得眼珠子都快掉下来了。

"有些像蛆，但是好像又不是。 有谁知道这是什么物种？"眼镜男眼睛直直地盯着坑内的虫子。

王伟国也满腹疑惑地说："有一点很确定，这些虫子和无极冥洞中的虫子一样，都是未知物种。 和那些恐怖的冰虫不一样的是，冰虫的爪子带钩，属于甲壳昆虫，眼前的这个虫子是软体动物。 但是这虫子貌似蠕动起来速度很快。"

苏木齐低头看了一下圆坑的边缘，说道："这个圆坑的坑壁光滑无比，像是被抹了油一样！"

陈锋说道："怪不得这些虫子爬不上来。"

"大家不要太靠前，以防失足掉落下去！"王伟国突然大声说道。

"啊……"

王伟国刚刚叮嘱完，一个女游客脚下一滑，不慎掉落到了圆坑之中。

异常恐怖恶心的事情发生了！

只见圆坑中的虫子像是千万只被饿疯了的豺狼，迅速地将女游客的全身紧紧地裹住。 几秒钟后，虫子慢慢退去，女游客只剩下一具白白的骨架。 这一幕的出现，让所有人都看傻了。

"天啊，太恐怖了！"陆秀萌倒吸了口凉气，花容失色。

"这些虫子看似挺温顺，没想到这么厉害！"王伟国也是表情愕然，额头上渗出了冷汗，心脏止不住地狂跳。

"有点像食人鱼。 食人鱼看似不大，但是非常凶猛！ 我的上帝啊！"眼镜男当时就吓坐在地上了，擦了擦额头上的汗，声音有些颤抖。

苏木齐尽量压制住心中的恐惧："太不可思议了，我活了大半辈子了，这是头一回亲眼看见这么惨的场面。"

杜炎和二棒躲在最后，也是一脸惊恐，但一言不发。

只有陈锋面无表情，双眼发直地看着圆坑中的那具白骨。 良久，才缓缓说道："我知道了，我知道了……"

众人均好奇地将目光投向陈锋。

"陈锋，你怎么了？"陆秀萌关切地问道。

王伟国也问道："陈警官，你知道什么了？"

陈锋将目光从那具白骨移向王伟国，说："王教授，记得我和你说过太爷爷笔记中的张二小和两个兵痞剔肉的事儿吗？ 眼前的这具白骨和太爷爷笔记中提到非常相似。 笔记中的白骨如果是人为，有哪个屠夫能在几秒钟内将一个人的肉剔除得那么干净？ 如果真是人为，那么骨架上一定有刮痕。 还有，如果是人为的话，在操作的时候肯定会有声响，容易让人觉察。 把凶手替换为这些虫子，种种条件都非常符合。 同时，这些虫子都和契丹有关。 张二小死的时候因为家中藏有刚出土的铁盒子，两个兵痞的死是因为发生在萧思温的陵墓中。 所以，我认为真正的剔骨凶手就是这虫子！"

王伟国眯缝着眼睛点了点头，说："有道理。"

"可是，有一点我很是想不通，铁盒子为什么能招来那么多这么恐怖的虫子呢？"陈锋十分困惑。

王伟国眉头紧锁片刻，说道："刚才在大圆坑那里，你们闻没闻到一股淡淡的怪味？"

经王伟国这么一说，有几个游客说确实闻到了一种怪味，说不上来是什么味道。

陈锋点点头："是的，确实有一股子怪味，很淡很淡。 这种怪味和铁盒子散发的怪味很像很像。"

"王教授，你是怀疑这些虫子是冲着这怪味来的？"陆秀萌问道。

王伟国不能肯定："现在只是怀疑，我推测这些虫子非常喜欢这种怪味。"

"那么铁盒子怎么会散发出这种怪味呢？ 难道是契丹人有意为之？"陈锋仍旧不解。

王伟国思忖片刻，说："我怀疑契丹人在铁盒子中放了一种防腐香料的粉末，至于这种香料是什么，我还不确定。"

"好了，别在这耽搁时间了，赶紧绕过这个圆坑，继续朝前走吧！"苏木齐冷冷地说道。

游客中有人说："要不咱们还是回去吧，唉，说不准前面还有什么吓人的东西呢！ 早知道会这么倒霉，就不来长白山旅游了！"

"抱怨也没用，还是努力寻找出路吧！ 要是真的死在这里了，那么我的灵魂将会与长白山同在！"眼镜男倒想得挺开。

众人沿着圆坑的两边，小心翼翼地越过那些恶心恐怖的软体虫子，暂时都松了口气。 众人行走的同时，发现通道也在逐渐变窄，最后两面墙的间距又只有一米宽了。

突然，陆秀萌停下了脚步，皱着眉头对陈锋说："我怎么感觉突然少了好几个人呢！"

陈锋也停下了脚步，清点了一下人数，说："少了五个人！"

王伟国眉头微蹙，喃喃道："怎么回事儿？ 怎么会突然少了五个人？ 难道是跟丢了？"

"这不可能，我们只这么一群队伍，怎么会跟丢呢！"苏木齐仍旧面无表情。

"这太可怕了！ 太诡异了！ 好端端的，就这么离奇失踪了！"雀斑女越说越害怕。

"要不，我们往回走，找一找？"眼镜男建议道。

王伟国眉头紧锁，寻思了片刻，将目光移向苏木齐，有些为难。

苏木齐挥了挥手，冷声道："继续往前走吧！ 如果我们再返回去找他们，恐怕会出现危险情况。 至于那五个人是生是死，就看他们的造化了。"

　　此刻也没有什么更好的办法了，为了个人的利益，都默许了苏木齐的建议。

　　众人又行走了十多分钟后，手电的光束突然照到了一扇门。 这扇门上分别画着青牛和白马的图腾，门的边缘雕刻着瑞兽和花纹。

　　众人停下脚步，王伟国上前轻轻地推了一下门，门微微地动了一下。 王伟国兴奋地说道："这扇门是活的，并没有上锁。"

　　"那我们就进去吧！"陈锋说道。

　　可是，谁也不敢第一个推开门。 仿佛在那扇门的里面，一脚踏进去，就会万劫不复。 谁都感受到了，这扇门的背后，透着一股寒气，一股令人无法抵抗的寒气！

　　这条通道到底通向哪里？ 这扇门内，到底是一个怎样的世界呢？

第十五章
凶眼怪圈

那扇绘有两个图腾的大门挡在众人面前，没人敢踏前一步。谁也不清楚在门的那一边会是什么。要是满地的金子，自然是好事；要是机关暗器，可就悲催了。此刻，谁也不敢做第一个吃螃蟹的人。

良久，陈锋咬了咬牙，上前一步，说："我来做第一个推门的人！"

陆秀萌见陈锋要第一个推门，惊得花容失色："陈锋，你先别动手，我们再考虑一下！"

王伟国也不想让陈锋冒这个风险，点头说："还是谨慎一些好。"

苏木齐双眼注视着那扇门："我有一种不祥的感觉！"

经苏木齐这么一说，众人都下意识地退后了一步。

陈锋思忖片刻，还是勇敢地大步上前，大脑瞬间空白地用力推动了那扇门。

"吱……"

门缓缓地开了。幸运的是，并没有什么突如其来的危险，展现在大家眼前的是一条美丽的走廊，刻满花纹的青砖铺就的地面富丽堂皇。

众人在门口驻足几十秒后，开始踏过门槛，顺着这条美丽的走廊走下去。

这条走廊与刚才的通道相比简直就是凤凰和乌鸦的区别,每隔一小段路就有一盏华丽的长明灯。 陈锋掏出怀中的打火机,把就近的一盏长明灯点燃了。 突然,两边墙壁上的长明灯都依次亮了起来。 此时,长长的一条走廊,已经亮如白昼。

王伟国喜道:"看见长明灯了! 按照正常推测,看见长明灯,说明主殿也快到了。"

"这些灯是用什么材料做的? 如何能保持长明呢?"陈锋问。

"长明灯这东西很奇怪,只要一点燃,就不能吹灭,除非将灯座中的油耗尽。 长明灯什么材质的都有,一般都是银质的。 灯身大多是双层结构,看看墙上的这些。 长明灯容器内装油,灯芯用醋泡,外层装水,这样可以冷却灯油。 古人能有这样的发明,不得不让人佩服!"

此时的走廊,灯火通明。 两侧墙壁上绘满了五颜六色的壁画,画中的内容各不相同。 有的绘有狩猎图,有的绘有百官图,有的绘有居民的生活图,还有的绘有丧事和婚庆图。

陈锋指着其中的一面壁画道:"看看这面壁画,左边的是一个丧葬图,入葬的是一个男子,一个女子在一旁哭。 右边的一面是婚庆图,画中的女子好像还是刚才那个跪在地上哭的女子。 难道这个女子在死了丈夫之后,改嫁给了另一个人? 这个女子貌似很年轻,可是与其结婚的男子好像要老很多。 看来契丹人的婚姻不像当时的汉人,女子必须要守寡。"

王伟国此时正不停拍照,因为眼前这些壁画对他来说太珍贵了。 幸亏他的相机是防水的,要不然刚才掉进水里的时候,可就没法使用了。 王伟国边拍照,边说:"契丹人的婚嫁非常独特。 我们刚才在门口看见了两个图腾,分别是青牛和白马。 其实青牛和白马分别就代表了契丹的两个氏族。"

"哪两个氏族?"雀斑女似乎饶有兴趣。

王伟国边走边说:"青牛代表的是耶律氏,白马代表的则是述律氏,也就是后来的萧氏。 这两个氏族是互婚的,不管契丹一族经历多少变迁,一直如此。 契丹还有一个很怪的现象,那就是,耶律氏和萧氏两姓之间结婚是可以不分辈分的,更不用说年龄的差距。"

眼镜男微微点了点头:"这个挺有意思,要是在汉族肯定是不允许的。"

陆秀萌笑了一下："要是在汉族，肯定会被人用手指头戳折脊梁骨的！封建朝廷还会按有伤风化、败坏常纲治罪呢！"

王伟国继续道："其实两姓联姻对整个契丹王朝的统治是非常有益的，可以世世代代地巩固政治地位。刚才说了，契丹人结婚是不分辈分的。舅舅可以娶外甥女，外孙女能嫁外祖父，在汉人看来，这就是十分荒诞的事情。"

眼镜男惊讶："那生出来的孩子智力会正常吗？"

王伟国没有回答，生物学可不是他的研究范围。

陈锋想起刚才的那两幅壁画，说道："刚才的那两幅壁画，是不是就说明再婚再嫁在整个契丹王朝内是非常平常的事？"

王伟国点点头："是的，是非常平常的事。除了汉人的唐朝，契丹人的婚姻是比汉人的任何一个朝代都开放的，贞洁观念也很淡薄。契丹男女都有离婚的权利，不同于汉族只能丈夫休掉妻子。契丹的女人也可以根据自己的意愿向丈夫提出离婚。尤其是契丹的贵族公主，在婚姻上有很大的主动权。对于契丹公主来说，想嫁谁就嫁谁，离婚也毫不在乎。"

"唐朝的时候汉人也这样吗？"

"是的。唐朝是汉人王朝，也是中国历代封建王朝中最为开放的朝代。"王伟国说道。

雀斑女阴阳怪气地说："我要是契丹公主或唐朝公主就好了，想嫁谁就嫁谁，想和谁离就和谁离，那可真痛快！"

眼镜男鄙夷地看了眼雀斑女，小声嘟囔了一句："就这模样，还……"

王伟国轻声咳了一下："契丹族在婚姻方面还有一个更令人惊讶的习俗！"

众人都将目光移向了王伟国。此时，众人已经从那扇图腾大门出发走了快半个小时了。

王伟国说道："契丹的婚姻中流行一种收继婚制。"

"叫收继婚？"

"就是说，丈夫死后，妻子可以转嫁给丈夫的弟弟或是哥哥。更有甚者，儿子还可以娶自己的后妈为妻。这些在汉族，尤其是后者，是绝不允许的，因为大家认为这有违伦常。但是，契丹人不以为耻，觉得这是一件很正常的事，有的还把这些事写进自己的墓志铭中。"王伟国滔滔不绝地说道。

"现在东北个别地区还有姐姐死了妹妹续嫁的习俗，看来姐夫娶小姨子，古来就有啊！"陈锋笑道。

"这个还真就是受契丹文化影响的！都说唐朝时期是最开放的，但是在婚姻自由方面和契丹还是无法比拟的。"

突然，苏木齐停下了脚步，转过身来说："大家有没有感觉什么不对劲的地方？"

众人也停下了脚步，一脸困惑地环视着四周。

王伟国看了半天，也没发现什么异常，便问苏木齐："苏先生，你发现什么了？"

苏木齐眉头紧锁："我突然感觉有一股强大的邪气离我们越来越近！"

众人面面相觑，表情惊恐中又夹杂着好奇。

此时此刻，杜炎也觉得有一股邪气越来越浓，心中暗道："说的没错，如果不是常年进出阴邪之地的人，可能感觉不到。想必，前面那个姓苏的人也是一个常年行走于山间林莽的江湖人。"

除了苏木齐和杜炎，其他人并没有这种感觉，甚至有的游客觉得苏木齐在危言耸听。

"苏先生，你是不是太过紧张，产生了错觉？"陈锋问道。

苏木齐冷笑了一下："错觉？我倒希望是错觉。"

王伟国相信苏木齐的感觉："苏先生，有些东西是科学无法解释的，就像人的第六感。我相信你，大家要提高警惕了。"

苏木齐没有回头，目光注视着前方，淡淡地说："信不信由大伙了，注意一些就是了。"

众人又前行了数十步，眼前出现了四条岔路，每一条岔路都透着一股寒气。众人停下了脚步，这下子彻底迷茫了。每一条走廊都像是活路，每一条通道又都如死路。

陈锋眼睛直直地盯着四条走廊，无比困惑："哪一条才是正确的呢？"

王伟国打量着眼前的四条走廊，叹了口气说："如果选择错误的话，很有可能会有灾难性的后果。不过，大家也不用思想压力太大，这只是假设。"

苏木齐看着四条走廊，缓缓地闭上眼睛，说道："我观察了一下，这四条走廊几乎一模一样，我们根本就无法做出准确的判断。看来，只有赌一把了！"

"赌一把？"王伟国有些讶然。

苏木齐轻轻地叹了口气，说："嗯，只能这样了！难道谁还有更好的办法吗？"

众人都凝眉沉默，良久。

"实在不行，那我们就原路返回吧！"一个游客说道。

"原路返回？返回到哪儿？"苏木齐斜睨了一眼那位游客。

那位游客语塞，低头不知如何回答。

王伟国环视了一下众人，说："那就赌一把吧！"

陈锋注视着眼前的四条走廊，十分为难："那么，咱们应该走哪一条呢？每一条我都感觉一样！"

王伟国盯着四条走廊，眉头紧锁地思考着。良久，才缓缓说道："在古代，宋元时期是以右为尊，辽和宋为同一时期，我觉得应该走右边。"

"右边有两条，第一条还是第二条？"一个游客问道。

王伟国思忖片刻，用手指了指右数第二个走廊，果断地说道："右边第二条走廊！"

苏木齐微微侧头看了眼王伟国："你的根据是什么呢？"

王伟国十分坚定地说道："直觉！"

苏木齐走到右数第二条走廊入口处，用手电向里面晃了晃，思忖片刻，转过头来，说："眼下也没什么好办法，那就相信一回你的直觉。走吧！"

众人按照王伟国的建议，走进了右数第二条走廊。刚入走廊，便感觉到寒气逼人。在手电强光的照射下，走廊中的壁画已经不再是关于契丹族的内容了，而是些面目狰狞的恶鬼凶神，十分诡异可怕。

随着走廊的延伸，寒气也越来越重，壁画上的诡异内容也变得越来越阴气十足。走廊也开始变得不再笔直，逐渐地变得弯曲了，甚至有的地方变成了直角。这样一来，后面的人有时候根本就看不见前面的人。面对这种境况，众人都把警惕提高了一级。

"这里简直就是九曲十八弯啊！真不知道契丹人干吗要把它修建成这样！"杜炎气急败坏地嘟囔道。

这时，陈锋耳尖，听出了杜炎的声音，骤然停下脚步，看着杜炎。杜炎先是一愣，但毕竟姜还是老的辣，立刻一副若无其事的模样继续行走。

陈锋站在原地，杜炎和二棒从陈锋的身边走过，陈锋忽然喊了一声："炎叔！"

杜炎并没有回头。但是，二棒回头了！由于二棒的体貌特征比较明显，陈锋一眼便认出了二棒！陈锋大步走了过去，上前拍了一下二棒的肩膀。

二棒停下脚步，没敢说话，而是毫无主见地将目光移向杜炎。杜炎心中暗骂二棒这个狗杂种不会随机应变，只得故意把自己的嗓子弄得很沙哑，对二棒说："你碰上熟人啦？"

二棒看了眼陈锋，慌乱地摇了摇头。这摇头不要紧，不知怎么地，就把眼镜给摇掉了。这下惨了，庐山真面目露了出来。二棒站在那里不知所措，手脚均无处安放。

陈锋一眼就认出了是二棒，喜道："原来真的是你们！我还以为我认错人了呢！"

杜炎心中暗骂二棒是个笨蛋，出了长白山一定好好收拾他。

陈锋将目光移向杜炎，微笑着说："炎叔，您就别遮掩了。"

杜炎觉得再装下去已经毫无意义了，只得浅笑了一下，说："没、没遮掩，就是随便地穿一下。"

"穿得这么新潮。"陈锋说道，"看见我怎么也不打声招呼呢？"

"打扰你们干什么，呵呵。"杜炎被弄得很是尴尬。

此时王伟国、苏木齐和陆秀萌他们已经走在了最前面，陈锋大步向前几步，来到王伟国身边说："王教授，你看看身后的这两个人是谁？"陈锋用手指着杜炎和二棒。

王伟国看了半天，摇了摇头，然后一脸疑问地看向陈锋。

陈锋笑了一下，说："是杜炎和二棒！"

王伟国和陆秀萌表情惊讶地看着杜炎和二棒，发现的确是他们后，王伟国微微一笑，朝杜炎和二棒点了点头。

陆秀萌上下打量了一番两人的装扮，一下子笑开了，低声对王伟国说："他俩太搞笑了，怎么打扮成这样！"

"我们本来是要考考你们眼力的，没想到你们眼力真好！"杜炎赔笑了一下，然后绕开谈论自己的话题，"这走廊的弯度越来越大了，大家要跟紧了，千万别掉队。"

王伟国点点头，忧虑地说："是啊。"

苏木齐依旧试探地朝前走着，对于其他人的过多言语有些反感。

陈锋仰头看了看走廊的顶部，分析道："契丹人把走廊设计成这样，肯定有他们的目的。"

王伟国暂时没有说话，沉默片刻后，缓缓说道："我刚才想了想，这种设计会不会和抗震有关系呢？"

杜炎还是一如往常，对于王伟国的话不屑一顾。 盗墓贼和考古队，是天生的死对头。

眼镜男对王伟国的说法很赞同："很有可能！"

王伟国缓缓说道："从建筑学的角度讲，这样做确实有防震的作用。 契丹人在建筑结构方面首创了减柱法、移柱法和叉柱法。 所以，契丹的建筑在抗震性、耐久性和防腐性上都有非常高的水平。 在这种地下环境中，减柱法是最有效的。 比如说辽宁辽阳县白塔，距今已经近千年了，经历了数次地震，依然完好无损。"

"有人不见了！"忽然，眼镜男声音有些恐惧地喊道。

众人都停下了脚步，发现雀斑女不见了。

王伟国着急地说："大家返回去赶紧找一找！"

"好！"众人异口同声。

众人又转头往回走，手电的光束在漆黑的走廊中晃动。 大约往回行走了二十多步，在一个拐角处发现了雀斑女。 但是，此时的雀斑女已经死去。 只见雀斑女横尸在冰冷的石板之上，喉咙处有一个血洞，石板上流了一摊鲜血。 雀斑女双眼暴睁着，仿佛就在她看见凶手的一瞬间，被人一刀致命！

这时，手电的光束晃在了雀斑女的头部，陈锋看见了一样东西，一张长条的冥纸贴在了雀斑女的额头上！陈锋惊得半张着嘴巴，一时说不出话来。 王伟国来到雀斑女跟前，注意到了雀斑女头部的那张冥纸，他将冥纸揭了下来，放在眼前看了看。

良久，陈锋呆呆地说道："他也来了……"

就在这时，王伟国在冥纸的背后发现了一些字。王伟国心跳加速，念道："神明禁地，来者俱死！"

王伟国刚刚念完，众人都倒吸了口凉气，十分恐惧。

眼镜男心中狂跳，胆怯地说："我们不会是遭受到了什么诅咒了吧？这类的小说我可是看多了，该不会真在现实中发生吧？"

王伟国轻瞪了一眼眼镜男："不要蛊惑人心！我是无神论者，根本不相信什么诅咒。要是到处都有诅咒的话，那么我们考古队是不是每天都会死人？不要胡说。"

杜炎冷哼一下："不要不相信诅咒一说。据说，世上有三种诅咒是很灵的！"

一个好事游客问道："哪三个诅咒？"

杜炎浅笑了一下："这三个诅咒啊，分别是降头、猫诅和血诅！"

"降头倒是在香港电影中看过，至于另外两个就没听说过了。"眼镜男浑身打了个冷战，说道。

"好了，别说那些没用的了！"苏木齐呵斥了一句，"大家伙可都把眼珠子睁大了！有些事确实不太靠谱，宁可信其有不可信其无。身上有东西能防身的，赶紧都拿出来握在手里！"

"对对，大家伙赶紧，包里有什么能防身的就拿出来。"王伟国说道。

众人纷纷从自己的背包中拿出自认为算是可以防身的物品。有的拿着水果刀，有的拿着餐叉，没有物件可用的干脆紧握拳头高度戒备。

陆秀萌忽然想起陈锋刚才说的那句话，问道："陈锋，你刚才说谁来了？"

陈锋用手用力地挠着头发，表情有些痛苦地说："他来了！"

"谁？"王伟国也一脸莫名。

陈锋目光射向茫茫的黑暗中："还记得在北安旅馆王教授遇袭的事吗？"

王伟国说："记得，当然记得，到现在还心有余悸。"

陈锋继续说道："凶手逃走的时候，在地上发现了冥纸。"

陆秀萌猛地拍了一下脑门，说："我想起来了！还有，我和陈锋在饭店吃饭的时候，在饭店的窗户上也发现了这样的一张冥纸！"

"还不只这些。"陈锋说道，"还有三人死在了同一个人手中，死后都被贴上了这样的一张冥纸。其中有我的同学、民间古董收藏家明叔和我的亲密同事李男。"

"这事太离奇了！"陆秀萌心情紧张起来，"可是，这些事好像都和你沾边呢。"

"是的，貌似都和我有关系。但是，我又不知道和我有什么关系！"陈锋表情十分痛苦。

苏木齐轻咳了一声，说："好了，大家保持好警惕，准备往前走了！"

众人都神情紧张地握紧手中所谓的防身物件，十分警惕地朝前行走着。众人行走了大约十多分钟后，眼前竟然又重新出现了四条走廊！和刚才遇见的走廊一模一样。所有人都停下了脚步，顿时惊呆了。

苏木齐这样冷静沉默寡言的人都忍不住惊讶地说道："怎么又出现了四条走廊！"

王伟国此刻也傻了："是啊，这是怎么回事啊！"

陈锋和陆秀萌都半张着嘴巴，盯着四条走廊没有说话。

正当众人不知所措的时候，杜炎大步走到右数第二个走廊跟前，看了片刻之后，转过身来笑道："看来，我们又走回来了！"

"走回来了？"众人不禁愕然。

王伟国眉头微蹙，问道："杜先生，你怎么知道是又走回来了？"

杜炎嘲笑道："你们考古队那么专业，难道还不如我们这些不入流的盗墓贼吗？"

王伟国白了一眼杜炎，没有说话。

陈锋分别看了眼杜炎和王伟国，知道杜炎对王伟国有意见。陈锋为两人打圆场，微笑着对杜炎说："高手都出在民间。炎叔，你是如何判断我们又回到原处了呢？"

杜炎浅笑了一下，说："知道高手出自民间就好。我为什么这么肯定是回到原处了呢？我当时是最后一个走进走廊的，在进去前我就留了心，用小匕首在入口的墙壁上划刻了一个十字。"

"原来如此。"王伟国恍然地点了点头。

陈锋看着余下的三条走廊，表情困惑地说："还剩下三条走廊，那么这三条应该走哪一条呢？"

众人将目光移向王伟国，但是王伟国此刻沉默了，他不再提建议。因为，他建议走右数第二条走廊后，死了一个人。

众人都沉默着。

突然，陈锋将目光移向了右数第二条走廊和右数第三条走廊之间，说道："大家有没有注意到一点，这四条走廊之间的距离只有中间两条走廊之间的不一样！"

经陈锋这么一说，众人忙将目光投向中间那两条走廊。

王伟国仔细地看了看，说："没错，确实不一样。陈警官不愧是做刑侦的，中间两条走廊的间距要比其他走廊的间距大一倍！"

杜炎浅笑了一下，说："说到这，已经很明了了……"

苏木齐大步地走到中间两条走廊之间，用手摸了摸墙壁，然后用手轻轻地敲了敲墙壁，眼睛一亮，说道："这两条走廊之间完全可以再开出一条走廊！我刚才敲了敲墙壁，声音明显有些发空。这里，肯定有一条暗道！"

说到暗道，众人又都兴奋起来了。

王伟国也走过去，仔细地打量了一番，说道："从墙壁来看，确实是后期填补的。俗话说得好，狡兔三窟，没想到契丹人也不忘这一招。"

陈锋忧虑地说道："虽然我们知道了这是一条暗道，但是我们又不会穿墙术，总得将墙壁打开吧？"

大家都面面相觑。苏木齐说道："我倒有一个办法。"

陈锋忙问："苏先生，什么办法？"

苏木齐用力地敲了敲墙壁，说："从声音可以判断，这堵墙并不是特别厚，如果使用外力的话，打开它并不是没有可能。可是……"

"可是什么？"陈锋问道。

王教授叹道："如果采用外力的话，这文物又要遭到破坏了，我舍不得啊！"

　　"如果不采用外力的话，也没有更好的办法了。没办法，只能这样了。"陈锋说道。

　　王伟国神情落寞地点了点头，说："只能这样了。"

　　陈锋环视了每一个人，说道："如果采用外力的话，我们现在缺少工具。现在要是有一把大锤子在就好了。"

　　苏木齐嘴角露出一丝微笑，大步走到二棒跟前，淡淡地说："这位小兄弟，把你背包里的东西拿出来吧！"

　　二棒看了眼杜炎，杜炎轻轻地叹了口气，微微点了点头。

　　二棒打开背包，从中取出一把折叠的锤子递给苏木齐。

　　苏木齐接过锤子，说道："从一开始我就觉得你的包很沉。后来知道你们是盗墓的，那么我猜测你们的背包中肯定有这种折叠的尖嘴锤，它在现代盗墓中可是非常实用的工具。"

　　"那还等什么？赶紧凿啊！"眼镜男着急地说。

　　苏木齐拿起尖嘴锤子，朝墙体用力刨去。果然，墙体瞬间被刨开了一块。眼见着奏效，苏木齐将锤子递给二棒，说："这种体力活，还是年轻人来比较快！"

　　二棒不情愿地接过锤子，几下子就将墙体刨开了，露出了一个黑漆漆的洞。有人朝黑洞中大声地喊话，回音非常大，足见洞很深。经过扩展，这个洞的大小竟然和其他走廊的高低宽窄一模一样。人直立进去，是毫不费力的。

　　众人陆续走进了洞中，前方是无尽的黑暗，仿佛这条通道通向的不是希望，而是毁灭。众人心中都没有底，但不论怎样，现在都没有回头路了。

　　"幸亏陈警官发现了这条暗道，要是我们再重新走其他的走廊，白费工夫不说，很有可能还会遇到其他的未知危险。"王伟国对陈锋夸赞道。

　　陈锋凝神注视前方，嘱咐大家道："大家不要放松警惕，多加小心，谁也不清楚会不会有什么危险。"

　　在暗道中，两边也逐渐出现了一些壁画。暗道中壁画的内容和之前那条走廊壁画的内容大为不同，眼前壁画描绘的都是些摆宴和百姓日常吃饭的场景。壁画栩栩如生，看到壁画，就仿佛看见了千百年前契丹人真实的生活。

陈锋将手电朝两边的壁画晃了晃，说："看到壁画上的摆宴，我都有些饿了。"

王伟国笑了一下，说："契丹人的餐桌上少不了生的食物，恐怕你是吃不下的啊，呵呵。"

"契丹人吃生的食物？"陈锋好奇地问道。

"是的。契丹人本是游牧民族，缺乏烹饪条件，所以很多东西只能生吃。就算到后来建了国，条件好了，生吃食物的习惯也被保留了。契丹人的性格十分豪爽，你要是穿越到契丹，契丹人请你用餐的话，你肯定受不了。"王伟国边走边说。

陈锋笑了一下，问："为什么？"

"你肯定喝不过契丹人啊！大碗酒和大块肉，这是契丹人的性格。契丹人接待客人，有的热情到喝酒直接用瓢饮。你说说，用瓢喝酒，你能受得了吗？"这时，王伟国将手电的光束照射到了一块壁画上，然后用手指了指，"看看这幅壁画上餐桌上的食物是什么？如果我没猜错的话，这是头鱼宴和头鹅宴！"

"没想到契丹时期就有头鱼宴了。"陆秀萌在一旁说道。

王伟国点了点头，说："头鱼宴就是契丹人传下来的。"

苏木齐走在最前，听着王伟国和陈锋的对话，肚子不禁"咕噜咕噜"地响了几下。

忽然，眼镜男大喊了一声："又一个人不见了！"

众人大惊失色，开始返回寻找。结果很明显，在不远处找到了一具男尸。男尸的死态和雀斑女一样，都是喉咙被利器刺穿。令人震惊的是，眼前的这具男尸的额头上也同样贴了一张冥纸！

王伟国脸色发白，头上渗出了汗液，声音有些颤抖地说："又上路了一个……"

陈锋此刻疯了似的，暴睁着眼睛狂喊道："是谁？你到底是谁？你他妈的给我出来！出来！"陈锋怒喊了几次，可是无人回应。

陆秀萌安慰道："陈锋，别喊了，无济于事的。"

王伟国擦了擦额头上的汗，上前拍了拍陈锋的肩膀，叹了口气，故作镇静地说："陈警官，谁也不想这样。"

接着，他怅然地说道："我觉得我们进入了一个怪圈之中，反复在寻找和自我寻找的过程。 就像进入了一个迷魂阵，我们像一群无头苍蝇，没有方向感。"

"那现在我们怎么办？"眼镜男异常惶恐，仿佛觉得下一个死去的便是自己。

王伟国目光坚毅地说："没有别的办法了，只能继续往前走了。"

陈锋环视了一下众人的脸色，知道大家都有些不敢前行了，思忖片刻："我知道，大家现在都有些恐惧了，那么我来走在最后面。 如果死，下一个死的也是我。"

陆秀萌一听陈锋这样说，有些急了，说："陈锋，你……"

陆秀萌没有说完，陈锋便把她的话打断了，微笑着说："陆小姐，没事，你放心。"

众人继续前行，这回换做陈锋断后。 行了十几分钟后，突然前方出现了一个巨大的圆门。 圆门的直径足足有两米，最引人注意的是，在圆门的中间，画着一只巨大的眼睛。

这眼睛，仿佛来自地狱！

杜炎见了眼前的这扇门，表情开始变得惊恐，失声道："凶眼！是凶眼！"

众人将目光都聚集在了杜炎的身上。

陈锋问道："炎叔，凶眼是什么？"

杜炎顿了顿，说："怪不得我们兜了那么多圈子，原来契丹人在这里放了一只凶眼。 凶眼我平生只见过一次，这是第二次。 上一次还是年轻的时候，在京津地区盗一个契丹贵族墓的时候，那儿也同样安放了一只凶眼。 就在这墓中，我们进去的五个人，后来只剩下了两个人，我和张耗子。 几十年了，没想到在这里又遇上了。"

苏木齐仔细地盯着门上那只眼睛，有些不可思议地说，"这东西这么邪性吗？"

陆秀萌问道："那我们该怎么办呢？"

杜炎缓缓说道："这凶眼有睁眼和闭眼之分。"

杜炎说到这，眼镜男特意看了眼门上的眼睛，说："门上的眼睛是闭着的！睁眼和闭眼有什么分别吗？"

杜炎继续说："当凶眼睁着的时候，八路通达，闭着的时候，则死路绝方！"

陈锋心中一凉，说："现在凶眼是闭着的，难道就是说我们死路绝方了？"

王伟国急问道："有什么解决的办法吗？"

杜炎不屑地瞟了王伟国一眼，说："其实也很简单，我们只需要将凶眼的眼皮用东西支起来就行了。"

"那就简单了！"眼镜男松了一口气。

杜炎目向前方，说道："要是不知道凶眼的秘密，我们可能都将不知不觉地葬身于此，永远都走不出这凶眼怪圈。"

王伟国夸赞道："要不是杜先生来，我们可能真就……"

杜炎冷哼了一句："以后别瞧不起盗墓的就行了。"

陈锋从二棒的背包中翻出一根短的铁棍子，用力将凶眼的上眼皮往上抬。

果然，凶眼的上眼皮缓缓地动了，瞅准机会，陈锋迅速地将短铁棍支在了上下眼皮之间。就在凶眼被支开的那一瞬间，仿佛一个死了很久的巨人复活了！

众人静静地看着睁开的凶眼，世界瞬间如此之静，仿佛能听见每个人的呼吸声。

突然，凶眼像是被撕裂了一般，从中间出现了一道裂缝。逐渐地，裂缝越来越大，最终凶眼上的眼球掉了下来！就在眼球掉落下来的那一瞬间，眼前的这扇门开了，露出了耀眼的金光！

众人被刺眼的金光照得都眯缝着双眼，当金光逐渐减弱，众人又缓缓睁开了眼睛。在众人睁开眼睛的那一瞬间，每一个人的表情都僵住了，仿佛让人施了法术。

到底，他们看见了什么？

第十六章
太阳金殿

　　金光逐渐散去，映入眼帘的便是一片金色。 开始并没有分辨出是什么，众人仔细一看，那是一座座金色的宫殿，中间是一座正殿，两边的偏殿整齐而对称，全然模仿皇宫设计。 在偏殿的两边，燃烧着九盏用鲛人油脂做燃料的万年灯。 正殿前，立着百官跪拜的雕塑，栩栩如生。 在宫殿的屋檐和墙壁上，都绘有祥瑞的图案，十分壮观。

　　王伟国惊叹道："这……难道就是太阳金殿吗？"

　　苏木齐拿出羊皮纸照片，看了看，说："确实，凶眼之门正是太阳金殿的入口。 这里正是太阳金殿！"

　　陈锋呆呆地看了半天，说："从这里，我看到了契丹帝国的繁荣！这座金殿简直就是空前绝后！堪称世界上的又一个奇迹！"

　　最为兴奋的是杜炎和二棒师徒俩。

　　二棒憨笑道："师父，你看！金子！都是金子！"二棒的脑海中顷刻间浮现出了美女香车前簇后拥的画面。

　　杜炎双眼直直盯着金子，将手臂伸到二棒跟前，说："狗杂种，你咬我一下，快点！"

二棒先是一愣，然后用力地咬了杜炎一口。 杜炎"哎哟"一声，然后欣喜地说道："不是做梦！ 真的不是做梦啊！ 狗杂种，满屋子的金子！ 发财啦！"

众人缓缓走进这片地下金殿。 在金砖铺就的地面的正中央，有一个太阳的图案。 那是一个正午的太阳，象征着鼎盛时期的契丹王朝。

众人行了数步，发现在偏殿的墙壁上，分别有四张皇帝像，画像的下方各有几个契丹小字，很可能写的是皇帝的名字或是谥号。

王伟国看着画像，突然眉头一皱，说："契丹应该有九个皇帝，怎么这里只有四个？"

陈锋说道："会不会是画师忘记画了呢？"

"应该不会。"王伟国摇了摇头，忽然又兴奋地说，"我知道了！ 如果我没猜错的话，修建这座太阳金殿的人应该是辽国的第五个皇帝辽穆宗！"

"所以他没有绘上自己的画像？"陈锋问道。

"不错。"王伟国点点头，"我推测，太阳金殿建于辽穆宗时期。 辽穆宗是一个十分放纵残暴的帝王，喜好喝酒、睡觉、四处游猎。 他修建这么一座金殿也不是不可能。"

"我说嘛，一般好皇帝也不会花这么多钱来修建这么大一个工程！"陈锋感慨道。

"太阳金殿是辽穆宗修建的另一个证据，就是无极冥洞是萧思温的坟墓。 萧思温生活在辽穆宗当政时期，辽穆宗短命，三十余岁便死了。 萧思温作为权臣，肯定是知道太阳金殿的修建的。 于是，这就产生了铁盒子、羊皮纸和太阳金殿的关联。 我猜想，萧思温当时有篡权的想法。 在无极冥洞中的墓碑上所说的大业，定是篡权。 为了隐秘考虑，他将藏有宝图的首饰盒放在了那个汉族姑娘的墓中。 可是天不遂人愿，萧思温在穆宗死后不久，就被人刺杀身亡了。 大业没成，萧太后自然就将钥匙随葬了。"王伟国说道。

"如果这样推理的话，萧思温和太阳金殿就联系上了。"陆秀萌说道。

此时，杜炎和二棒兴奋地用手摸着各种建筑，脸上的笑容都堆出了褶子。

二棒用牙齿咬了咬建筑的一角，冲杜炎兴奋地喊道："师父，是真的金子！ 真的金子！"

杜炎干脆躺在地上，大笑道："发了！ 发了！"

　　众人干脆不理会两人，继续朝前走着，此时此刻，宛如身处幻境。

　　眼镜男被眼前所见折服，赞叹道："想不到契丹这样一个草原民族能建造出这样一座精美绝伦的宫殿，真是令人大吃一惊！"

　　王伟国用手抚摸着建筑，缓缓说道："契丹作为游牧民族，在建筑方面本来是一片空白。但是，受汉文化的影响，契丹建筑是在一个高起点上开始的。在结构和布局上，契丹建筑多是仿照汉人建筑建造的。契丹是个佛教十分盛行的民族，在契丹国内，佛塔也非常之多。"

　　"看，那边好像真的有一座塔！"陆秀萌指着不远处的一座高瘦型建筑说道。

　　众人走了过去，王伟国看了看，说："这确实是一座塔，也肯定是一座佛塔！但我参加考古工作这么多年，还是第一回见到这样的塔。"

　　"佛塔？"陈锋微微惊诧，"从哪儿看得出来？"

　　王伟国用手指了指佛塔，说："大家看佛塔里面的塑像，是不是一个白衣女子？这就是契丹人十分崇敬的白衣观音。白衣观音在皇室中尤为尊贵，被契丹皇家尊为家神。"

　　"看！观音像的下方好像有一个盒子！"陆秀萌指着佛塔中一个暗红色檀木盒子说道。

　　苏木齐上前将盒子取出，缓缓打开，映入众人眼帘的是数十册佛经，封面上书写着"大藏经"几个醒目的大字。由于年代久远，书籍有些残破了。不过，看样子并不影响阅读。

　　当王伟国看见"大藏经"几个字的时候，突然睁大眼睛，失声道："难道是契丹藏？"

　　"契丹藏？"陈锋困惑地看了眼王伟国。

　　王伟国用手轻轻地翻了翻经书，面露喜色："不错，确实是契丹藏。契丹藏又叫辽藏，从约辽兴宗年代开始，历时三十余年的编写收录而成。据说，这部藏经一共有579帙，1979年在山西的一个木塔中发现了其中的50帙残卷，剩下的部分已经失传。真是没有想到，在这里能看见失传的契丹藏。"

　　"之前发现的50帙，再加上眼前的这些，好像也不够579帙啊。"陈锋简单地算了一下，皱着眉头说。

王伟国用手试了一下盒子中藏经的厚度，微微点了点头说："这可能只是失传的其中一部分。"

"其他部分会在哪儿呢？"陆秀萌秀眉微蹙，喃喃地说。

王伟国轻叹了口气，说："那就不知道了。"

陈锋环视了一下四周，说道："我从这座地下金殿中，看到了很多汉文化的影子。"

王伟国笑了一下，说："其实，我是十分崇敬契丹人的。契丹人当初非常尊敬汉人，积极汲取汉地的文化，从辽代分南面官和北面官这种独特的行政制度上就可以体现出来。"

陈锋点了点头，说："我最喜欢的契丹人是耶律楚材，我觉得他就是个已经完全汉化的契丹人。"

"耶律楚材的祖上是东丹国的贵族，祖上就深受汉文化影响。可以这么说，耶律楚材影响了蒙古统治者对汉文化的接受。不过，契丹人由于汉化严重，所以骨子里的野蛮彪悍到了后期就变得淡了。"王伟国说道。

"契丹人打不过女真人，汉化严重只是一方面。契丹亡国的真正原因，其实是因为海东青。因为辽国最后一个皇帝天祚帝好打猎，海东青又是捕猎能手，所以天祚帝开始强令女真人捕捉海东青。同时，还强征财物和美女，这才激化了女真人和契丹人之间的矛盾。"

"我觉得，契丹在中国历史上受到了不公平的待遇。我们都知道，契丹在当时是一个举足轻重的帝国，但是现在我们说起中国历史的时候一般只会说唐宋元明清，为什么不说唐宋辽明清？"陆秀萌为契丹在中国历史上的地位略有些抱不平。

"不错，现在很多人都知道契丹，但大部分人是通过杨家将或金庸先生的小说《天龙八部》才知道的。毕竟，中国的历史是以中原为重的，谁入主中原，谁就是正统。这很有可能是历史学家没有把辽和金归为正统的原因。作为女真族后裔的满族，因为入主了中原，所以才在中国史上有浓重的一笔。"王伟国说道。

此时的杜炎和二棒师徒正忙活得不亦乐乎，将背包中的盗墓工具都倒了出来，开始往背包中疯狂地装贵重物品。

"师父，你说咱们要是拿几个编织袋来就好了，这么多宝贝，我们装也装不过来啊！"二棒边往背包中装东西边说。

杜炎突然停下了装东西的动作，十分后悔地说道："是啊，当初为什么没有拿编织袋来呢？"

"如果能拿一百个编织袋就好了，就能装更多的宝贝了！"二棒憨笑道。

杜炎"啪"地拍了一下二棒的脑壳，骂道："你真是个笨蛋！拿一百个编织袋？你也不想想，就算你都把编织袋装满了，你能把这些东西都拿出去吗？"

"这个……"二棒挠了挠头，无言以对。

"所以说，现在我们先别想别的了，赶紧认为什么最贵重，就拿什么。挑贵重的装！"

此时，金灿灿的太阳金殿中，闪现一道红幽幽的光出来。众人此刻都将视线移向红光射来的方向，那正是百官跪拜像前面的正殿。

众人好奇地直奔正殿而去，推开金色的门，一座红色的佛塔赫然出现在众人的面前。红塔高约两米，方形空心，分为七层，台基上绘有九条金龙。在塔身的四壁上，分别雕刻着众多菩萨和罗汉。在佛塔的四角，写有难以读懂的契丹大字。一般的契丹佛塔都会高达几十米，眼前的这座佛塔显而易见，是经过一定的比例缩建的。

苏木齐驻足观望，惊叹道："这座佛塔太神奇了，作为契丹人后裔，我真是佩服我的祖先。"

王伟国双眼盯着佛塔，说道："眼前的这座佛塔，可以说是契丹人建筑艺术的代表作之一了。"

"你们谁都别动！谁动我就开枪打死谁！"突然，从金殿的入口处传来了一声大喝。

众人循声望去，只见五个蒙面人手持枪械站在众人的不远处。

众人大惊，忙着装宝贝的杜炎和二棒师徒也停下了动作。

"这些人是怎么进来的？"陆秀萌低声说道。

"没有羊皮纸，他们是不可能找到这里的。"王伟国也很困惑，忽然表情惊诧道，"难道他们就是刚才失踪的那五个游客？你看，正正好好五个！"

陈锋心中暗道："那就没错了。看来他们是早有预谋啊，早就盯上咱们了！这下可不好办了，要是和这些人动起手来，肯定吃亏。"

眼镜男和其他几个游客都吓得浑身瑟缩，眼镜男斜看着陈锋，悄声说："咱们怎么办啊？"

陈锋异常镇定地说："大家先别慌。"

苏木齐显得很镇定，朗声朝对面的蒙面人喊道："对面的朋友，是哪条道上的？"

几十秒过去，对面的蒙面人并没有回答。

陈锋见蒙面人目露凶光，注意到了对方的手上动作，一惊之下边喊躲："大家快躲！"

"砰"一声枪响，子弹打在了佛塔之上！接着，数颗子弹开始朝众人飞来！

众人瞬间惊出一身冷汗，慌忙躲在附近的建筑物后面。嗜血的子弹疯狂地四处撞击，一些金子碎屑纷纷而下。

王伟国眼见这些古建筑遭到了破坏，心疼地说："作孽啊！作孽啊！破坏文物是要判刑的啊！甚至可以判死刑啊！"

数声枪响之后，暂时没有了声音。

众人心中此时忐忑不已，可以料知那些黑衣人正朝自己的方向紧逼。

"陈、陈警官，现在咱们怎么办啊？我的孩子还小啊，不能没有父亲啊！"眼镜男明显吓得快哭了。

陈锋也是十分着急，手心满是汗液，将目光移向王伟国。王伟国与陈锋对视着，用目光和手势商量着对策。

然而，几秒钟后，眼镜男突然和另外一个游客从同一个建筑后面窜出，想朝另一个更远的建筑后面跑。

陈锋见二人窜出，心中一凉，大喊道："不要乱跑啊！"

可是，陈锋的话说得太晚了……

"砰砰"两声清脆的枪响，两人应声倒下，鲜红的血液瞬间染红了金色的地面，俨如镜中的厉鬼穿上了恐怖的红衣。

事态十分危急，境况万分紧迫！

忽然，"嗵"一声枪响，伴随着一声惨叫，一个蒙面人竟然应声倒下了。

这是怎么回事？

众人惊喜地环视一圈，最终将目光落到了不远处躲避的杜炎身上。

只见杜炎手中握着还在冒烟的他那把土枪，他冲着陈锋等人笑了一下，目光坚毅："奶奶的，谁说鸟枪不管用，关键时刻比大炮都好使！要是被这些蒙面的王八蛋干掉了，眼前的这些宝贝都只能带到地下了。绝对不能让他们得逞！"

"对，绝对不能让这些王八蛋得逞！"二棒在一旁随声附和。

其他四个蒙面人意识到了危险，迅速地就近躲在了建筑后面，也不敢轻举妄动了，这就给陈锋等人赢得了宝贵的求生时间。

陈锋和陆秀萌躲在一块，陆秀萌轻声对陈锋说："陈锋，咱们得想办法将那几个蒙面人手里的枪弄下来。"

陈锋皱了皱眉，然后摇了摇头，说："王教授和苏先生年过半百，只凭我一个人肯定是不可能成功的。"

陆秀萌目光炯炯地看着陈锋，说："你把我忘了吗？"

"你？"陈锋苦笑了一下。

"怎么，你看我是个女的就认为我不行？别忘了，我和你说过，我是我们大学的武林高手！身手并不会比你陈警官差。"陆秀萌自信满满地说。

陈锋打量了一下陆秀萌，说："我知道你是当年的校园高手，没认为你不行。可是，无论如何你还是别去了！"

"怎么，你是不是担心我？"陆秀萌笑了一下。

陈锋避开陆秀萌的目光，将视线投向二棒，说："如果再加上二棒，用炎叔的枪作为掩护，我看差不多。"

陆秀萌忧虑地说："二棒那个二货笨手笨脚的，我怕他不行！"

"没有别的办法了，只能拼一拼了！"陈锋轻叹了口气，下定决心说。

陆秀萌轻轻地叹了口气："好吧，你要小心。"

"嗯，放心吧！"陈锋给了陆秀萌一个微笑，然后冲二棒做了一个下枪的动作。

二棒看见陈锋给自己打手势，并没有看明白，就把目光移向杜炎。杜炎拍了一下二棒的脑壳，低声骂道："我怎么收了你这么个笨蛋狗杂种做徒弟，陈警官是告诉你和他去下掉那四个蒙面人的枪。"

二棒一听要下蒙面人的枪，表情愕然地说："啊！我们两个？"

杜炎轻叹道："确实有些难，但是我相信陈警官。我会掩护你们。"

二棒沉默了片刻，不情愿地点了点头。

陈锋递给二棒一个眼色，二人缓缓地从建筑后面闪了出来，悄悄地朝蒙面人躲藏的建筑移动。正当陈锋和二棒马上就要到达蒙面人躲藏的建筑时，一个蒙面人发现了陈锋！

"砰砰"几声枪响，子弹朝陈锋射来。

陆秀萌见陈锋暴露了，倒吸了口凉气。

其他三个蒙面人见同伙开枪了，也都纷纷开枪。

杜炎见势不妙，在暗处瞄准了一个蒙面人，"嗵"一声，又将一个蒙面人击中。杜炎的枪法可谓非常精准，那个蒙面人不过刚刚露出一点头，就被杜炎击中了。

陈锋一个地滚翻，躲过了几颗子弹的袭击，滚到了一个蒙面人的跟前，一拳击中蒙面人的脸。趁着蒙面人捂脸的一瞬间，陈锋迅速地下了蒙面人的手枪，并将手枪紧握在自己的手中。紧接着，一个急转身，"砰"一下，又击中了另一个蒙面人，对方应声而倒。这回只剩下最后一个蒙面人了，蒙面人举枪就要朝陈锋开枪，被躲在背后的二棒一锤子拍倒了。

目前，只有一个蒙面人活着，慌张地朝门外跑去。陈锋一个箭步扑了上去，将蒙面人扑倒在地，并扯去了那人蒙面布。被陈锋骑在身下的是一个中年男子，脸长消瘦。

其他人见陈锋制服了蒙面人，俱欢呼雀跃，来到陈锋跟前。

陈锋向蒙面人怒问道："说！你们为什么要跟踪我们！是谁派你们来的！"

"我是不会说的，就算说了我也会死！"蒙面人冷冷地说道。

陈锋狠狠地给了蒙面人一个耳光，近乎疯狂地喝道："说！"

蒙面人极为倔强地将脸扭到一边，不作回答。

陈锋要气疯了，狠狠地盯着蒙面人。

"看！那是什么！"

其他人顺着陆秀萌的手看去，都震惊了！

陈锋声音微颤地说道："是你们！"

只见其中一个死去的蒙面人的兜里露出了几张冥纸，和雀斑女死去时脑门上贴的竟然一模一样！

陈锋怔了片刻，一把揪起蒙面人，双眼冒着怒气，大声地质问道："刚才在走廊中杀人的是不是你们？"

蒙面人冷笑，说："这很简单，我可以回答你，是！我们要将你们一点点地消灭，人越少对我们越有利！"

"你们为什么要贴冥纸？"王伟国不解地问道。

蒙面人说道："贴一张冥纸是我们的规矩，贴上冥纸表明已经死了。"

陈锋继续问道："明叔、韩泽和李男之死，还有刺杀王教授的是不是也是你们所为？"

蒙面人回答："我不知道什么明叔、韩泽。"

"那就奇怪了，同样是贴冥纸，难道不是一伙人所为？这不可能。"王伟国困惑地自语。

这时，蒙面人说了一句非常关键的话："我们老大不会放过你们的！"

"老大？"陈锋觉得事情没这么简单，"你们老大是谁！"

蒙面人冷笑了一下，说："我说了，我不会告诉你的。我要是告诉你了，我也会被老大弄死！我们的老大可是黑白两道通吃！"

杜炎上去狠狠地踢了蒙面人几脚，骂道："王八蛋！我让你黑白两道通吃！"

"他怎么处理？"陆秀萌问道。

王伟国思忖片刻，说："先用绳子将他捆起来，把他交给警察局！"

"我现在就想毙了他！"陈锋气愤地说道。

王伟国拍了拍陈锋的肩膀，说："陈警官，不要知法犯法了，千万别让仇恨冲昏了头脑。"

陈锋沉默片刻，长长地叹了口气，点了点头。

"师父，这是什么东西？玉不是玉，石头不是石头。这个值钱吗？"二棒这时手中拿着一条项链问杜炎。

杜炎拿过项链，皱了皱眉，说："这是什么东西？ 怎么这么轻？"

"该不会是硬塑料吧？"二棒猜测道。

"你能不能长点脑子，不给我丢人？ 契丹人那时候就会制作硬塑料了？"杜炎斜了二棒一眼，骂道。

站在一旁的陆秀萌用手掩着嘴巴，忍俊不禁。

王伟国将目光移向杜炎手中的项链上。 项链是用一种晶莹剔透的物质穿成的，每一颗都有一些红色的斑点。 王伟国此刻似乎想到了什么，说："这东西叫璎珞，是契丹族最具特色的饰品。 所谓的璎珞，就是我们常说的项链。这个璎珞是由血琥珀串联而成，每一颗琥珀的大小都非常匀称。 琥珀主要出产于中亚地区，从这一点可以看出，当时辽国和中亚地区是有着十分密切的贸易往来的。 虽然琥珀主要产自中亚，但是契丹族是最崇尚琥珀的民族。 据研究，这也与契丹人崇尚佛教有关。"

"琥珀和佛教能有什么关系？"陈锋好奇地问道。

王伟国想要拿过杜炎手中的琥珀璎珞，杜炎却脑袋一歪，避开了王伟国的手。 王伟国微微笑了一下，说："在佛教中认为，水晶代表佛骨，而琥珀代表佛血，尤其是这种血琥珀。 至于二棒问这东西值不值钱，我就实话说了吧，这东西能在北京换一栋一百多平的房子还有余。"

众人听了王伟国的话，都惊愕不已。

王伟国继续说道："如果这琥珀的表面雕刻有纹络的话，会更值钱。"

杜炎忙将琥珀璎珞放在眼前仔细观看，果然每一个琥珀的表面雕刻着龙纹。 杜炎兴奋地说："真的有图案，好像还是龙！"

王伟国长长地吁了口气，说："如果说这里能被国家好好发掘，它的考古价值可以和秦皇陵相媲美！"

杜炎和二棒相视一眼，觉得王伟国话里有话。

杜炎斜睨了一眼王伟国，说："这地下的东西谁见到就是谁的！"

"只要是地下的东西就是国家的！ 我是一个考古工作者，我有义务保护这些文物！"王伟国愤怒地说道。

杜炎不屑："我也没破坏文物啊，我是非常小心地把这些宝贝装起来的。如果你们考古所想要这些东西的话，完全可以从我手里买去研究。 如果你王教授要从我手里买，我会很便宜的，绝对给你打七折！"

王伟国虽说满腹经纶，但是真要和杜炎这个油嘴子辩论，还真不好对付。王伟国干脆不搭理杜炎了，扭过头去。

众人沉默了片刻。

"水晶头骨在哪儿呢？"陆秀萌挠了挠下巴说道。

经陆秀萌这么一说，陈锋和王伟国才猛然想起水晶头骨的事情。

陈锋环视了一周，眉头微蹙："这个太阳金殿也不小，羊皮纸上并没有标注出水晶头骨到底在金殿的哪一个位置，寻找起来并不容易。"

王伟国开始并没有说话，好像是在思考什么。忽然，他转过身来，说："虽然佛塔一般是用来藏书或是供奉舍利，但也很有可能用来供奉头骨。大家赶紧把这金殿中所有的佛塔找一遍！"

王伟国话音刚落，众人就开始在这个地下金殿中四处寻找佛塔。

几分钟后，传来了陆秀萌兴奋地喊声："大家快来啊！这里有一个铁盒子！"

众人来到陆秀萌的跟前，只见陆秀萌所找到的佛塔其实就是刚才发着红光的那座。

陆秀萌用手指着其中一层说道："大家看，这里有一个铁盒子！"

"这、这铁盒子好像在哪儿见过！"王伟国表情惊讶地说。

陈锋也仔细地看了看佛塔中的铁盒子，错愕地说："这个铁盒子和我太爷爷留下的铁盒子几乎一模一样！"

"对，想起来了，真的太像了！"王伟国点头说道。

陈锋仔细地观察着眼前的这个铁盒子，说："就连上面的花纹都一模一样！不过，还是有一些差别的，好像比太爷爷留下的那只略大一些。"

"快把它拿出来啊！"杜炎露出贪婪的目光，在后面有些迫不及待地说。

陈锋双手去拿，可是那铁盒子却像是被牢牢地钉在了佛塔上似的，竟然丝毫不动。陈锋一怔，然后又试了几次，铁盒子还是纹丝不动。

王伟国见状，惊愕地说："这铁盒子怎么拿不动？"

陈锋擦了擦头上的汗，说："不是拿不动，这盒子好像被钉在了佛塔上，根本就拿不出来！"

"那就直接把盒子盖打开，看看水晶头骨在不在里面。"苏木齐面无表情地说。

"只能这样了！"陈锋将双手放在盒盖上，一使劲，发现铁盒子上了锁。

"被锁住了！"

"完了，没有钥匙就别想打开了。"杜炎此刻像是泄了气的气球。

"陈锋，你不是有一把你太爷爷那个盒子的钥匙吗？ 你试一试。"陆秀萌忽然说道。

陈锋猛地拍了一下自己的脑门，从怀中掏出那把钥匙，插进了佛塔中的铁盒子。 伴随着钥匙的缓缓扭动，"啪"的一声轻响，铁盒子真的被打开了！

众人见到铁盒子被打开了，兴奋起来，眼睛都直直地盯着它。

"还真开了！"陈锋高兴地说。

"佛塔中的这个铁盒子和你太爷爷留下的那个铁盒子肯定出自同一个锁匠之手。"王伟国说道。

陈锋缓缓地打开铁盒子的盖子，一个晶莹剔透的水晶头骨出现在了众人的面前。 这只水晶头骨的大小和真人几乎相同，雕刻得十分逼真，惟妙惟肖。

"真的太像了！"陆秀萌惊奇地说道。

王伟国也感叹道："能将坚硬的水晶雕刻成这样，本身就是一个奇迹了。"

"快把它拿出来吧！"杜炎有些等不及了，"这个肯定值不少钱！"

陆秀萌厌恶地斜了一眼杜炎。

陈锋双眼紧盯着铁盒子，小心翼翼地拿出了水晶头骨……

就在陈锋拿出水晶头骨的一瞬间，整个太阳金殿开始剧烈地摇晃起来！

众人头上的金色石头开始大量地下砸，金色的地面上也开始出现大大小小的裂缝，整个地面在缓缓下陷！

"不好了！大家赶快离开这里！"苏木齐大声喊道。

陈锋紧紧地抱着水晶头骨，不解地说："怎么突然就发生塌陷了呢？"

王伟国脸色发白地说："很有可能是触动了水晶头骨连接在盒子底部的机关。 这很有可能是修建者的最后一步棋！是一步同归于尽的死棋！"

伴随着头顶落下的石头越来越多，地面也裂得越来越大，众人开始疯似的朝入口跑。 被捆绑着的蒙面人此刻疯狂地挣扎着，声嘶力竭地喊叫。 突然，一块巨大的石块正正好好砸中了蒙面人的脑袋，脑浆混着鲜血染红了大片地面，惨不忍睹。

当众人冲出入口的一刹那，整个太阳金殿彻底下陷了，眼前只剩下一个无比巨大的黑洞。

这样一个奇迹般的太阳金殿就在瞬间永归幽冥了……

众人望着偌大的坑洞，驻足良久。

苏木齐看了眼羊皮纸的照片，说："大家跟我走！按照羊皮纸上的路线，很快就会出去的！"

半个小时后，陈锋等人按照羊皮纸照片上描绘的路线，从一个岩洞中钻了出来。 在岩洞的出口处，长满了绿色的藤类植物。 当他们站在洞口的时候，映入眼帘的是几辆警车和十几个警察。 四周拉上了警戒线，在警戒线的外面站满了围观的游客。

陈锋等人被两辆救护车接走了，现场的警察继续在事发的岩洞中搜救。陈锋等人来到二道白河镇的医院做了检查，在确保自身安然无恙后，配合警方做了笔录，然后乘火车回到了省城。

省城火车站内，杜炎和二棒背着沉甸甸的金银财宝，准备要和陈锋分道扬镳。

王伟国望着杜炎和二棒的背包，说道："你们这些文物应该上缴国家。"

杜炎说："我的王大教授，你是不是吃不到葡萄说葡萄酸啊？ 你要想要几个，我不是说了吗，我完全可以打折卖给你！"

"你！"王伟国气得欲言又止。

"炎叔，王教授说得没错，我也觉得这些文物应该上缴国家才对。"陈锋一本正经地对杜炎说。

杜炎紧张地向后退了一步，警惕性十足地说："谁要是打我身上这些宝贝的主意，我就和谁急眼！"

"我现在完全可以报警抓你，信不信！"王伟国对于杜炎这个无赖简直就是无可奈何了，只得这样说。

"你赶紧去报警吧！"杜炎一只手紧紧地护着背包，另一只手用手指着警察局的方向。

这下，大家真的对杜炎没有办法了，他已经视财如命了！

众人对峙良久，杜炎向其他人点了点头，说："好了，我该走了！"

"炎叔，你们要去哪儿？"陈锋问道。

杜炎笑了一下，说道："有钱了，要去就去大城市！准备去北京潘家园，把这些宝贝卖了，变成钞票握在手里才踏实。然后就买个大房子，我老人家要在北京养老了！"

二棒憨笑道："我也去北京，现在有钱了，找个北京媳妇！"

杜炎拍了一下二棒的脑袋，骂道："瞧瞧，还找北京媳妇呢！有钱了眼光都不一样了？要学会谦虚含蓄，你怎么不学学我！"

二棒不好意思地挠了挠头。

"我也要回家了，就此告别吧！"这时，苏木齐也要作别。

"这一路真是太感谢你了，苏先生。"王伟国感激地说，"那么着急干什么，休息几日再回去也不迟啊。"

苏木齐微笑着摆了摆手，说："谢谢，不用了。我这次长白山之行并没有什么特别目的，只想看看契丹人的杰作。既然看见了，我也满足了！"

陈锋不禁暗自赞叹苏木齐这种豁达的心态。

就此，六个人分成三伙，作别了。杜炎和二棒买了前往北京的火车票，苏木齐也准备乘火车回呼伦贝尔。

在前往考古研究所的出租车上，陈锋用手摸着被黑布包裹的水晶头骨，脑海中充满了一连串的问号。蒙面人的老大到底是谁？李男的妻子在昏倒前未发送的手机短信上那一串数字到底想要告诉我们什么？手中的那只水晶头骨到底是按照谁的头颅雕琢而成的呢？

陈锋、陆秀萌和王伟国第一时间便回到了考古研究所。陈锋将水晶头骨放在了王伟国的办公桌上，打开黑布。

他盯着水晶头骨，自言自语道："这颗水晶头骨会是谁的呢？"

王伟国也注视着水晶头骨，眉头紧锁，一言不发。

"会不会是契丹的开国皇帝耶律阿保机的？"陆秀萌猜想道。

"不太可能。"王伟国摇了摇头，"会不会是萧太后的呢？"

"辽穆宗为什么要供奉萧太后的头颅呢？"陆秀萌反问道。

王伟国一时无法回答，拿不出任何佐证。

就在这时，一道强烈的阳光从窗户透了进来，正好照映在水晶头骨之上。

"天啊！快看墙上！"陆秀萌表情惊愕地指着对面的白墙。

陈锋和王伟国顺着陆秀萌手指的方向看去，只见雪白的墙上竟然出现了"大圣大明神烈天皇帝"几个大字。这几个大字，是如此清晰！

陈锋皱眉道："大圣大明神烈天皇帝是谁？"

王伟国兴奋地说道："是耶律阿保机的谥号！"

"难道这水晶头骨真的是耶律阿保机的头骨？"陈锋愕然道。

"我猜对了！我猜对了！"陆秀萌此刻像是中了五百万彩票一样高兴。

渐渐地，伴随着阳光的移动，墙上的字越来越模糊，最终消失了。

王伟国双眼盯着水晶头骨，说道："工匠在雕琢水晶头骨的时候竟然用特殊材料在水晶中写了阿保机的谥号。"

"王教授，这颗水晶头骨你打算怎么处理？"陈锋问道。

"我打算研究几天，然后在几天后的文物展览中展出。"

陈锋看了一眼墙上的挂钟，轻轻地叹了口气，然后微笑着对王伟国说："王教授，我该走了，我还有一件很重要的事情要做。"

"什么事情这么急？"陆秀萌见陈锋要走，有些急了。

陈锋注视着陆秀萌，说："我还要回到海伦查出到底是谁杀害了明叔、韩泽和李男！查不出真凶，我永远都不会放弃！我一定要揪出那个王八蛋！"

王伟国拍了拍陈锋的肩膀，叹了口气，说："好吧，陈警官，我理解你的心情。你走吧，不过你一定要小心啊。等你抓到了真凶，一定要打电话过来传达喜讯！"

"嗯！你们也小心！"陈锋点了点头，然后将视线移向陆秀萌。陆秀萌微笑以对，然后摆出了一个打电话的手势，陈锋会意地点了点头。

陈锋出了考古研究所，打了一辆出租车直奔客运站。在出租车上，陈锋手机的信息铃音响了。陈锋打开信息，是陆秀萌发来的，屏幕上写着："陈锋，你带走了我的思念，我希望你能将我的思念装进你温暖的心里。"

陈锋突然感觉温暖至极，不假思索地回复了起来。由于陈锋打得匆忙，并没有切换输入法，在屏幕上打出了一连串的数字。 突然，陈锋呆住了，停止了手指的动作！

几秒钟后，陈锋将输入法切换到了拼音，在按键上输入了六个数字：546384。

546384？ 这六个数字不正是李男的妻子留下的吗？

当陈锋输入完后，屏幕上赫然出现了两个汉字，陈锋惊呆了，他简直不敢相信自己的眼睛。 陈锋擦了擦额头上的汗液，声音有些颤抖地喃喃自语："怎么会是他？ 怎么会是他！"

陈锋缓了缓神，对司机说："司机师傅，别去客运站了，直接把我拉去海伦！"

司机问道："兄弟，突然有急事儿啊？"

"是！"陈锋眉头紧锁，目光中透着一种复杂的情感。

经过了几小时的奔驰，陈锋在当天下午到达了海伦市。 出租车直接停在了海伦市公安局大门口，陈锋站在市局的大门口的柳树下给贾一山拨通了电话。

陈锋声音有些急促地说："一山吗，我是陈锋，你现在在市局吗？"

贾一山一听是陈锋的声音，兴奋地说："陈锋啊，你现在在哪儿呢？"

陈锋急了，说："别废话，你现在在不在市局，要是在的话你就出来一趟，要是不在你就赶紧回来！ 我有急事！"

"我在，我马上出来！"

待贾一山见到了陈锋，也没客套，直接问道："陈锋，出什么事了？"

陈锋贴在贾一山的耳边悄声说了几句，贾一山顿时表情变得异常惊愕。贾一山的声音都有些颤抖了："陈锋，你是不是搞错了，这怎么可能？"

陈锋叹了口气，说："我也不相信！你打开手机的写短信，把输入法切换成拼音，输入一下 546384 这几个数字就知道了。 这组号码你难道忘了吗？这是嫂子被打昏前写的！"

贾一山按照陈锋的话做了，望着手机屏幕上的结果，顿时呆住了！

"他现在在局里吗？"陈锋低头看了一下腕表，问道。

贾一山缓过神来，摇了摇头，说："不在。"

"今天他没来吗？"陈锋问道。

"好像是病了。"贾一山说道。

"病了？ 扯淡！现在赶紧去他家，他很有可能要跑！"陈锋拉起贾一山就走，拦了一辆出租车。

出租车停在了一个小区院内，陈锋和贾一山看见林队在往轿车内装行李。林队见到陈锋和贾一山突然像是见了鬼一样，脸色发白，放下手中的东西就跑。 最终，两人将林队堵在了一幢废弃的楼内。

没错，杀人的正是海伦市公安局刑警队的林队长。 李男妻子留下的546384 这几个数字，也正是"林队"两个字的按键顺序。

林队见无路可走了，脸上露出了冷笑："陈锋，你命挺大啊！看来，你什么都知道了！"

陈锋双目冒着仇恨的火焰，说："林队，怎么会是你！我做梦都没有想到，这一切都是你做的！明叔、韩泽和李男，是不是都是你杀的！ 你说！"

林队大笑了一声，一脸无谓地说："不错，是我杀的！"

"那个我数次看见的人影也是你？"陈锋质问道。

"不错，也是我！"

"你为什么要这么做！"陈锋喝问道。

林队从兜里掏出一支烟点燃，大口地吸了一下，说："事到如今，我也没什么好怕的了，我也解脱了。 至于说我为什么要杀死那么多人，归根结底全都是因为你！"

"因为我？"陈锋愕然道。

"不错。"林队用力地吸了口烟，"当年我爷爷拿走了那块半截石碑，在我很小的时候就告诉我要找到一个铁盒子。 他说那个铁盒子里面有一个秘密，藏着天大的宝藏。"

陈锋困惑地问道："你爷爷是谁？"

林队说："周三儿。"

周三儿？ 陈锋猛地想起了太爷爷的笔记中提到过这个人。

"我爷爷确实被日本兵抓走了，这一抓，就是一年。 后来，我爷爷逃出来了，但落下了一身的毛病，他每天晚上都会惊醒，脾气越来越坏，经常打我父亲和我。 这一切都是你太爷爷大老陈的错！他没救我爷爷！”

"原来你不信林，应该姓周！"陈锋喃喃自语。

"是的，我本来姓周。 我父亲死得早，母亲改嫁给了一个姓林的男人，我就跟了继父的姓。"林队冷笑了下，"你知道我父亲是怎么死的吗？ 被打死的！ 被他父亲打死的！ 都是那块石碑的错！"

陈锋很难想象，一起工作了那么多年的林队，内心竟然如此扭曲。 陈锋以前就有听过一些传言，说林队的继父对他并不好，小时候经常打骂，所以这才激起了他学习格斗当警察的决心。

现在的陈锋可没兴趣去同情他，他满脑子都是那三个被杀的人的影子，怒问道："那三个人和你无冤无仇，你为什么要下此毒手？ 李男那么信任你！你真不是人！"

林队顿时暴怒，指着陈锋说："和你沾边的人都该死！"

"你为什么不直接杀掉我！"陈锋的脸色发红，喝问道。

林队呵呵地笑了两声："我想过要杀你，但后来想想，你还有用，你可以帮我找到宝藏！"他表情越来越扭曲，完全陷入了杀人的妄想狂欢之中。

"那些人和你无冤无仇，你竟然能下此毒手！ 我真是不明白，你可以拿走宝藏，为什么还要杀人？"

"我杀他们自然有我的原因！"林队眼中露出振奋的神色，仿佛吸了毒品一般。 陈锋完全不知道，平常严肃的林队，居然有这样崩溃的一面。 陈锋更难以想象，每次林队在下杀人命令的时候，他内心的狂欢，达到了怎样的地步！ "张柏明这个老不死的，我之前向他要过好几次石碑，他就是不肯。 他该死！ 该死！"

"那么我的同学韩泽呢？ 你为什么杀他？ 他和你素不相识！"

突然，林队趁陈锋不注意，从怀中掏出了一把枪！

"砰"的一声枪响，林队的枪被击落了。 他右手手腕鲜血直流，枪被甩到了几米远的地方，他愤怒地盯着陈锋身后的贾一山。

贾一山手中紧握手枪，陈锋迅速把林队的那支枪抢到了手里。 两个黑洞洞的枪口，全部指向林队。

"韩泽他是无辜的！"陈锋怒吼道。

　　"那家伙虽然和我没有仇怨，但那个家伙太碍事了。 你在他那里住了好几天，严重地影响了你寻找宝藏的进程。 所以，我不得不那么做了。"可以想象，当时林队决定杀韩泽的时候，也是这么歇斯底里。

　　"就因为这个……"陈锋有气无力，他无法理解站在他面前的到底是一个怎样的恶魔。

　　林队似乎在回味："他跳下去的时候，别提有多害怕了……"

　　"你这个变态！"陈锋大骂道。

　　"成大事，必须要狠！"林队目光骤然阴森起来。

　　陈锋努力让自己平静，他现在面对的，甚至已经不是一个杀人凶手，而是一个变态，一个从小心灵就已经扭曲的变态："那李男呢？ 我们的同事李男！"

　　林队脸上闪过一丝遗憾："李男确实是一个好警察，其实我很喜欢他的。但是，他和他妻子看见了不应该看见的东西！ 你知道，干我们这一行……"

　　"你这个变态！"陈锋怒吼。

　　林队的神情露出一丝哀伤，表情却出奇镇定："那天李男找我去他家里吃饭，李男的妻子看见了我新收的一条短信。 没有办法，他们为什么要看我的短信呢？ 我真的不想杀他们两口子！"

　　"你是不是飞龙？"陈锋问道。

　　林队一怔，旋即大笑。 他没回答，但是他的笑声已经回答了他就是。

　　在海伦，一直流传着关于飞龙的传闻，但是没人见过飞龙的样子。 有很多马仔自称是飞龙的手下，但从没见过飞龙。 没想到，一个刑警队长竟然是黑社会组织的大哥，太让人匪夷所思了。

　　这时，楼下警车呼啸而至，警察陆续狂奔上楼。

　　林队听见了警车的响声，说："想不到啊想不到……"

　　"你就为了你爷爷的一个愿望去杀人？"陈锋厉声质问道。

　　林队继续大笑："你不也一样！为了你太爷爷的愿望！"他故意加重了"太"字。

　　陈锋突然陷入了思索。 是的，他堂而皇之的理由是太爷爷的愿望，但事实上，不如说是他心中的好奇心和冒险精神驱使着他。 当然，那么多人的死，王教授受到的威胁，更加重了他的探求欲。

突然林队的表情变得扭曲："哈哈！那金殿中的宝藏何止是价值连城，如果能得到那些宝藏，我就是世界第一富豪！这样就再也没有人能对我呼来唤去！所有阻挡我财路的人，都得死！必须死！"

"你闭嘴！法网恢恢，疏而不漏，你有今天是迟早的事！"陈锋怒喝道。

林队突然疯了似的大笑。大笑过后，林队面无表情地说："我去看我的宝藏了……"说罢，他猛地从窗户跳了出去。

就在这时，陈锋忽然觉得头部一阵眩晕，瘫倒在了楼板上。

贾一山忙将陈锋扶起，大喊道："陈锋！你怎么了？"

这时，警察都上来了。贾一山忙将陈锋扶上了警车，开着警车迅速驶向市医院急诊部。在给陈锋做完一系列检查后，脑科大夫看了看陈锋的脑CT，对贾一山说："从病人的脑CT来看，脑部根本没有任何疾病。"

经脑科大夫这么一说，贾一山皱着眉头，不解道："要是脑部没有毛病，怎么可能会晕倒呢？是不是身体其他地方出现了问题？"

脑科大夫点了点头，说："也有这种可能。那就去做一下全身的检查吧。"

这时，坐在轮椅上的陈锋不知不觉中醒了，用手捂着欲裂的脑袋。贾一山推着陈锋，走出了脑科，开始了一项一项的身体检查。一个小时过去，贾一山得到了体检通知，结论是，陈锋身体一切正常。

这时，贾一山又回到了脑科，对脑科医生说："大夫，做完了全身检查，一切都正常。"

脑科大夫也犯难了，轻叹了口气，眉头紧锁地说："县城医院的设备比较落后，我建议你们去省城看看。"

贾一山觉得脑科大夫说的这个方案可行，没准就是县城的医疗设备不先进，产生了漏诊。当即，贾一山都没有请示上级，直接拉着陈锋，开着警车上了去往省城的高速公路。

在开往省城的警车内，陈锋头疼欲裂地捂着脑袋，非常痛苦地坐在后座上。贾一山通过后视镜看着陈锋痛苦的样子，心中也十分不是滋味。

经过两个小时的高速行驶，终于来到了省城第一医院。

　　贾一山将陈锋扶到了急诊室，做了几项检查。急诊大夫看了看几张体检单，眉头微微皱了皱。

　　贾一山看着急诊大夫的表情，问道："大夫，怎么样啊？"

　　急诊大夫将体检单放到桌面上，表情严肃地说："患者出现头疼症状多久了？"

　　贾一山也不知道陈锋的头疼症状多久了，看了看陈锋，不知怎么回答。

　　陈锋表情痛苦地说："好几个月了，越来越严重。开始可以用药维持，后来吃上药也不怎么当事了。"

　　贾一山着急地问道："大夫，这到底是什么病啊？"

　　急诊大夫说道："患者有中毒的迹象，并且越来越严重，毒性已经严重地干扰了大脑中枢神经。"

　　"中毒？"贾一山一愣。

　　陈锋也非常诧异，自己什么时候中的毒呢？陈锋有些不信地问道："大夫，你是不是搞错了？"

　　"不会搞错，慢性中毒。"

　　"大夫，那严不严重啊？"贾一山问道。

　　"目前倒是没有生命危险，不过要是时间再长一些，等毒素积攒多了发作，那就会要人命了。住院吧！"

　　在省城医院住院的这几天，王伟国和陆秀萌闻讯都赶来了。经过一番治疗，陈锋的病情很快有了好转。

　　陆秀萌坐在陈锋的床边，担心地说道："陈锋，你有病了怎么不告诉我啊！"

　　陈锋露出一丝微笑，说："得病又不是中大奖，那么张扬干吗？"

　　陆秀萌见陈锋的嘴唇有些发干，给陈锋倒了一杯水，递给他。

　　王伟国坐在陈锋旁边的空床位上，看了看陈锋头上悬挂的吊瓶，问道："好端端的，怎么会慢性中毒呢？从什么时候开始的？"

　　陈锋想了想，说："好像是自从找回我太爷爷的那个盒子以后。"

　　"难道说那盒子有毒？长时间接触可以使人慢性中毒？"陆秀萌猜测道。

　　王伟国缓缓地摇了摇头，说："盒子本身如果有毒的话，我们都经常接触那个盒子，为什么我们没有中毒，而只是陈警官中毒呢？ 这不合常理。"

王伟国提出了这样一个疑问，让陈锋和陆秀萌都无法解释。

"那个铁盒子还在我那里，我回去以后检测一下制作盒子的材质中到底有没有什么有毒物质。"

当天下午，王伟国便将那个铁盒子拿到了省检测中心。 当检测结果单出来的时候，王伟国很失望，盒子只是用普通铁制成的。

半个月后，复职且身体痊愈的陈锋应王伟国的邀请，来到哈尔滨参加文物展览。 在展览馆的门外，陈锋见到了王伟国和陆秀萌。 陆秀萌很远就开始和陈锋打招呼。

陈锋到了近前，微笑着说："王教授，我没有来晚吧？"

王伟国笑道："陈警官是个守时的人，这点我知道。"

"陈锋，为什么上次的短信你没有回？"陆秀萌轻瞪了一眼陈锋。

陈锋笑道："当时有急事，所以就……还望陆小姐见谅啊。"

"切，好啦，原谅你就是了，但是下不为例啊！"陆秀萌偷笑道。

"咱们进去吧，看看我们考古所这些年的成绩！"王伟国邀请陈锋进展览馆内参观。

陈锋、陆秀萌和王伟国一同进了展览馆。

陈锋参观了部分文物后，夸赞道："省城考古所真是成绩斐然啊！"

陈锋、陆秀萌和王伟国走到水晶头骨的展示柜跟前，看着眼前这颗水晶头骨，都感慨颇多。

王伟国说道："这个水晶头骨现在是我们研究所的镇所之宝了啊！ 中国社会科学院那边来了电话，要我们展示完毕后把水晶头骨借到北京展示和研究一番。"

"这可是个好消息，毕竟国家的研究力量是很大的。"陈锋说道。

"那倒是，可是我还是有些舍不得啊，呵呵。"

"呵呵，舍不得也没办法啊！"

突然，王伟国注意到了陈锋脖子上戴着的一条项链，项链的坠是木质的。王伟国问道："陈警官，你脖子上项链的那个坠是什么材质的？"

"是檀香木。"

"檀香木？"王伟国忽然眼睛睁大，"真的是檀香木？"

"是啊，怎么了，王教授。"陈锋一脸莫名。

王伟国表情严肃地说道："我知道你中毒的原因了。"

陈锋一听，低头看了下脖子上的檀香木项坠，问道："难道和我戴的这个项坠有关系？"

"项坠本身并没有问题，但是你记不记得，那个铁盒子中有什么？"

"有什么？　羊皮纸啊。"

"还有一样东西你忘了。　还记得当时，盒子里有一股莲花香味吗？　那盒子里有莲花粉。"王伟国说道，"莲花粉和檀香木本来都是无毒的，但是只要一相遇，就会产生有毒物质。　这就是你中毒的原因！"

经王伟国这么一说，陈锋和陆秀萌都瞠目结舌。

良久，陆秀萌指着水晶头骨展柜旁边的一小面壁画，说道："这不是壁画吗？　这是哪儿来的？"

王伟国也将目光移向壁画，说道："这一小面壁画是从警方手中取来的。警方破获了一个盗墓团伙，得到了他们盗下来的壁画。"

"这面壁画是盗墓贼从哪儿的坟墓盗出的呢？"陈锋随口问了一句。

王伟国想了想，说："我听所里的人说，好像是出自新疆那边的一个古墓。"

陆秀萌仔细地看了看壁画的内容，突然眼睛一亮，皱了皱眉，说道："王教授、陈锋，你们看这面壁画的内容，是不是似曾相识？"

经陆秀萌这么一说，本来没有注意壁画内容的陈锋和王伟国都将目光投向壁画，仔细地观察起来。

突然，王伟国指着壁画上的一点，然后又看了眼一旁的水晶头骨，讶然道："快看看这个，是不是和一旁的水晶头骨十分相像？"

陈锋和陆秀萌也将目光投向王伟国所指，看了片刻，均微微点了点头。

陈锋一脸惊讶："不是相像，简直就是一模一样，画的就是一旁的那个水晶头骨！"

"没错！"陆秀萌也十分肯定。

陈锋说道："这好像是一面祭祀图，那些身穿奇异服饰的人在顶礼膜拜。"

"我看了一下，从壁画上人的装扮一看，这幅壁画也是一幅契丹壁画，也肯定出自一个契丹古墓！"王伟国说道。 猛然，王伟国似乎想到了什么，"不对，当年辽国的疆域几乎不包括现在的新疆地区。"

"但是，这个契丹古墓为什么会出现在新疆地区呢？"陈锋惑然。

王伟国思忖片刻，猛然道："我知道了，是西辽！"

"西辽我知道，是耶律大石建立的。"陈锋说。

"没错，西辽是契丹贵族耶律大石建立的。 西辽全盛时期的疆域包括今天的新疆和中亚大部分区。 如果这面壁画出自西辽古墓，那就不足为奇了。"王伟国说道。

"壁画上这些人在参拜，参拜的桌面上除了水晶头骨外，好像还有其他东西！"陆秀萌指着壁画说。

王伟国开始仔细地观察壁画中水晶头骨旁边的物品，说："那桌面上除了水晶头骨外，好像排列着八根筷子。 可是，这八根类似于筷子又不是直的，有些弯，有点像如意的形状。"

说到这，陈锋忽然眼前一亮，将目光移向王伟国，喃喃道："难道是契丹传说中的如意神铁？"

王伟国说道："如果这面壁画上所画的八根筷子真是所谓的如意神铁，那么这个传说真的要被印证了！"

陆秀萌皱着眉头看着壁画上的八块如意神铁和水晶头骨，说道："这八块如意神铁和水晶头骨有着怎样的联系呢？ 水晶头骨多是玛雅人的杰作，那么玛雅人和契丹人到底又有什么联系呢？ 这面壁画出土的古墓到底是谁的墓呢？ 当年耶律大石是不是将八块如意神铁都带走了？ 如果说八块如意神铁真的能兴帝业的话，那么西辽的崛起是不是和耶律大石带走了八块如意神铁有关呢？"

陈锋紧皱眉头，苦苦地思考着。

王伟国望着眼前的这面壁画，也沉默着。 良久，喃喃道："如果想真正解开这些谜团，看来我们就要去一趟新疆了……"

图书在版编目（CIP）数据

契丹秘图 / 冰江著 . —杭州：浙江大学出版社，
2013.4
ISBN 978-7-308-11342-7

Ⅰ. ①契… Ⅱ. ①冰… Ⅲ. ①长篇小说－中国－当代
Ⅳ. ①I247.5

中国版本图书馆 CIP 数据核字（2013）第 072833 号

契丹秘图

冰　江　著

策　　划	蓝狮子财经出版中心	
责任编辑	徐　婵	
出版发行	浙江大学出版社	
	（杭州市天目山路 148 号　邮政编码 310007）	
	（网址：http://www.zjupress.com）	
排　　版	杭州中大图文设计有限公司	
印　　刷	浙江印刷集团有限公司	
开　　本	710mm×1000mm　1/16	
印　　张	16.75	
字　　数	249 千	
版 印 次	2013 年 4 月第 1 版　2013 年 4 月第 1 次印刷	
书　　号	ISBN 978-7-308-11342-7	
定　　价	35.00 元	